KB206439

집으로 날아가다

Flying Home

세계문학전집 446

집으로 날아가다

Flying Home

랠프 엘리슨

왕은철 옮김

민음사

일러두기

1 원서에서 이탤릭체로 강조한 부분과 영어가 아닌 외국어는 고딕체로 구분했다.

2 모든 주석은 옮긴이 주이다.

차례

서문

1

"너는 자신이 어디로 가는지 결코 알 수 없었다." 랠프 엘리슨의 '보이지 않는 인간'은 자신의 굴곡진 운명을 돌아보면서 이렇게 말했다. "너는 찾으려 했던 붉은 남자들을 찾았다 ─ 비록 그들이 다른 부족의 밝은 신세계 사람들이기는 했지만." 엘리슨이 작가로서 정체성을 찾는 것이 그러했다. 여기에 내놓는 그의 단편집도 그러하다.

"나는 우연히 글을 쓰게 되었다." 엘리슨은 1961년 소설가 리처드 G. 스턴과 대담하면서 이렇게 시인했다. 처음에는 음악이 그의 삶이었다. 그가 여섯 살 때 어머니가 오클라호마에서 중고 코넷을 사 줬다. 그는 고등학교에 다닐 때 지휘자인 루트비히 헤베스트라이트에게 트럼펫 레슨을 받는 조건으로 그의 집 잔디를 깎아 줬다. 그 지휘자는 그의 진지함과 재능에 감탄해 즉흥으로 관현악법을 가르쳐 주기도 했다. 출간되지는 않았지만 『보이지 않는 인간(Invisible Man)』 이전에 쓰인 「자전적인 메모」에 따르면, 그는 "헛된 노력이었지만 학비를 마련하려고 일주일에 8달러를 받고 이 년 동안 엘리베이터를 조종하는 일을 한 후", 1933년에 장학금을 받고 터스키기 대학에 들어갔다. 래디오 시티 뮤직홀의 개막 공연을 했던 터스키기 합창단의 유명한 윌리엄 L. 도슨 밑에서 교향곡 작곡과 트럼펫을 공부하기 위해서였다. 기차 요금을 감당할 수 없었던 그는 대여섯 번에 걸쳐 화물 열차에 무임승차해 오클라호마시에서 앨라배마까지 갔다.

엘리슨은 실패하긴 했지만 마지막 해의 학비를 벌기 위해 1936년 여름 뉴욕에 갔는데, 일 년 후에 리처드 라이트를 만나 친분을 쌓았다. 첫 소설인 『톰 아저씨의 아이들(Uncle Tom's Children)』을 완성했지만 아직 출판사를 구하지 못한 상태였던 라이트는 엘리슨에게 자신이 공동 편집자로 있는 《뉴 챌린지(New Challenge)》의 1937년 가을 호에 소설 서평을 써 보라고 제안했다. 엘리슨은 그러겠다고 했다. "나의 서평이 받아들여져 잡지에 실렸다." 그는 나중에 이렇게 회고했다. "그렇게 나는 걸려들었다." 그러나 음악가에서 소설가가 되는 것은 고사하고, 서평 하나를 썼다고 작가가 되지는 않는다. 그런데 라이트가 다시 개입하면 엘리슨의 운명은 그쪽에 더 가까워졌다. 엘리슨은 나중에 이렇게 회고했다. "그 서평을 보고 라이트는 내게 단편 소설을 써 보라고 제안했고, 나는 그렇게 했다." 이번에도 《뉴 챌린지》에 싣기 위해서였다. "나는 화물차를 탔던 경험을 활용하려고 했다. 그는 그 스토리를 좋아해서 받아들였는데 교정쇄까지 나왔지만 실리지 못했다. 다른 원고들이 넘쳤다는 게 문제였다. 그 후 얼마 안 있어 그 잡지는 폐간되었다." 그 스토리가 「하이미의 경찰(Hymie's Bull)」이었다. 그 소설의 마지막 타자 원고 첫 페이지 상단에는 엘리슨이 선명한 검정 잉크로 1937년이라고 쓰고 네모를 쳐 놓은 게 보인다. 그가 어디에서 첫 소설을 썼는지는 명확하지 않다. 어쩌면 조각(彫刻)을 실험해 본 후에 여전히 음악가가 되려고 하던 뉴욕에서 쓰기 시작했을지 모른다. 1937년 여름의 뉴욕 생활은 엘리슨에게는 혼란스러웠다. 1930년대에 성년이 되어 예술가를 꿈꾸던 많은 사람들처럼, 엘리슨도 스페인 내전 때문에 괴로워했고 스코츠보로 아이들의 석방 운동에 가담했다. 아홉 명의 어린 흑인들이 앨라배마의 화물 열차에서 두 명의 백인 여자를 집단으로 강간했다는 날조된 혐의로 사형 선고를 받은 상황이었다.[1]

그사이, 전해에 오클라호마시에서 오하이오주 데이턴으로 이주해 살고 있던 어머니 아이다 벨 여사가 현관에서 떨어지는 사고를 당했다. 그녀는 실제로는 엉덩이에 결핵이 있는 상태였지만 관절염이라는 심각한 오진을 받았다. 10월 중순, 엘

---

[1] 1931년 아홉 명의 십 대 흑인 소년들이 앨라배마주 스코츠보로 마을을 지나던 화물 열차 안에서 두 명의 백인 여성을 강간했다는 누명을 쓰고 사형 선고를 받았다. 피해자들마저 그런 사실이 없다고 부인했지만 그들에게 유죄 판결이 내려졌다. 실제로는 기차에 타고 있던 두 명의 백인 청년들과의 싸움이었음에도 백인들은 흑인 소년들에게 강간범이라는 낙인을 찍었다.

리슨은 오하이오에 도착했다. 이루어 놓은 것이라고는 쓰고 있는 단편 소설밖에 없던 그는 삶의 급격한 변화에 직면해야 했다. 그는 병에 걸린 어머니를 돌보기 위해서 그곳에 머물 생각이었다. 그것은 오산이었다. 그의 경험은 그가 터스키기와 뉴욕에서 지난 사 년에 걸쳐 다졌다고 생각했던 정서적인 안정감을 붕괴시켰다.

1937년 10월 17일 자로 서두에 '모두에게(Dear Folks)'라고 쓰인 편지가 있다. 데이턴에서 오클라호마시에 있는 친척들이나 친구들에게 보낸 편지로 보이는데, 거기에서 그는 며칠 전에 병세가 갑자기 나빠져 신시내티 병원에 입원했던 어머니에게 무슨 일이 있었는지를 설명한다. "나는 임종을 지키려고 금요일 5시 45분에 신시내티에 도착했습니다. 그런데 어머니는 나를 알아보지 못했습니다. 어머니는 다음 날 11시에 돌아가셨습니다. 고통이 너무 심해 아무도 알아보지 못하셨습니다. 지금까지 일어난 일 중 최악입니다. 그 공허감을 어떻게 설명할 수가 없습니다." 열흘 후에 그는 리처드 라이트에게 어머니의 죽음으로 인해 유년 시절이 막을 내린 것 같다고 쓴다. 그러면서 자신이 뉴욕에 갈 때 느꼈던 피상적인 변화와 달리, 어머니를 잃은 것은 '진짜이고 내가 지금까지 만난 것 중 가장 최종적인 것'이라고 말한다. 어머니의 병과 예기치 않은 죽음은 고통스러운 자극제였다. 엘리슨은 이후 『그늘과 행동 (Shadow and Act)』에서 이렇게 말했다. "나는 그 기간에 진지하게 글을 쓰기 시작했다. 그것이 전환점이었다."

"집을 찾으려면 집을 떠나야 한다." 몇 년 후 엘리슨은 집필 중이었던 소설의 페이지 여백에 이렇게 써 놓았다. 엘리슨은 데이턴에 고립되고 감정마저 고갈되어 있던 1937년 10월, 그가 앞으로 만들어 낼 인물인 '보이지 않는 인간'처럼 자신의 심연 속으로 내려가 어둠과 직면하고, 고통과 상실을 뚫고 글을 쓰겠다는 결심을 하고 나왔다. 엘리슨이 오클라호마에서 태어나고 자란 것에 대해 말하기 좋아했던 것처럼, '지리가 운명이라면' 데이턴에서도 지리는 운명이었다. 머지않아 신(神)들이 보낸 대사가 변호사의 형태로 모습을 드러냈다. 데이턴 최초의 흑인 변호사 중 하나였으며 막내아들이 엘리슨의 나이였던 윌리엄 O. 스토크스는 어머니도 없고 아버지도 없는 낯선 이방인을 도와줬다. 스토크스 변호사는 엘리슨이 근처에 있는 식당에 나와 싸구려 스프링 공책에 뭔가를 끄적이는 것을 보고 그에게 자기 법률 사무소 열쇠를 주었다. 엘리슨이 그의 옛 친구인 메이미 론에게 1935년에 보낸 편지에서 말한 것처럼, 결과적으로 그는 "초기 소설 원고 중 일부를 그의 타자기와 문방구를 이용해 썼다." (실제로 미출간된 여러 편의 초기 소설 원고는 상단에 '몽고메리 카운티 공화당 당무 회의, 흑인 구역'이라고 찍힌 편지지에 타이핑된 것이었다. 네 명의 위원이 있는 조직이었는데 그중 한 사람이 스토크스 변호사였다.)

스토크스는 더 근본적인 면에서 엘리슨의 후원자였다. "나의 동생 허버트와 내가 살 곳이 없었을 때, 스토크스 변호사는 우리가 자신의 사무실에서 자면서 화장실과 욕실을 사용할 수 있게 해 줬다." 경제 공황과 프랭클린 D. 루스벨트의 출현에도 불구하고 확고한 링컨 공화당원이었던 스토크스는 자칭 급진주의자였던 엘리슨과 정치에 대해 논쟁을 했다. 그는 뉴욕에 있는 리처드 라이트에게 1937년 10월 27일 자로 보낸 편지에서 자신이 '귀양살이'를 하고 있는 데이턴에는 《데일리 워커(Daily Worker)》도 없고 《뉴 매시스(New Masses)》도 없다." 고 불평했고, 11월 8일 자로 보낸 편지에는 "여기에 있는 것이라고는 《뉴 리퍼블릭(New Republic)》과 라디오뿐이다."고 불평했다. 1985년에 메이미 론에게 보낸 편지에서는 스토크스 변호사와의 '가장 부조화스러우면서도 유익한 우정'을 회상하며 스토크스의 '도움과 격려'가 '희망이 없는 것처럼 보였던 시기'를 헤쳐 나갈 수 있게 해 줬다고 말했다.

어머니의 죽음으로 박탈감에 빠져 있던 엘리슨은 스토크스의 우정과 환대를 보면서 제퍼슨 데이비스 랜돌프 씨에 관한 기억을 떠올렸을 게 틀림없다. 랜돌프 씨는 오클라호마시에 있는 주립 법률 도서관 관리인이자 독학으로 법률 전문가가 된 사람이었다. 그는 엘리슨의 아버지가 돌아가셨을 때 엘리슨을 친척처럼 대해 준 사람이었다. 다시 한번 가장 가까운 사람을 잃은 젊은 엘리슨은 또다시 친척 같은 사람을 만난 것이었다. 이번에는 스토크스가 그 사람이었다. 결과적으로 스토크스는 그에게 집으로 가는 길을 가르쳐 준 사람이었다. 그에게 사무실을 쓸 수 있게 해 줬고, 그가 지적으로 성장하게 해 줬고, 작가의 역할을 이해하도록 안내함으로써 그가 한 남자로 세상에 나타날 준비를 하도록 도와줬다. 엘리슨이 라이트에게 자신이 데이턴의 거리에서 '고향인 오클라호마와 아주 흡사한' 느낌을 받는다고 말한 것은 놀라운 일이 아니었다. 오클라호마에서 자랄 때 그러했던 것처럼 그는 데이턴에서 이런저런 일들을 찾을 만큼 운이 좋지는 않았다. 그는 하루하루 연명하는 삶을 살았다. 라이트에게 얘기한 것처럼, 그는 숲에서 '야생 배를 따고' 호두와 '잘 익은 맛 좋은 버터너트'를 따면서 대부분의 시간을 보냈다. 그는 어니스트 헤밍웨이의 산문과 오클라호마에서 의붓아버지와 함께 사냥하며 익혔던 것에 의존해, 춥고 눈이 많은 시골에서 먹고살기 위해 토끼와 메추라기와 꿩을 사냥했다. 엘리슨은 거의 이십 년이 지난 후에 쓴 에세이 「2월(February)」에서 '나뭇잎들과 풀들에 의해 보존되고 눈에 감싸여 있던' 사과를 땅 위에서 발견했던 일을 떠올린다. 그는 자신의 총에 맞아 죽은 수컷 메추라기의 고요하고 통렬한 아름다움을 기억한다. 또한 어머니의 죽음이라는 불모의 지대를 지나 "새로운 삶의 단계를 넘어섰다."는 사실에 갑작스러운 환희를 느꼈던 일을 기억한다. 터스키기 출신의 동료 작가 앨버트 머리가 『남부로 돌아가다(South to a Very Old Place)』에서 했던 여행과 흡사하게, 엘리슨은 뉴욕으로부터 아주 오래된 곳이 있는 서쪽으로 갔고 오하이오에서 오클라호마를 찾았다.

　엘리슨은 리처드 라이트에게 11월 8일 자로 보낸 편지를 이렇게 마무리했다. "세상의 노동자들은 글을 써야 합니다!!!!" 그것은 농담이 아니었다. 출간되지 않았던 초기 소설들의 원고가 보여 주듯, 랠프 엘리슨이 말하지 않은 것은 스토크스 변호사 사무실에서 보냈던 시간 덕에 작가가 되었다는 사실이다. 1937년 10월부터 1938년 4월까지 데이턴에서 머무른 칠 개월 동안, 그는 여러 편의 단편 소설 원고나 부분적인 초고, 두세 개의 줄거리, 『슬릭(Slick)』이라고 언급되는 소설 — 그는 이 소설을 포기했지만 상당 부분이 남아 있다 — 을 100페이지 넘게 썼다. 그 신세계에 있던 그에게 오클라호마에서 살았던 삶에 대한 기억들이 상실과 슬픔의 층을 뚫고 다가왔고, 그는 그 상처를 문학의 상상적인 나라에 들어가는 여권으로 삼았다.

2

오디세우스가 그랬듯이, 엘리슨은 「있는 그대로 얘기해, 베이비(Tell It Like It Is, Baby)」라는 에세이에서 그가 '우리 고아의 외로움'이라고 일컬은 것과 직면했다. 그는 집으로 가는 길을 찾다가 진짜 집은 내면에 있다는 것을 깨달았다. 뉴욕은 그가 나아가려고 했던 미래였고, 오클라호마는 기억의 나라였고, 데이턴은 이상하게 낯이 익은 삶의 교차로였다. 몇 년 후 그는 『그늘과 행동』의 서문에서 깊은 마음속에서는 스스로를 음악가로 생각했다고 말했다. 그러나 데이턴에 머물렀던 칠 개월 동안, 그는 '나의 오른손(음악가의 손)이 나의 왼손(작가의 손)이 가려고 하는 곳을 인정하기를 거부하는 일, 즉 복잡하고 부분적으로만 의식적인 자기 부정 전략'이라는 난제를 풀었다. 음악가와 작가는 엘리슨의 예술적 정체성에서 하나가 되어 음악과 문학의 양손잡이라는 유리한 균형을 갖게 해 줬다. 교향곡 작곡을 꿈꿨던 젊은이는 스물여섯 살이 되었을 때쯤, 소설가의 대열에 합류하기로 했고 재즈의 비트와 브레이크만이 아니라 교향곡 형식의 흔적도 있는 소설 『보이지 않는 인간』을 쓰게 되었다.

『보이지 않는 인간』은 첫 소설이었지만 예술적 정점이었다. 엘리슨은 데이턴에서도, 뉴욕에서도 기술을 서서히 터득해 가는 수습생이었다. 그는 터스키기에서 야심적인 음악가로 어렵게 수업을 받았다. 그는 에세이 「치호 간이역의 작은 남자(The Little Man at Chehaw Station)」(터스키기에서 멀지 않은 간이역)에서, 어떤 연주회에 참여했을 때 '감정의 지적, 예술적 구조를 입술과 손가락 기술로 대체하다가' 선생들에게서 호된 질책을 들었다고 썼다. 그나마 위로가 되고 유익했던 질책은 헤이즐 해리슨으로부터 들은 질책이었다. 그녀는 유럽에서 페루초 부소니와 세르게예비치 프로코피예프로부터 존경을 받았던 콘서트 피아니스트이자 믿을 만한 사람이었다. 해리슨의 솔직한 말은 엘리슨에게 예술가와 청중의 관계에 대한 열쇠를 주었다. "치호 간이역 대합실이라고 해도 너는 항상 최선을 다해야 해. 이 나라에는 늘 스토브 뒤에 숨어 있는 작은 남자가 있어. 그는 음악을 알고 전통을 알고 네가 무슨 연주를 하든 거기에 필요한 음악가로서의 기준을 아는 사람이거든." 해리슨의 말은 엘리슨에게 깊은 인상을 남겼다. 그는 호된 단련이 필요하다는 사실을 받아들이고, 치호 간이역에 있는 작은 남자가 그의 어깨 너머로 자신을 바라보고 있다고 생각하고 연주하거나 글을 쓰겠다고 결심했다.

날짜가 적히지 않은 그 글에서 엘리슨은 자신의 그러한 결심의 근원을 터스키기에서 트럼펫 연주자로서 한때 소홀히 했던 '감정의 구조화'에서 찾고 있다. 그는 세 편의 19세기 소설들로부터 받은 영향을 얘기한다. 그는 『폭풍의 언덕』, 『이름 없는 주드』, 『죄와 벌』을 읽으며 대학생 때 처음으로 소설이 가진 예술적 힘을 알게 되었다고 말한다. 그는 이미 작가의 영혼을 갖고 있었던 것처럼 이렇게 덧붙인다. "나의 마음을 그렇게 흔들어 놓은 작품들은 소설을 쓰게 만들 정도로 나를 흔들지는 않았다." 음악이 아니라 소설이 그가 진짜로 원하는 예술 형식일지 모른다는 거창한 생각을 하게 만든 것은 T. S. 엘리엇의 시 「황무지(The Waste Land)」였다. 그의 눈이 엘리엇의 시를 읽는 동안, 음악가적인 성향에 헌신적이었던 그의 귀는 루이 암스트롱의 「차이나타운' 주제에 관한 200개의 코러스」 연주를 듣고 있었다. 엘리슨은 시인이나 재즈 연주자가 현대적이든 고전적이든 전통에 숙달하면, '보이지 않는 인간'의 말을 인용하자면, '잠시 멈칫했다가 주변을 둘러보고' 자기만의 독창적인 스타일로 즉흥적인 요소를 가미할 수 있게 된다고 느꼈다.

엘리슨의 회고는 교향곡 작곡가와 트럼펫 연주자가 되고 싶었던 그가 왜 음악의 창조적인 표현으로부터 소설을 향해 나아가게 되었는지, 그 이유를 명확하게 설명해 주지는 않는다. 그러나 비록 교향곡 작곡이라는 표면적인 야망 밑에서 일어나는 변화이긴 했지만, 그러한 변화가 있었던 것은 사실이다.

엘리슨은 「황무지」를 읽고 에드먼드 윌슨이 현대 문학을 분석해 1931년에 내놓은 『액설의 성』을 읽었다. 그 책의 결론부에는 소비에트 마르크시즘의 영향이 짙게 드러나 있었다. 그런 다음 그는 엘리엇의 시에 붙은 주석들에 언급된 원전을 읽었고, 다른 근대 시인들과 비평가들을 최대한 많이 읽었다. 터스키기 도서관에는 자료가 많았다. 대학교에서 엘리엇, 조이스, 파운드, 예이츠, 콘래드, 스타인, 헤밍웨이를 비롯한 작가들을 찾아서 읽었던 것은 엘리슨에게는 평생에 걸친 자부심과 기쁨의 원천이었다.

마지막으로, 엘리슨은 작가로서의 초창기를 회고하며 헤밍웨이의 글을 읽고 갑자기 뭔가를 깨달았던 일을 떠올리며, 헤밍웨이의 글이 지닌 마력이 어떻게 풍경들과 실제적인 행동이 생생해지는 독특한 렌즈가 되었는지 설명한다. 엘리슨은 나중에 「집으로 날아가다(Flying Home)」와 같은 단편 소설들을 쓰고 더 나중에 『보이지 않는 인간』을 쓰면서, 미국의 언어와 흑인 전통이 헤밍웨이가 종종 선호했던 무감정한 말과 태도보다 더 확장적이고 유동적이고 다양하다는 것을 발견하게 된다. 그러나 그는 1930년대에 글쓰기를 배우는 젊은이로서 "시를 읽으며 느꼈던 뭔가 끈끈한 속성, 즉 밖으로 말하는 것보다 훨씬 더 많은 것을 암시하는 특성을 헤밍웨이의 작품에서 찾았다." 엘리슨은 그러한 기술에는 어려움이 수반된다는 것을 깨달았다. 그것은 그 자신의 특이한 미국적 상황이 던지는 도전과 아주 유사한 어려움이었다. 그는 『그늘과 행동』의 서문에서 이렇게 말했다. "나는 흑인 작가가 직면하는 가장 큰 어려움은 흑인들이 느끼게 되어 있거나 느끼도록 부추겨지는 것에 봉사하는 것이라기보다 그가 진짜 뭘 느끼는지를 드러내는 것의 어려움이라는 것을 깨달았다."

엘리슨은 글쓰기를 배우는 과정에서 헤밍웨이의 신조를 수정하게 된다. 그는 헤밍웨이가 말했던 '진짜로 느끼는 것을 진실로 아는 것'에 대한 어려움을 수용하지 않는다. 오히려 그는 미국에서 소수에 속하는 흑인이라는 사실에 포함된 함축적인 (그리고 명백한) 위험들을 의식하면서, 자신이 느꼈던 것이 무엇인지 아는 문제 — 그는 그것을 이미 알고 있었다 — 가 아니라 그것을 어떻게 표현하느냐 하는 수사적인 문제를 강조한다. (이것이 『보이지 않는 인간』에 나타난 엘리슨의 천재성일 것이다. 서두 — "나는 보이지 않는 인간이다." — 에서부터 마지막 질문 — "더 깊은 의미에서 보면 내가 당신을 대변하지 않는다고 누가 말할 수 있을까?" — 에 이르기까지, 주인공인 '보이지 않는 인간'은 보이지 않음의 저음부에서 출발하여 바로 그곳으로 되돌아오는 재즈의 브레이크 형식으로, 자신이 어떻게 느끼는지를 서술한다.) 엘리슨은 작가가 되려고 하던 초창기를 회상한 글에서, "헤밍웨이의 산문은 내가 알고 있는 익숙한 산문들처럼 똑바로 움직이는 게 아니고, 더 짧고 순환적 리듬으로 되어 있다."라고 말했는데, 그는 이 말을 하면서 재즈의 브레이크와 싱커페이션과 스윙을 생각했던 것이 아닐까?

엘리슨은 헤밍웨이가 "가장 스스럼없어 보이고 미세한 것으로부터 거대한 감정을 끌어낼 수 있었다."라고 말한다. '관습의 어려움들'을 돌파하려는 헤밍웨이의 용기와 '그의 산문이

가진 리듬과 장식 없는 효과'는 자신의 예술적 상황을 의식하고 있던 엘리슨에게 매력적으로 보였다. 그래서 그는 "몇 년 후 소설을 쓰기 시작했을 때 헤밍웨이를 모범으로 삼았다."라고 말한다. 대학에 다닐 때 그는 이발관에 비치된 《에스콰이어(Esquire)》에 수록된 헤밍웨이의 소설들과 터스키기 도서관에 있는 헤밍웨이의 책들을 읽었다. 엘리슨은 1984년에 존 로시에게 보낸 편지에서 작가가 되고 싶은 강렬한 욕구를 느끼기 시작한 겨울(1937~1938)을 언급하며, 자신이 "날마다 데이턴의 흑인 구역에서 시내로 나가 《뉴욕 타임스(New York Times)》를 사서 헤밍웨이가 스페인 내전에 관해 쓴 글을 읽고 정보만 얻는 게 아니라 그의 스타일을 연구했다."라고 썼다.

젊은 엘리슨에게 스타일은 예술과 개성의 기본 전제였다. 그가 소년일 때 살던 오클라호마는 변방 지역으로부터, 1921년에는 악명 높은 털사 폭동이 있었고 오랫동안 후보였다가 결국 주지사가 된 '알팔파 빌' 머리가 조장한 인종 차별이 기승을 부리는 공간으로 급변하고 있었다. 나중에 『그늘과 행동』에서 술회한 것처럼, 그러한 곳에 살았던 엘리슨은 "흑인 문화의 좋은 특징들을 모두 형상화하고 싶었다. 집단과 개별적인 이미지로 그것을 자기화하고 구현하고 다시 창조하고 싶었다." 그는 오클라호마에서 함께 자란 여러 친구들과 함께 르네상스적 교양인이 되고 싶었다. 이러한 소망은 그러한 고상한 생각을 결코 해 본 적이 없을지 모르는 사람들이 보여 준 우아한 스타일로부터 크게 영향을 받은 것이었다. "노름꾼들과 학자들, 재즈 음악가들과 과학자들, 흑인 카우보이들과 미국-스페인 전쟁과 1차 세계 대전에 참여한 군인들, 영화배우들과 스턴트맨들, 대중적 혹은 고전적 이탈리아 르네상스와 문학에 나오는 인물들이, 특별한 미덕을 지닌 지역 주류 밀매자들, 달변가인 흑인 목사, 힘과 우아함을 지닌 지역 운동선수, 무자비한 사업가-의사, 우아한 옷과 매너의 급사장이나 호텔 문지기 등과 합해졌다." 엘리슨과 그의 친구들은 이러한 사람들로부터 자신들의 합성된 모습을 만들어 내려고 했다. 이러한 인물들이 그의 초기 소설에는 나오지 않지만, 세상을 전복하고 그들의 이미지대로 현실을 만들겠다는 그들의 시도가 가진 스타일과 느낌이 엘리슨의 산문에는 나타나 있다.

3

『보이지 않는 인간』이 나온 후, 엘리슨의 창조적 에너지는 그가 쓰고 있던 소설에 거의 전적으로 할애되었다. 첫 소설이 예기치 않게 놀라운 성공을 거두자, 그는 그렇지 않아도 수정을 거듭하는 성향이 더 심해져 작품에 만족하려면 아주 오랜 시간이 걸렸다. 그래도 그는 말년에 단편 소설에 관한 생각을 많이 했다.

나는 엘리슨이 마지막 병에 걸리기 전인 1994년 ─ 그의 팔십 세 생일에서 열흘 모자라는 어느 춥고 화창한 2월 오후였다 ─ 에 그의 아파트에서 그를 마지막으로 만났는데, 그는 소설에 대해 이런 말을 했다. "빌어먹을 변환 작업이 아직도 나를 미치게 하지만 그래도 재미는 있네." 그러면서 단편집을 출간하고 싶다고 말했다. (몇 달 전 나는 그가 발표한 단편 소설들을 모아서 낱장 탈착식으로 제본하여 그에게 보낸 적이 있었다.) 그는 좀 더 있을지 모른다고 넌지시 암시했다. 그리고 책으로 가득한 복도에서 떨어진, 엘리슨 여사가 '작은 방'이라고 일컫는 곳에 쑤셔 넣은 파일들이 있다고 농담조로 얘기했다. 그러나 그는 금세 관심을 창문으로 돌려 허드슨강에서 갈매기 한 마리가 바람이 일으킨 파도를 타는 모습을 내려다보았다. 나는 그가 단편 소설에 대해 얘기했던 것을 잊고 있다가, 2월이 두 번이나 지난 어느 바람 부는 오후, 소설의 어떤 부분을 찾던 중 문득 그 일을 떠올렸다.

"존," 엘리슨 여사가 말했다. "식당 탁자 밑에 상자가 하나 있는데 한번 보세요." 나는 그것을 샅샅이 뒤졌다. 나는 낡은 잡지들과 신문 잡지를 오려 낸 것들, 복사한 소설 원고 밑에서 앞면에 '랠프 E. 엘리슨'이라는 금색 글씨가 새겨진 갈색 모조 가죽 폴더를 찾아냈다. 그 안에는 원고로 불룩한, '초기 소설들'이라는 표지가 붙은 마닐라지 폴더가 있었다. 단편 소설들은 세월이 흐르면서 갈색으로 변해 바스라질 것 같은 종이에 타이핑되어 있었다. 이곳저곳이 X 자로 그어져 있었다. 수정 사항은 엘리슨의 육필로 표시되어 있었다.

나는 그것이 출간되지도 않았고 언급된 적도 없고, 아무도 알지 못하는 단편 소설들이라는 것을 깨달았다. 놀랍게도 엘리슨 여사조차도 그것들에 대해 모르고 있었다. 나는 엘리슨의 서류를 검토하면서 한두 편을 제외하고는 단편 소설들에 대해 언급한 것을 찾지 못했다. 이렇게 은닉되어 있던 단편 소설들이 이 단편집을 낼 힘을 주고 이것에 형태를 부여했다. 나는 처음에는 엘리슨이 발표했던 단편 소설들을 모으는 일을 미루고 있었다. 여덟 편의 소설들, 즉 「히크맨이 도착하다(And Hickman Arrives)」(1960), 「지붕, 첨탑, 사람들(The Roof, the Steeple and the People)」(1963), 「그것은 늘 터진다(It Always Breaks Out)(1963), 「준틴스(Juneteenth)」(1965), 「나이트 토크(Night Talk)」(1969), 「순수의 노래(A Song of Innocence)」(1970), 「불타는 캐딜락(Cadillac Flambé)」(1973), 「등짐으로 치기: 상원 의원을 향한 호소(Backwacking: A Plea to the Senator)」(1977)는 그가 쓰고 있던 장편 소설에서 발췌한 것들이기 때문이었다. 그 단편 소설들은 장편 소설의 출간을 기다려야 하는 운명이었다. 「당신은 행운의 꿈을 꾼 적이 있는가?(Did You Ever Dream Lucky?)」(1954)와 「병원에서 나와 술집에서(Out of the Hospital and Under the Bar)」(1963)는 『보이지 않는 인간』의 파생물이거나 처음부터 그 소설의 일부였다. 두 단편은 엘리슨의 절대적인 민중적 인물 메리 램보에 의해서 서술되는, 혹은 그에 관한 소설들이었다. 「슬릭은 배우려고 한다(Slick Gonna Learn)」(1939), 그리고 어쩌면 간접적으로 「모반(The Birthmark)」(1940)은 데이턴에서 쓰기 시작했다가 얼마 되지 않아 포기했던 소설 『슬릭』과 관련이 있었다.

여섯 편 이상의 초기 단편들이 발견되면서 엘리슨이 이미 발표한 최고의 소설들과 독립적인 미발표 소설들을 하나로 묶을 수 있게 되었다. 나는 발표된 단편 중 버스터와 라일리가 등장하는 세 편의 초기 단편들 「미스터 투잔(Mister Toussan)」 (1941), 「오후(Afternoon)」(1940), 「나에게 날개가 있다면(That I Had the Wing)」(1943)을 수록했고 같은 형태의 소설인 「두피가 벗겨진 두 인디언(Coupla Scalped Indians)」(1956)을 추가했다. (1954년 혹은 1955년에 작성된 메모에 따르면, 엘리슨은 「두피가 벗겨진 두 인디언」을 버스터-라일리 소설로 분류했다. 하지만 1956년 출간하기 전에 라일리라는 이름을 버리고 익명의 화자를 내세웠다. 어쩌면 그가 당시에 시작했던 두 번째 소설에서 그 스토리를 오클라호마와 관련된 장들 속에 넣으려고 그랬는지 모른다. 그러나 그는 그렇게 하지 않았다. 그래서 그 단편은 더 일찍 쓰인 버스터-라일리 소설에 일종의 코다로 기능하는 셈이다.) 다른 세 편의 단편, 즉 「이상한 나라에서(In a Strange Country)」, 「빙고 게임의 왕(King of the Bingo Game)」, 「집으로 날아가다」는 엘리슨이 상선에서 근무할 때인 1944년에 쓰여 발표되었다. 그가 『보이지 않는 인간』의 마술적인 첫 문장을 쓰기 불과 일 년 전이었다.

그의 생전에 발표되지 않은 일곱 편의 단편, 즉 「광장의 파티(A Party Down at the Square)」(엘리슨은 여기에 제목을 붙이지 않았다.), 「기차를 탄 소년(Boy on a Train)」, 「하이미의 경찰」, 「나는 그들의 이름을 알지 못했다(I Did Not Learn Their Names)」, 「보조를 맞추느라 힘들었다(A Hard Time Keeping Up)」(여기에도 제목이 없었다.), 「검은 공(The Black Ball)」, 「거대한 폭설(A Storm of Blizzard Proportions)」은 언제 쓰였는지가 다소 모호하다. 「하이미의 경찰」을 제외하면 엘리슨은 이 단편들에 날짜를 기록해 놓지 않았다. 그것들 중 네 단편, 즉 「광장의 파티」, 「기차를 탄 소년」, 「나는 그들의 이름을 알지 못했다」, 「하이미의 경찰」은 '초기 단편'이라는 해어진 딱지가 붙은 폴더에 있었다. (이들 중 「나는 그들의 이름을 알지 못했다」의 마지막 원고에는 엘리슨이 1940년에 살던 주소 — 뉴욕시, 해밀턴 테라스 25 — 가 첫 페이지 상단에 검정 잉크로 적혀 있었다. 타자기 키가 찍힌 형태들이 아주 유사하다는 것은 이 단편들의 마지막 원고들이 「하이미의 경찰」을 제외하면 모두 뉴욕에서 타이핑되었다는 것을 암시한다.) 「바텐더(Bartender)」와 「한 남자의 여자(One Man's Woman)」라는 제목이 붙은 두 개의 단편적인 스케치, 「기다리고 있던 사람(One Who Was Waiting)」, 「굿 나이트 아이린(Goodnight Irene)」, 「아이린, 굿 나이트(Irene, Goodnight)」 등처럼 다양한 제목이 붙고 여러 번에 걸쳐 수정되고 멜로드라마와 단조로움 사이를 오가는 단편도 '초기 단편' 폴더에 있었다. 나는 다른 서류 속에서 「보조를 맞추느라 힘들었다」와 「검은 공」의 원고를 발견했다. 원고 상단에 있는 주소와 이름으로 미루어, 두 단편은 1937년 후반기부터 1938년 4월까지 엘리슨이 데이턴에서 정신없이 글을 쓰던 시기에 완성되었거나 수정된 것이 아니라면 초고가 쓰였다. 그는 글을 쓰는 동안 생계를 유지하기 위해 뉴욕으로 돌아가 WPA(Work Projects Administration)의 뉴욕 작가 프로젝트에 관한 일을 했다. 그는 앤절로 헌든이 1942년에 《니그로 쿼털리(Negro Quarterly)》의 편집장을 맡아 달라고 설득할 때까지 그 일을 계속했다.

나는 엘리슨의 단편들을 편집하면서, 유작 출판의 본질과 관련하여 에드먼드 윌슨과 현대언어학회(MLA) 사이에 있었던 논쟁을 나 스스로 되풀이하고 있다는 느낌을 받았다. 여기에서 분명히 해 두고 싶은 것은 현재의 책은 단연코 이문본(異文本)이나 전문적인 편집본을 겨냥한 것이 아니라 한 사람의 독자로서 간행하는 것이라는 점이다. 발표되었거나 미발표된 소설들에서 내가 손을 댄 것은 아주 제한적인 교정에 지나지 않는다. 예외가 있다면 본문에 괄호로 처리한 부분이다. 예를 들어, 나는 「검은 공」에서 소년을 묘사하는 엘리슨의 메모를 본문에 삽입했다. 또한 나는 「하이미의 경찰」의 첫 단락에서 이전의 원고에는 있지만 마지막 원고처럼 보이는 것에서 의도치 않게 빠진 하나의 문장을 복원했다. 마지막으로, 나는 원고에 있는 구절을 이용하여 엘리슨이 제목을 붙이지 않고 놓아둔 두 개의 단편에 제목을 붙였다.

이 단편집에는 미국적인 주제에 대한 엘리슨의 탐색이 연대순으로 배치되어 있다. 기술과 스타일, 주제와 배경에서, 열네 편의 단편들은 엘리슨이 젊은 작가로서 1930년대에 갖고 있던 장래성과 가능성, 그리고 자기도 모르는 사이에 『보이지 않는 인간』을 구상했던 1940년대 중반부에 그가 서서히 성숙해 가는 과정을 보여 준다. 내가 택한 순서는 엘리슨이 1920년대와 1930년대 초반의 소년 시절과 청년 시절부터 1930년대 후반과 1940년대 초반의 성년에 이르기까지 알았고 상상했던 삶을 따른 것이다. 서로 다른 얼굴들이 단편에 나타난다. 때때로 인내와 조심스러운 연대의 정신이 인종의 문제를 초월한다. 말할 수 없는 잔인함과 폭력 행위들이 엘리슨이 생각하는 미국의 얼굴을 훼손하는 경우도 있다. 인종 차별이 '정상'으로 여겨지던 1920년대의 상황도 엿보인다. 대공황의 충격과 2차 세계 대전 중 흑인들이 경험했던 기회와 반목도 나타나 있다. 엘리슨은 그의 단편들에서 일관되게 서사 기법, 시점, 성격에 미치는 지리적 영향을 실험한다. 그의 단편을 읽으면 1920년경부터 1945년경까지 흑인 경험의 다양한 형태와 모습을 알 수 있게 된다. 또한 엘리슨은 당대의 현실을 충실하게 묘사함으로써 그의 작품에 보편성을 확보할 수 있게 된다. 예를 들어, 「집으로 날아가다」를 보면 상실과 외로움을 거쳐 '인간 세계로 다시 돌아'가는 청년의 원형이 제시된다.

4

엘리슨은 그가 쓰고 있던 소설의 페이지 아래쪽에 날짜 없이 '단편집'이라고 쓰고 그다음에 "린치와 비행기에 관한 이야기. 패니에게 찾아보라고 할 것."이라고 메모해 놓았다. 그러나 나는 내가 '광장의 파티'라고 제목을 붙인 소설에 대한 더 이상의 언급을 찾지 못했다. 그럼에도 불구하고 이 소설은 역작이다. 특히 엘리슨이 헤밍웨이의 기법과 효과에 대해 했던 말처럼 그것을 서술하는 것이 '관습상의 어려움을 수반하는 일'이었다는 사실을 고려하면 그렇다. 엘리슨은 앨라배마에 사는 삼촌의 집에 간 신시내티 백인 소년의 시각에서 잔혹한 린치를 서술함으로써, 그가 「20세기 소설과 인간성의 검은 가면

(Twentieth Century Fiction and the Black Mask of Humanity)」이라는 글에서 '말의 차별'이라고 했던 것을 거부하고 당시의 미국 문학에 남아 있던 인종적 서사의 선을 넘어 버린다. 린치를 당하는 흑인 피해자처럼, 작품 속 백인 화자에게도 이름이 없다. 그가 익명성을 갈망하는 것은 의심의 여지가 없다. 흑인이 불에 타는 동안 보고 듣고 냄새를 맡고 만지고 느끼는 모든 것이 그것을 바라보는 소년의 느낌과 말과 시점으로만 표현된다.

　작가로서 엘리슨은 어린 백인 화자의 의식 안으로 들어가 그의 입장에서 주변을 둘러본다. 소설은 작가의 자제와 그날 밤에 있었던 일에 대한 사실적이고 무섭고 노골적인 묘사와 더불어 팽팽한 긴장감을 형성한다. 소년이 구사하는 말은 자의식이 개입되지 않은 보고적인 형태의 말로 결국에는 그것이 자의식이 된다. 그가 마지막으로 한 말을 보면, 소년은 살해당하는 남자에게 존경심을 표하면서 동시에 그 감정을 감추려고 노력한다. "그것은 나의 처음이자 마지막 파티였다. 젠장. 그런데 그 검둥이는 강했다. 베이코트 검둥이는 대단한 검둥이였다!" 검둥이라는 말이 반복되는 것은 인간 조건의 신비와 평등을 거부하고 인정하고 또다시 거부하는 것이다.

　엘리슨은 그가 「놀라운 경우를 위한 용감한 말들(Brave Words for a Startling Occasion)」[2])에서 19세기 고전 소설들이 1920년대의 근대 소설에 자리를 내준 후로 미국 문학에서 거

---

2) 엘리슨이 1953년 첫 소설 『보이지 않는 인간』으로 전미 도서상을 받았을 때 했던 연설.

의 사라졌다고 말한 '개인적인 도덕적 책임 의식'을 이 소설에서 교묘하게 활용한다. 그는 「광장의 파티」에서 도덕적 관점이 없는 사람의 입장에서 보는 린치를 상상한다. 그의 기법은 독자들에게 증언이 아니라 관찰만 하는 이방인에 의해 서술되는, 막다른 골목에 처한 인간 조건을 경험하게 만든다. 흑인 희생자를 제외하면, 참여자들과 구경꾼들은 '베이코트 검둥이'를 서서히 고통스럽게 고문하는 행위를 보면서 흥분하는, 가깝고 먼 곳에서 온 백인들이다. 화자는 무슨 범죄나 모욕으로 인해 그런 일이 벌어지는지, 아무 단서도 주지 않는다. 어쩌면 그는 모르고 있다. 흥미롭게도 엘리슨이 오십 년쯤 후에 쓴 「웃음의 무절제(An Extravagance of Laughter)」에서 린치의 의례적인 의미에 대해 한 말은 초기 단편에 대한 주석처럼 보인다. "따라서 고통의 비명에 귀를 막고, 살이 타는 냄새와 광경에 무감각하고, 그로테스크한 독선에 활기를 띠게 된다." 이것은 정확한 사실이다. 소설에 나오는 구경꾼들은 비행기로 인해 아래로 늘어진 전선에 감전된 여성의 살이 타는 냄새에 오싹함을 느낀다. 그것은 비행기 조종사가 사이클론으로 인한 혼란 속에서 린치를 위해 피워 놓은 불을 비행장의 신호등으로 착각해서 발생한 일이다. 그런데 린치를 가하는 자들의 혐오감은 잠시뿐이다. 그들은 세상이 끝나야만 흑인을 산 채로 태워 죽이는 일에서 그들의 관심을 돌릴 수 있다는 듯, 그들이 하던 일로 돌아간다.

화자는 인간에 의한 린치와 사이클론에 의한 자연적인 잔혹함 사이의 두드러진 대비에 대해 아무 언급도 하지 않는다.

정확성이 중립에 달려 있기라도 한 것처럼, 그는 아무런 도덕적 입장을 취하지 않는다. 엘리슨의 독자는 해석자가 되어야 한다. 예를 들어, 화자는 보안관과 '그의 부하들이 번쩍이는 총을 손에 들고 소리를 지르며 사람들을 뒤로 물러나게' 해서 위험한 전선으로부터, 불이 붙은 단상에 아직도 밧줄로 묶여 있는 흑인을 향해 그들을 몰아 댈 때에야 보안관이 그 자리에 있다는 것을 밝힌다. 보안관이 불법적인 린치에 공권력을 활용하고 있다는 사실은 말할 필요도 없다. 그것의 효과는 헤밍웨이가 "감정을 수반하는 움직임과 사실의 순서."라고 말했던 것에 의해 전달된다. 스토리가 의식(儀式)적인 폭력의 끝을 향해 무자비하게 나아가면서 화자의 무관심은 훨씬 더 오싹한 것이 된다. 그가 '검둥이'와도, 양심과도 관련이 없기 때문이다. 그의 감성은 조건적인 인식이라는 단순한 감각에 한정되어 있다. 그의 반응이 너무 단조롭고 일차원적이어서 독자는 지금 무슨 일이 일어나고 있는지를 더욱 예리하게 의식하게 된다. 그러나 어린 백인 목격자는 흑인 남자의 잊기 어려운 고통이 그에게 남긴 인상을 은유적인 언어로 묘사한다. "나는 그것을 결코 잊지 못할 것이다. 나는 바비큐를 먹을 때마다 그 검둥이를 떠올릴 것이다. 그의 등은 바비큐를 한 돼지 같았다. 그의 등뼈에서 시작해 아래로 구부러지는 갈비뼈의 형태가 보였다. 검둥이의 등은 가관이었다." 그러나 화자인 소년이 보인 가장 **효과적인** 반응은 그의 내장에서 나온다. 수치스럽게도 그가 구토를 한 것이다. "나는 아프고, 피곤하고, 힘이 없고, 추웠다." 그의 감각 기능이 바로 그의 반응이다. 그것은 질문하지 말라고 배웠던 가치들에 대한 저항을 의미한다. 화자는 나중에 "바람이 사흘 동안 불었다."라고 말하며 자동적인 언어적 반응을 통해, 살해된 남자의 강인함을 모호하게 거듭 증언한다. 엘리슨의 능숙한 솜씨는 독자에게, 일어난 일이 자연적인 태풍이나 인간이 일으킨 태풍이 지나가더라도 없어지지 않을 것이라는 느낌을 갖게 만든다.

「광장의 파티」는 예외적인 작품이다. 백인 소년에 의해 서술되는 이야기는 엘리슨이 이후 단편들에서 흑인의 삶과 특성을 탐구하는 가혹한 배경이 되어 준다. 「광장의 파티」와 「집으로 날아가다」(이 소설에 나오는 흑인 노인은 이렇게 말한다. "그들 말로는 [내가] 이곳 메이컨 카운티에 폭풍을 일으키고 두어 건의 린치 사건을 일으켰다는 거야.") 사이에 있는 단편들은 소년기와 청년기에서 성년기에 이르는, 엘리슨이 상상했던 흑인 경험의 궤적을 따라간다. 사실과 느낌이 의식 전체를 압도하려고 위협하는 「광장의 파티」와는 대조적으로, 다른 단편들은 등장인물들의 '세심한 의식'에 의존한다. 「광장의 파티」의 어린 백인 화자는 사물들의 의미를 살피지 않고도 살아남는다. 앨라배마에서는 반응이 피상적일수록 좋다. 다른 화자들과 인물들은 그렇지 않다. 그들의 삶은 미국 흑인으로서 그것이 무엇이며 그 안에서 어떻게 사는지를 아는 것에 달려 있다.

「기차를 탄 소년」에 나오는 제임스는 최근에 아버지를 잃었는데, 어머니와 아기인 남동생과 함께 오클라호마시로부터 어머니가 가정부로 일하게 될 매컬러스터까지 기차를 타고 간다. (엘리슨도 어머니와 남동생 허버트와 함께 매컬러스터로 가서 일 년 동안 살았던 적이 있었다.) 「기차를 탄 소년」의 중심은 가족이 처한 현실이다. 주인공인 제임스는 가족에게 주는 영향이라는 관점에서 세상을 바라본다. 제임스는 소년기와 성인이 아님에도 성인처럼 행동하는 기대감 사이를 왔다 갔다 한다. 그는 백인들이 흑인들을 다르게 바라본다는 걸 아이의 눈으로 보면서 그 이유를 궁금해한다. 그러나 그것에 대한 설명이 없는 가운데, 위험에 대한 보호적인 수단으로 경계와 기민함에 의존한다. 그의 호기심은 보이는 것(그래야 하는 것)과 실제의 차이를 알도록 자극한다. 그는 기차 창문 옆으로 지나치는 세상과 세상의 인습적인 이미지 사이에 차이가 있다는 것을 알아차린다. 그가 보는 소는 "유아용 그림책에 나오는 소 같았다. 다른 점이 있다면 소의 머리 주변에 나비들이 없다는 것이었다."

버스터와 라일리가 등장하는 세 편의 초기 단편들에서 엘리슨은 소년기에 느꼈던 감정 — 이것은 그가 『그늘과 행동』에서 회고했던 감정이다 — 을 생생하게 표현한다. "우리의 자유에 일정한 한계들이 강요되었다고 우리의 의무감이 줄어든 것은 아니었다. 우리는 준비만 하는 게 아니라 실천해야 했다. 단순한 능력이 아니라 거의 무모한 열정을 갖고, (흑인적인 특성에 대한 애매하면서도 독특한 생각을 환기하지 않으면서도) 흑인만의 스타일로 그래야 했다." 두 소년은 자신들을 보호해 주지만 제한하는 가족이라는 보금자리에서 벗어나 더 큰 세계에서 자유롭게 비상하고 싶은 욕망에서, 엘리슨이 '다면적이고 다양한 역할들의 수행'이라고 일컫은 것을 실행해 간다.

「미스터 투잔」에서 버스터와 라일리는 문답식으로 투생 루베르튀르의 영웅적 행위에 관한 이야기를 즉흥적으로 만들어 간다. 그들은 언어라는 상징적 행위를 하면서 대담해지고 결국에는 로건이라는 백인이 접근을 금지한 체리를 몰래 따 먹을 대담한 계획을 세운다. 「오후」에서도 소년들은 무료할 뿐만 아니라 인종 문제로 더 복잡해진 어른들과의 갈등으로 인해 그들이 처한 교착 상태에 반발한다. 라일리의 아버지는 노예들에 대한 옛날의 처벌 방식을 부활시켜 '그를 훈제하겠다'고 위협하고, 버스터는 그의 어머니가 '뭔가 백인들과 문제가 있을 때마다' 자기한테 짜증을 낸다는 사실을 알고 더 화가 난다. 그가 하느님의 이름과 흑인 차별법에 관해 장난스럽게 말하다가 열성 신자인 케이트 이모한테 혼나는 이야기가 나오는 「나에게 날개가 있다면」에서, 소년들은 자연의 제한에 맞서 그들의 호기심과 야심을 시험해 본다. 그러나 병아리들에게 나는 법을 가르치다가 병아리들이 죽자, 케이트 이모가 죽음의 천사처럼 나타난다. 버스터와 라일리는 언어 속으로 도피한다.

「두피가 벗겨진 두 인디언」은 경험에 긴박감과 회상의 속성을 부여하는 서술 방식으로 통과 의례를 묘사한다. 소년들이 멀리 떨어진 숲에서부터 카니발이 벌어지는 곳을 향해 걸어갈 때, '더러운 입', 즉 트럼펫 소리가 들린다. 그때 버스터는 자유롭게 비상하는 음악에 어울리는 말을 즉흥적으로 만들어 낸다.

그래서 당신은 그걸 연주하지 않겠다는 건가요?

연주하지 않겠다는 건가요?

발을 구르며 박수를 치세요.

내가 연주해 약속의 땅으로 데려갈 테니까요.

"이런 말을 하는 거야. 백인들이 저 바보가 트럼펫이 무슨 말을 하는지 알면 그를 세상 밖으로 날려 버릴 거야."

그러나 금지 구역인 매키 이모의 오두막에서 의도치 않게 뭔가를 알게 되는 사람은 버스터처럼 최근에 '두피가 벗겨진'(할례받은) 화자다. 다른 사람들이 알면 그는 '쫓겨날지도' 모른다. 그는 달처럼 신비롭고 매혹적인 분위기가 감도는 늙은 여자와 애매한 만남을 가진 후 당황해서 나온다. 그녀의 몸은 듬성듬성 털이 난 그녀의 쭈글쭈글한 얼굴과 너무 대조적이다. 그것은 젊음의 약속과 아름다움과 저항할 수 없는 성적 마력처럼 보인다. "모든 것이 현실이었다." 그는 놀라서 말한다. 고요한 밤에 그의 감각들은 자연의 형상들로부터 영향을 받아 날카로워진다. 화자의 미묘한 감성은 삶과 세상의 신비로움과 가능성에 그를 열려 있게 하는 감정에 갑자기 부응한다.

「하이미의 경찰」과 그와 짝을 이루는 「나는 그들의 이름을 알지 못했다」는 경계와 폭력과 놀라운 유연성에 관한 단편들이다. 두 단편은 1930년대 초반에 엘리슨이 화물 열차를 타고 떠돌던 경험을 형상화한다. 「하이미의 경찰」은 혼자서 거리를 떠돌고, 같은 또래의 사람들처럼 어디에도 가지 못하는 이름 없는 젊은이의 행적을 따라간다. 「나는 그들의 이름을 알지 못했다」에서는 이름 없는 또 다른 젊은이가 화물 열차를 타고 어딘가로 가고 있다. 1933년에 엘리슨이 그랬던 것처럼, 그는 앨라배마에 있는 대학에 가고 있다. 각 소설에서 서술은 일인칭 복수의 시점에서 시작한다. 선원들이 배에서 형제애 같은 연대감을 느끼듯 기차를 타고 다니는 것이 그들에게 연대감을 느끼게 하는 것처럼 보인다. 「하이미의 경찰」을 보면 우리라는 말이 처음부터 끝까지 계속된다. 그것은 엘리슨의 화자가 자신의 이야기를 듣는 사람들을 언급하면서 이따금 당신이라는 말을 쓸 때와 경찰이 이유도 없이 하이미를 공격하고 하이미가 칼로 경찰을 죽이는 얘기를 하면서 나라는 말을 쓸 때만 중단된다. 화자의 눈에 하이미는 투우사요 갑자기 펼친 칼이요 막대에 묶인 붉은 천이다. 「하이미의 경찰」은 탈출기이기도 하다. 젊은 흑인 화자와 동료들은 얻어맞거나 감옥에 갇히거나 더 심한 일을 당할 참이다. 죽은 동료를 위해 복수하려고 씩씩거리는 두 명의 앨라배마 경찰들이 그들을 몽고메리역 뜰에 집합시켜 놓고 있다. 젊은 떠돌이들은 죽음의 장소와 이 년 전에 조작 사건이 있었던 스코츠보로로부터 멀리 그들을 데려가는 화물 열차에 올라타고 '몹시 행복'해 한다.

「나는 그들의 이름을 알지 못했다」는 「하이미의 경찰」의 화자가 이제는 경험이 더 많아져 다른 이야기를 하듯 이야기를 시작하는 단편이다. 여기에서 우리는 화자와 그의 친구를 가리키는데, 모리라는 백인에 대해 얘기할 때는 우리가 나로 바뀐다. 모리는 다리 하나가 의족인 백인으로 차량 사이로 떨어질 뻔한 화자를 구해 준다. 「하이미의 경찰」처럼 「나는 그들의 이름을 알지 못했다」는 화자가 타고 있는 화물 열차의 리듬에 맞춰 서사가 움직인다. 그것은 때로는 평탄하고 빠르게, 때로는 쿵쿵거리며 요란스러운 동작으로, 때로는 갑자기 정거하면서 차량들이 붙었다가 떨어지고, 다시 어딘지 모르는 목적지를 향해 서행하거나 달려가는 것을 반복하는 열차의 리듬이다. 그의 후계자인 '보이지 않는 인간'처럼, 화자는 개인적이고 심지어 친밀감까지 있다. "나는 그 시절에는 미워하지 않으려고 노력하며 힘든 시간을 보내고 있었다." 그는 이렇게 고백하고 인종적 편견에 대해 고도로 기술적인 반응을 한다. "나는 모리의 도움을 받아 가며 여전히 떠돌이들과 싸웠다. 그러나 나는 개인적으로 공격하는 게 아니라 그들이 배운 것을 수동적으로 표현할 뿐인 사람들을 공격하지 않아야 한다는 것을 배웠다." 화자인 젊은 남자는 콜로라도에서부터 캔자스를 거쳐 오클라호마에 이르는 시골 풍경을 생생하게 그려 낸다. 그것은 엘리슨이 고등학교 밴드부와 함께 덴버로 갔던 여행에 대한 기억과 흡사하다. 여하튼, 화자가 화물차 안에서 만난 늙은 부부는 서로에게는 다정하고 그에게는 지나치다 싶을 정도로 친절하다. 「하이미의 경찰」에 나오는 익명의 화자와 흡사하게, 이 화자도 자신이 누구인지 드러내지 않는다. 그러나 그는 지식과 언어가 복잡하다는 것을 인정하면서, 앨라배마의 디케이터에 있는 감옥에 갇혀 있을 때 스코츠보로에 대해 알게 되었고, "나는 감옥에 있는 며칠 동안 노부부에 대해 자주 생각했다. 그들의 이름을 알아 두지 못했다는 것이 유감스러웠다."라고 말한다. 물론 그는 그 이상의 것을 배웠다. 여기에서 민주적인 평등을 향한 엘리슨(그리고 등장인물들)의 갈증이 다시 드러난다. 트웨인의 뗏목과 멜빌의 포경선처럼, 엘리슨의 철로는 폭력과 위험과 인종적 증오에도 불구하고 형제애의 가능성을 열어 놓는다.

「보조를 맞추느라 힘들었다」, 「검은 공」, 「빙고 게임의 왕」은 더 큰 세계에서 길을 찾아가는 젊은 흑인 남자들의 이야기다. 그들은 승산이 불확실한 삶에 적응한다. 거액의 상금에 당첨되었을 때조차 그 결과가 좋게 보면 의심스럽고 나쁘게 보면 정해져 있다. 「보조를 맞추느라 힘들었다」에 나오는 눈 덮인 전차 철로처럼, 인종 차별은 늘 거기에 있다. 보이든 보이지 않든, 그것은 메이슨-딕슨 라인[3]으로부터 멀지 않은 익명의 도시에 잠시 머무는 두 명의 식당차 웨이터들과 「검은 공」에서 아파트 건물의 관리인이자 잡역부로 일하는 존에게는 명백하다. 다른 미발표 초기 단편들처럼 「보조를 맞추느라 힘들었다」는 신원이 불확실한 화자에 의해서 서술된다. 인종 차별에 분노하고 때로는 분노를 쏟아내는 조라는 친구가 지나가듯 '알(Al)'이라고 부르는 것을 제외하면 그렇다. 단편은 눈발을 뚫고 도시의 흑인 지역으로 최고의 방을 얻으러 가는 두 친구가 느

---

3) 1760년대와 1780년대에 메릴랜드와 버지니아를 구분하기 위해 그은 경계선.

끼는 바를 서술한다. 그들이 그걸 기대하는 것은 아니지만 꼭 무슨 일이 일어날 것만 같다. 그러나 추악하고 성적인 문제가 결부된 인종적 사건처럼 보이던 것이 건달인 아이크와 운동하면서 알고 지내던 흑인 친구 찰리 사이의 내기였다는 것이 드러나자, 조와 알은 웃을 수 있게 된다. 엘리슨은 헤밍웨이의 스타일을 모방하여, 「살인자들」에 나오는 위험과 절망의 부재를 효과적으로 뒤집는다.

「검은 공」에 나오는 게임과 쌓여 있는 카드는 인종 차별에 대한 적절한 은유다. 어쩌면 미발표 단편 중에서 가장 정교하게 만들어진 은유일 것이다. 화자인 존은 아버지로서 아들을 향한 한없이 다정한 마음 때문에 긴장하고 있다. 그는 자신이 무엇을 하든 아이가 '공놀이'의 왜곡된 규칙들을 알게 될 것이고, 어쩌면 이미 알게 되었는지 모른다고 생각한다. 남서부를 배경으로 하는 다른 미발표 단편들과 마찬가지로 '몽고메리 카운티 공화당 당무 회의'라는 글자가 찍힌 종이 뒷면에 타이핑된 「검은 공」은 화자가 남부와 남서부의 차이에 민감하게 반응함으로써 깊이가 더해진다. "그는 우리가 이런 식으로 자기 같은 사람들과 싸우는 걸 두려워하지 않는다는 것을 모르는 걸까?" 존은 무식한 백인 노동자라는 고정 관념에 대한 반사적인 반응으로 이렇게 생각한다. 이것은 그 남자가 앨라배마에서 백인 여자를 강간했다는 허위적인 혐의를 받은 흑인 친구를 위해 알리바이를 대 주었다는 이유에서, 그들이 가솔린 토치로 그의 손을 지졌다는 사실을 알기 전 일이다. 존은 그 이야기를 들은 후 그 남자의 손을 보면서 의심이 사라지는 것을 느낀다. 초기 단편에 나오는 엘리슨의 흑인 인물들은 백인에 대한 적개심을 극복하려 하고 불신을 거두고 형제애를 향한 노력에 동참하게 된다. 이 경우에 그것은 흑인이든 백인이든 상관없이 건물에서 일하는 노동자들로 이루어진 노동조합을 만드는 일이다. 존은 백인 조직책의 화상을 입은 손을 떠올리고 검은 공 뒤에 그를 넣어 버리겠다는 상사의 위협과 어린 아들의 지혜롭지만 순진한 질문들을 생각하며 "어쩌면 옛날 공에는 흰색과는 다른 색깔이 있었을지 모른다."고 생각하게 된다.

삼인칭 시점으로 되어 있는 「빙고 게임의 왕」은 남부에서 할렘으로 새로 이주한 사람이 빙고 번호를 맞혀 운명의 수레바퀴를 돌려 거액의 상금을 탈 기회를 갖게 되는 모습을 그린다. 아내를 병원으로 데리고 갈 돈이 절박하게 필요함에도 불구하고, 바퀴를 돌리는 행위는 그의 에너지이고 삶이고 신(神)이 된다. 빙고의 왕은 리언 포러스트가 「저주파의 광휘(Luminosity from the Lower Frequencies)」라는 글에서 엘리슨의 도전적인 상상력과 관련이 있다고 한 악마적인 힘을 경험하게 된다. 그는 버튼을 누르는 행위에서 해방감을 느끼고 경찰관이 강제로 그를 떼어 놓을 때까지 버튼을 놓을 수가 없게 된다. 그는 바퀴가 두 개의 0이라는 숫자와 잭팟에 멈추는 것을 보는 순간, 경찰관에게 곤봉으로 얻어맞는다. 두 개의 0이라는 숫자가 그의 운명이다. 커튼 뒤에서 얻어맞는 것을 제외하면 "승자는 아무것도 가져가지 못한다." 그는 틀림없이 다시 감옥에 들어갔다가 풀려나거나 시궁창에 처박힐 것이다. 「빙고 게임의 왕」은 『보이지 않는 인간』에 나타나는 가변성과 폭력, 혼란과 초현실에 지불하게 되는 대가를 예시한다.

「이상한 나라에서」도 정체성의 난제에 집중한다는 점에서 『보이지 않는 인간』을 예시한다. 로버트 G. 오밀리가 『랠프 엘리슨의 기교(The Craft of Ralph Ellison)』에서 말한 것처럼, 이 소설에서 "정체성이라는 복잡한 문제에 대한 답은 음악적인 것이다." 여기에서 "음악은 민주주의와 사랑에 대한 엘리슨의 은유다." 주인공인 파커가 고통스러운 자의식 속에서 깨닫게 되는 것은 동족인 백인한테 맞아 눈이 멍들고 나서 친해지는 웨일스 남자들에게는 그가 진짜 미국인이라는 것이다. 그들은 엘리슨이 오랜 후에 썼던 것처럼, "흑인들에게는 의심의 여지 없이 미국적인 어떤 것이 있다."는 것을 알아본다. 파커는 그들이 자신을 그렇게 인식하는 것을 보고 그것에 맞춰 행동하는 것이 몹시 고통스럽다. 웨일스 합창단이 미국 국가를 힘차게 부르는 동안, '그는 자신을 배반하기라도 하듯 자신의 목소리가 갑자기 커진 라디오 소리처럼 노래를 부르는 것을 의식'한다. 그의 무의식 속에서 '이상한 나라'는 웨일스가 아니라 미국이다. 많은 미국인들처럼 파커는 자신의 미국적인 특성을 해외에서 발견한다. 웨일스에서 처음 본 미국 백인들에게 이유 없이 맞은 파커는 미국을 향해 양가적인 감정을 느낀다. 그것은 '끔찍하고 불길한 꿈의 나라'이기도 하고, 고향에서 잼 세션4)을 통해 그가 경험했던 이상이 있는 나라이기도 했

---

4) 재즈 연주자들이 악보 없이 하는 즉흥적인 연주.

다. "우리는 잼을 할 때 재모크라트⁵⁾가 되는 거다." 그는 속으로 이렇게 생각한다. "환상으로부터 자유로운 것이 어떤 느낌이냐?"고 물으면, '보이지 않는 인간'은 "고통스럽고 공허하다."라고 대답할 것이다. 이전에 쓰인 「이상한 나라에서」에 나오는 파커는 '환상으로부터 자유로운' 미국에 대한 자신의 권리를 주장한다. 자기 인식을 향한 그의 몸부림은, 엘리슨이 1981년에 나온 『보이지 않는 인간』 30주년 판 서문에서 "행동할 뿐만 아니라 사유할 수 있고" "의식적인 자기주장을 할 수 있는 능력이 자유를 향한 그의 서투른 탐색에서 전제가 되는 화자를 창조하는 것"이었다고 말한 것을 예시한다. 이러한 이야기들에 나오는 다른 화자들과 등장인물들처럼, 파커는 『보이지 않는 인간』에 나오는, 상처들을 향해 블루스 같은 음조의 웃음을 웃고 인간 조건에 대한 고발에 자신을 포함시키면서, 세계의 다양성을 더 잘 보고 받아들일 수 있는 인물을 예시한다.

「이상한 나라에서」가 1944년 7월에 발표되었을 무렵, 엘리슨은 「거대한 폭설」을 쓰기 시작했다. 당시, 그는 상선을 타고 북대서양을 가로질러 웨일스의 스완지항으로 항해 중이었다. 그는 9월에 초고를 쓰고, 두 개의 초고에 친구의 비판적인 긴 편지를 곁들여 놓았다. 그리고 10월에는 그 소설을 제쳐 놓았다.

「거대한 폭설」은 이름이 없는 화자가 그와 결혼하고 싶어하는 사랑하는 웨일스 여성에게 작별을 고하는 오후에 일어

---

5) 엘리슨이 즉흥 연주를 의미하는 잼(jam)과 사람이라는 의미의 크라트(crat)를 합성해 만든 말로, 즉흥 연주를 하면 연주자들 모두가 인종과 국가의 구분 없이 하나가 된다는 의미다.

나는 이야기다. 그것은 환상에 기초한 소설로, 전설적인 권투 선수였던 잭 존슨의 성격과 스타일만이 아니라 조이스와 헤밍웨이의 기술과 리듬을 모방한다. 엘리슨의 에세이에 친숙한 독자들은 그의 어머니가 세상을 떠난 눈 내리는 아침, 메추라기를 사냥했던 기억들이 엘리슨의 자전적이고 서정적인 생각들이 묻어나는 에세이 「2월」과 비슷하다는 것을 알아볼 것이다. 「거대한 폭설」의 화자에게, 그 시기는 '테루엘의 겨울'이기도 했다. 특히 그는 오하이오주 남서부에서 경험했던 눈과 상실을 1938년 1월 잔인하고 치명적인 역습이 있기 전, 일시적으로 스페인 내전의 전환점인 것처럼 보였던 공화당의 승리(겨울철이기도 했다.)와 연관 지어 생각한다.

소설에 나오는 화자와 웨일스 연인의 만남에서, 인간적인 친밀함과 자연은 사회와 역사의 무자비한 힘들과 갈등 관계에 있다. 조앤은 '폭격기의 달'을 가리게 될 다가오는 폭설을 환영한다. 그리고 그녀의 '검은 양키'는 그녀에게 돌아오겠다고 우기지만, 그는 속으로는 자신이 그러지 않을 것이라는 걸 안다. 미국에서는 그들이 남자와 여자 혹은 남편과 부인의 관계가 되지 않을 것이고, 오히려 미국의 인종 차별 체스판에서 흑과 백 졸들이 될 것이기 때문이다. 이 잠정적인 소설에서 엘리슨은 그에 앞선 작가들의 기술을 활용하여 사랑과 상실의 보편성이 그의 시대와 공간과 상황에 어떻게 작동하는지를 보여 주는 자신의 이야기를 만들어 낸다.

「광장의 파티」와 더불어, 「집으로 날아가다」는 이 단편집의 표제작이다. 이 단편은 엘리슨이 『보이지 않는 인간』에서 그것들을 갖고 비상(飛翔)했던 불가시성, 할아버지의 난제, 솔로 브레이크 기술6) 등을 예시한다. 「집으로 날아가다」에 나오는 북부 출신 주인공은 조이스의 스티븐 디덜러스7)가 그랬던 것처럼 자신이 인종과 언어와 지리의 한계를 벗어나는 기술을 익혔다고 생각하기 시작하는데, 어쩔 수 없는 상황으로 인하여 남부의 이상한 '옛 나라'와 직면하게 된다. 이카로스8)의 문학적 후손이라고 할 수 있는 토드는 터스키기의 조종 학교에 등록한 흑인 조종사로 비행기를 타고 너무 높이 올라갔다가 앨라배마의 시골에 추락한다. 신화 속의 이카로스와 다르게, 그는 제퍼슨에게 구조된다. 제퍼슨의 민간 설화와 행동은 토드로 하여금 자신이 어디에 있고 누구인지를 깨닫게 한다. 그는 늙은 흑인 농부와 그의 아들을 따라 미로 같은 앨라배마 계곡에서 빠져나와 삶으로 돌아올 수 있게 된다. 앞에서는 토드에게 모욕으로 여겨졌던 웃음이 소설의 대단원에서는 그의 깊은 곳에서부터 터져 나오는 웃음이 된다. 노인 제퍼슨은 혼란스러운 상황을 이용하여 그를 위험으로부터 구해 준다.

『보이지 않는 인간』의 1981년 판 서문에서 엘리슨은 소설 속의 조종사를 '양쪽으로부터 오해받는다고 느끼고 어느 쪽에

---

6) 재즈에서 중간에 악기가 즉흥적으로 연주하는 공간을 만들어 주기 위해 다른 악기들이 일시적으로 연주를 중지하는 일.

7) 제임스 조이스의 소설 『젊은 예술가의 초상』의 주인공.

8) 밀랍으로 붙인 날개로 크레타섬을 탈출하지만 너무 높이 날지 말라는 아버지 다이달로스의 경고를 듣지 않아 태양열에 밀랍이 녹아 바다에 떨어져 죽은 인물.

서도 편하지 않은' '두 세계의 남자'라고 얘기한다. 앞을 내다보며 그는 이렇게 결론짓는다. "나는 '보이지 않는 인간'과의 관계에 대해 결코 알지 못했다. 그러나 그에게 일부 증상이 있었음은 분명하다." 엘리슨은 그가 '보이지 않는 인간'의 궁극적이고 적절하고 형제애적이고 민주적인 낙관주의를 당시에 어느 정도 갖고 있었다는 말을 덧붙이고 싶었을지 모른다. '그 남자와 소년과 그 자신 사이에 흐르는 새로운 소통의 물결'이 토드로 하여금 말똥가리 — 그가 두려워했고 동일시했으며 연습 비행 중 비행기를 향해 날아들었던 검둥이(jimcrow) 중 하나 — 를 비행과 자유의 상징으로 변모시키게 만든다. 소설의 마지막 문장은 이렇게 끝난다. 그는 "태양 속으로 검은 새가 미끄러져 들어가 불타는 황금색 새처럼 빛나는 모습을 보았다." 이것은 어쩌면 예언적인 이미지인지 모른다. 그것은 라이어널 햄프턴이 작곡한 대표적인 빠른 박자의 재즈 곡 「Flying Home」(1957)에서 영감을 받고 『보이지 않는 인간』에서 찾아볼 수 있는 엘리슨의 화려한 비상에 대한 예언적인 이미지다.

5

여기에 묶인 단편들은 전체적으로 보면, 엘리슨이 오십오 년 넘게 작가로 살면서 미국인의 정체성에 대해 탐구했던 것을 놀라울 만큼 일관되게 보여 준다. 「검은 공」에 나오는 작은 아이는 아버지에게 다른 사람들이 그에 앞서 했고 이후에 오는 사람들도 여전히 서로 다른 인종적 입장에서 하는 질문들을 한다. "아빠, 갈색이 흰색보다 훨씬 더 좋은 거죠?" 아버지는 그 말을 인정한다. "그렇게 생각하는 사람들도 있지. 그러나 미국인이라는 것이 둘보다 더 좋은 거란다, 아들아." 아버지의 응답은 공통된 — 똑같은 게 아니라 공통된 민주적 정체성에 대한 엘리슨의 믿음을 확인해 준다. 간단히 말하면, 이러한 생각이 엘리슨의 신조다. 오래전 이야기의 화자처럼, 그는 미국의 현실과 원칙 사이에 여전히 존재하는 거리를 의식하며, 미국과 그것이 표방하는 이상에 헌신할 것을 약속한다. 엘리슨에게 미국이라는 개념은 소설이 가진 잠재력과 아주 가깝다. 그가 어떤 친구의 책에 써 준 것처럼, 그는 각각을 '끊임없이 추구하면서도 끊임없이 놓치지만 늘 거기에 있는' 영역이라고 생각했다. 그의 단편 소설들에 대해 우리는 이렇게 말할 수 있겠다. 그것들이 엘리슨을 소설의 영역으로 이끌어, 복합적이고 위협적이고 우애적인 민주주의의 '저류'를 탐색하는 『보이지 않는 인간』을 향해 나아가게 했고, 그것을 넘어, 당시 쓰고 있던 소설에서 미지의 영역을 탐색하게 해 줬다.

1996년 11월
워싱턴 D. C.에서
존 F. 캘러핸[9]

---

9) John F. Callahan(1940~). 랠프 엘리슨의 친구이자 문학 편집자. 엘리슨의 두 번째 장편 소설 『준틴스』를 사후에 엮어서 발표하기도 했다. 20세기 아프리카계 미국인 문학과 관련한 수많은 저서를 집필하고 편집했다.

광장의 파티

나는 그 일이 어떻게 시작되었는지 알지 못한다. 한 무리의 남자들이 에드 삼촌 집에 오더니 광장에서 파티가 열린다고 말했다. 삼촌은 큰 소리로 나를 부르며 같이 가자고 했다. 나는 그들과 함께 어둠과 비를 뚫고 달렸다. 우리는 금세 광장에 도착했다. 우리가 도착했을 때 모든 사람은 미쳐서 말없이 그 검둥이를 바라보고 있었다. 일부는 총을 들고 있었다. 한 남자가 엽총 총열로 검둥이의 바지를 찔렀다. 그는 방아쇠를 당겨야겠다고 말했지만 실제로 당기지는 않았다. 그곳은 법원 청사 바로 앞이었다. 시계탑의 낡은 시계가 12시를 알리는 종을 치고 있었다. 차가운 바람이 불며 차가운 비가 내리고 있었다. 비는 내리면서 얼어붙었다. 모두가 추워했다. 검둥이는 떨지 않으려고 팔로 몸을 감싸고 있었다.

어린 소년들 중 하나가 에워싼 사람들을 헤치고 나가더니 검둥이의 셔츠를 벗겨 버렸다. 그는 서 있었다. 피워 놓은 불의 빛에 검은 피부가 떨리는 모습이 보였다. 그는 바지 주머니에 손을 넣고 겁먹은 얼굴로 우리를 바라보았다. 사람들이 검둥이를 빨리 죽이라고 소리를 지르기 시작했다. 누군가가 소리쳤다. "이 검둥이 놈아, 호주머니에서 손 빼. 우리가 곧 뜨겁게 해 주마." 그러나 그 검둥이는 그의 말이 들리지 않는지 손을 그대로 두고 있었다.

정말이지 비는 차가웠다. 나는 너무 손이 시려 주머니에 넣고 있어야 했다. 피워 놓은 불은 아주 작았다. 그들은 검둥이가 있는 단상 주변에 통나무를 놓고 휘발유를 부었다. 불길이 솟으며 광장 전체가 환해졌다. 늦은 시간이었다. 가로등은 꺼진 지 오래였다. 불빛이 너무 밝아서인지 광장에 서 있는 장군의 청동상이 마치 살아 있는 것만 같았다. 곰팡이가 슬어 녹색인 얼굴에 그림자들이 너울거리니 그가 미소를 지으며 검둥이를 내려다보는 것처럼 보였다.

그들은 휘발유를 더 부었다. 그러자 불을 켤 때나 붉은 해가 떨어질 때처럼 광장이 환해졌다. 마차와 자동차 들이 연석 주변에 세워져 있었다. 그런데 그날은 토요일 같지 않았다. 검둥이들은 거기에 없었다. 베이코트 검둥이를 제외하고 단 한 명의 검둥이도 거기에 없었다. 그들은 그를 제드 윌슨의 트럭 뒤에 묶어 그곳으로 끌고 왔다. 평소에는 토요일이면 백인들만큼 많은 검둥이들이 그곳에 있었다.

그들이 막 검둥이에게 불을 붙이려고 하자 모두가 미친 듯이 소리를 질렀다. 나는 사람들 뒤에 가서 광장 주변을 둘러보고 차들이 몇 대나 있는지 세어 보았다. 사람들의 그림자가 광장 중앙의 나무들 위로 너울거리고 있었다. 사람들이 지르는 소리에 잠에서 깬 새들이 거리 위로 날아가고 있었다. 새들은 아침이 되었다고 생각했을지 몰랐다. 비가 내리고 도로 위의 조약돌이 얼어붙으면서 반들반들 빛나기 시작했다. 나는 차들을 사십 대까지 세다가 숫자를 잊어버렸다. 나는 차들이 짐마차들과 섞여 있는 것으로 미루어 사람들이 피닉스시에서 그곳에 온 게 틀림없다는 것을 알았다.

정말이지 엄청난 밤이었다. 잊을 수 없는 밤이었다. 소음이 잠잠해지자 사람들 뒤에 서 있던 내 귀에 검둥이의 목소리가 들렸다. 그래서 나는 사람들을 헤치고 앞으로 나아갔다. 검둥이의 코와 귀에서 피가 흐르고 있었다. 검은 피가 검은 피부에 흘러내리고 있었다. 그의 몸 전체가 빨갰다. 그는 뜨거운 스토브 위의 닭처럼 양발을 번갈아 가며 들어 올리고 있었다. 나는 그들이 그를 묶은 연단을 내려다보았다. 그들은 타오르는 불길을 그의 발 가까이 밀어 놓고 있었다. 틀림없이 그에게는 불길이 엄청나게 뜨거울 것이었다. 불길이 그의 크고 검은 발가락에 닿을락 말락 했다. 누군가 검둥이에게 기도를 하라고 소리쳤다. 그러나 검둥이는 이제 아무 말도 하지 않고 있었다. 그저 눈을 감고 신음하면서 번갈아 가며 양발을 위아래로 버둥거리고 있었다.

나는 통나무에 붙은 불길이 검둥이의 발에 점점 더 가까이 가는 것을 지켜보았다. 통나무에는 불이 제대로 붙어 있었다.

비가 그쳤다. 바람이 일면서 불길이 더 높아졌다. 나는 주변을
둘러보았다. 군중 속에는 서른다섯 명의 여자들이 있었다. 나
는 남자들의 목소리 사이로 그들의 맑고 날카로운 목소리를
들을 수 있었다. 그때 그 일이 일어났다. 나는 다른 사람들과
동시에 그 소리를 들었다. 그것은 만(灣)에서 불어오는 폭풍
소리 같았다. 모두가 무슨 일인지 보려고 공중을 쳐다보았다.
사람들은 놀라고 두려워하는 얼굴이었다. 검둥이를 제외하고
모두가 그랬다. 그는 그 소리를 듣지도 못했다. 고개를 들지도
않았다. 그때 굉음이 우리의 머리 바로 위에서 들렸다. 바람이
점점 더 거세게 불었다. 소리가 빙글빙글 도는 것 같았다.

그때 나는 비행기를 보았다. 날개에 달린 붉고 푸른 등이
구름과 안개 사이로 보였다. 나는 그것을 순간적으로 볼 수
있었다. 그때 그것이 낮은 구름 속으로 올라갔다. 나는 60여
킬로미터 떨어진 비행장 방향의 건물 옥상에 있는 신호등을
바라보았다. 신호등이 회전하고 있지 않았다. 보통은 밤에 신
호등이 공중에서 회전하는 것을 볼 수 있었지만 오늘은 그렇
지 않았다. 그때 그것이 다시 나타났다. 안개 속에 길을 잃은
한 마리의 큰 새 같았다. 나는 붉고 푸른 등을 바라보았다. 그
것은 더 이상 거기에 있지 않았다. 그것은 전보다 건물 옥상
에 더 가까이 날고 있었다. 바람이 더 심하게 불고 있었다. 나
뭇잎들이 날아다니기 시작하며 바닥에 우스꽝스러운 그림자
를 만들었다. 나뭇가지들이 소리를 내며 떨어지고 있었다.

그것은 폭풍이 맞았다. 조종사는 자신이 비행장 위에 있다
고 생각한 게 틀림없었다. 어쩌면 그는 광장의 불이 착륙을 도

우려고 거기에 있다고 생각했는지도 몰랐다. 젠장, 그것이 사람들을 질겁하게 만들었다. 나도 질겁했다. 그들은 소리를 지르기 시작했다. "착륙하려나 봐. 착륙하려나 봐." "떨어지려나 봐." 몇몇 사람들은 그들의 차와 짐마차를 향해 달려가기 시작했다. 나는 짐마차들이 삐걱거리고 체인이 덜거덕거리고 차에 시동이 걸리면서 배기가스가 뿜어져 나오는 소리를 들을 수 있었다. 나의 오른쪽에서는 말 한 마리가 갑자기 움직이기 시작하면서 자동차를 발굽으로 찼다.

나는 어떻게 해야 할지 몰랐다. 달아나고 싶기도 하고, 거기에 있으면서 무슨 일이 벌어지는지 보고 싶기도 했다. 비행기가 엄청나게 가까이 있었다. 조종사는 자신이 어디에 있는지 파악하려고 하는 것 같았다. 비행기에서 나는 소리가 모든 소리들을 압도했다. 그 진동을 느낄 수 있을 정도였다. 모자 속의 내 머리칼이 바짝 선 것 같았다. 나는 한쪽 발을 앞으로 내밀고 칼을 짚고 있는 장군의 동상을 바라보았다. 나는 달려가서 그의 다리 사이로 올라가 앉아 요란한 소리에 몇몇 사람들이 정지해 있는 모습을 보고 싶었다. 나는 위를 쳐다보았다. 비행기가 광장 중앙의 나무들 바로 위로 미끄러지듯 나아가고 있었다.

모든 엔진이 꺼져 있었다. 나는 비행기 바퀴 밑에서 나뭇가지들이 우지끈 부러지는 소리를 들을 수 있었다. 나는 이제 비행기를 온전히 볼 수 있었다. 날개 밑에 검정 글씨로 T.W.A라고 쓰인, 은색 몸체의 비행기가 불빛에 반짝이고 있었다. 비행기는 광장 밖으로 부드럽게 움직이더니, 시내를 지나 버밍엄

고속도로를 따라 늘어서 있는 고압선을 후려쳤다. 엄청나게 요란한 소리가 났다. 닫힌 헛간의 양철 문을 바람이 때릴 때 나는 소리 같았다. 비행기가 바퀴로 고압선을 치면서 불꽃이 튀었다. 전봇대에서 늘어진 전선에서 푸른 불꽃이 튀면서 한 무리의 뱀처럼 주변으로 퍼져 나가며, 어둠 속에 푸른 불꽃을 만들었다.

비행기는 대여섯 개의 고압선을 쳐서 늘어지게 만들었다. 전선이 늘어져 흔들리고 있었다. 전선이 닿을 때마다 더 많은 불꽃이 튀었다. 바람에 전선이 흔들리고 있었다. 내가 그곳에 갔을 때, 탁탁거리는 소리를 내는 푸르고 흐릿한 장막이 고속도로를 가로질러 펼쳐져 있었다. 나는 달려가면서 모자를 잃어버렸지만 그것을 찾으려고 멈추지 않았다. 나는 그곳에 처음으로 도착한 사람들 중 하나였다. 나는 광장의 잔디를 가로질러 내 뒤에서 달려오는 사람들의 소리를 들을 수 있었다. 그들은 고래고래 소리를 지르고 서로를 밀치며 달렸다. 누군가가 흔들리는 전선까지 밀쳐졌다. 그러자 대장장이가 붉게 달궈진 편자를 물통에 넣을 때 수증기가 올라오면서 나는 것과 흡사한 소리가 났다. 나는 살이 타는 냄새를 맡을 수 있었다. 처음 맡아 보는 냄새였다. 가까이 가 보니 여자였다. 그녀는 즉사한 게 틀림없었다. 그녀는 판자처럼 딱딱하게 웅덩이에 누워 있었다. 비행기가 전봇대를 넘어뜨리면서 깨진 유리 절연체 조각들이 그녀의 주변에 놓여 있었다. 그녀의 흰 드레스는 찢어져 있었다. 나는 물속으로 늘어진 그녀의 가슴 한쪽과 허벅지를 보았다. 비명을 지르고 기절하며 전선에 거의 넘어질 뻔한 어떤 여자를 한 남자가 붙잡았다. 보안관과 그의 부하들이 번쩍이는 총을 손에 들고 소리를 지르며 사람들을 뒤로 물러나게 하고 있었다. 모든 것이 불꽃 때문에 푸르스름했다. 그 충격이 여자를 거의 검둥이처럼 검게 만들었다. 나는 그녀도 푸르스름한지, 아니면 그것이 그저 불꽃인지 보려고 했다. 그런데 보안관이 나를 밀쳐 냈다. 나는 뒷걸음질을 치면서 오른쪽 어딘가 구름 속에서 비행기의 엔진에 시동이 걸리는 소리를 들었다.

구름은 바람 속에서 빠르게 움직이고 있었다. 뭔가 타는 냄새가 바람에 실려 왔다. 나는 돌아섰다. 군중이 다시 검둥이를 향해 돌아가고 있었다. 나는 그가 불길의 한복판에 서 있는 것을 볼 수 있었다. 불길이 바람 때문에 점점 더 밝아지고 있었다. 군중이 달려가고 있었다. 나도 달렸다. 나는 군중과 함께 잔디를 가로질러 달려갔다. 비행기가 내려왔을 때 많은 사람들이 떠났기 때문에 이제 군중은 그리 많지 않았다. 나는 뭔가에 걸려 잔디 위의 나뭇가지에 넘어지는 바람에 입술을 깨물게 되었다. 너무 심하게 입술을 깨무는 바람에 아직도 상처가 낫지 않았다. 달리는 데 피 맛이 느껴졌다. 아마 그래서 내가 아팠던 것 같다. 내가 그곳에 도착했을 때 불길은 검둥이의 바지에 붙어 있었다. 사람들은 주변에 서서 지켜보고 있었다. 그러나 바람이 부는 탓에 자기들한테 불길이 올지 몰라 너무 가까이 가지는 않았다. 누군가가 소리쳤다. "검둥이 놈아, 이제는 춥지 않지? 이제는 호주머니에 손을 넣을 필요 없겠다." 그러자 검둥이는 머리에서 빠져나올 것만 같은 크고 흰 눈으로 위를 올려다보았다. 이제 그것으로 충분했다. 나는 더이상 보고 싶지 않았다. 나는 어딘가로 달려가서 토하고 싶었지만 그대로 있었다. 나는 군중 앞 바로 그 자리에 그대로 있으면서 지켜보았다.

검둥이는 불 속에서 나는 바람 소리 때문에 내가 알아들을수 없는 무슨 말인가를 하려고 했다. 나는 귀를 기울이려고했다. 제드 월슨이 소리쳤다. "검둥이야, 뭐라고?" 화염 속으로검둥이의 목소리가 들렸다. "여러분 중 누가 저를 좀 죽여 주실래요? 누가 기독교인답게 나를 제발 죽여 주시렵니까?" 그러자 제드가 소리쳤다. "미안하다만 오늘 밤에는 기독교인이아무도 없다. 유대인 놈들도 없다. 우리는 백 퍼센트 미국인들이거든."

그러자 검둥이는 잠잠해졌다. 사람들은 제드의 말에 웃기시작했다. 제드는 사람들에게 인기가 많다. 내년에는 사람들이 그를 보안관 선거에 내보낼 생각이다. 우리 삼촌이 해 준얘기다. 열기가 나한테는 너무 심했다. 연기 때문에 눈도 따끔거렸다. 내가 뒷걸음질을 치려 할 때 제드가 손을 뻗어 휘발유 통을 들고 검둥이 쪽의 불길에 던졌다. 은색 띠를 이루며끼얹어진 휘발유 때문에 순식간에 불길이 커졌다. 휘발유의일부가 검둥이에게 닿으면서 그의 가슴 전체로 푸른 불길이번졌다.

정말이지 그 검둥이는 강했다. 나는 그 점만은 검둥이를 인정해야 한다. 그는 정말로 강했다. 그는 불이 붙은 집처럼 타기 시작했다. 연기에서 가죽이 타는 것 같은 냄새가 났다. 불길이 그의 머리 둘레로 올라갔다. 연기가 너무 새까매 우리는 그를 볼 수 없었다. 그는 움직이지 않았다. 우리는 그가 죽었다고 생각했다. 그때 그가 움직이기 시작했다. 불은 그를 묶은 밧줄을 태워 버렸다. 그는 앞이 안 보이는 것처럼 뛰고 발길질을 하기 시작했다. 그의 살이 타는 냄새가 진동했다. 그가 너무 심하게 발길질을 하는 통에 타고 있던 연단이 무너지고, 그가 나의 발밑으로 굴러왔다. 나는 그에게 닿지 않도록 펄쩍 뛰며 뒤로 물러났다. 나는 그것을 결코 잊지 못할 것이다. 나는 바비큐를 먹을 때마다 그 검둥이를 떠올릴 것이다. 그의 등은 바비큐를 한 돼지 같았다. 그의 등뼈에서 시작해 아래로 구부러지는 갈비뼈의 형태가 보였다. 검둥이의 등은 가관이었다. 그는 바로 나의 발밑에 있었다. 누군가가 나를 뒤에서 미는 바람에 하마터면 그를 밟을 뻔했다. 그는 아직 타고 있었다.

그러나 나는 그를 밟지 않았다. 제드와 누군가 다른 사람이 불에 타고 있는 판자와 통나무 속으로 그를 밀어 넣고 휘발유를 더 부었다. 나는 그 자리를 떠나고 싶었지만, 사람들이 소리를 지르고 있었다. 나는 눈길을 돌려 청동상을 보는 것 말고는 몸을 움직일 수 없었다. 바람에 부러진 나뭇가지가 그의 모자 위에 놓여 있었다. 나는 더 이상 볼 용기가 없어졌기 때문에 사람들을 밀치고 그곳을 벗어나려고 했다. 그런데 나한테 돌아온 것은 바로 내 뒤에 서 있던 한 여자와 두 남자의 침과 더운 숨결뿐이었다. 그래서 나는 돌아서야 했다. 검둥이는 다시 불 밖으로 굴러 나왔다. 그는 그대로 있지 않았다. 이번에는 다른 쪽이었다. 나는 불길과 연기 때문에 그를 잘 볼 수 없었다. 그들은 이번에는 나뭇가지로 그를 잡고 있었다. 그는 재가 될 때까지 거기에 있었다. 내 생각에 그는 아마 거기에 계속 있었을 것이다. 그가 타서 재가 되었다는 것을 내가 안 것은 일주일 후 제드를 만났을 때였다. 제드는 웃으면서 검둥이 살갗 일부가 아직도 붙어 있는 흰 손가락뼈들을 내게 보여 줬다. 여하튼 나는 누군가가 검둥이를 보려고 움직일 때 그곳을 떠났다. 나는 사람들을 밀치고 그곳에서 나왔다. 뒤에 있던 어떤 여자는 가까이 가려고 소리를 치고 손을 내젓다가 나의 얼굴을 할퀴었다.

나는 광장을 가로질러 다른 쪽으로 뛰어갔다. 거기에서는 보안관과 그의 부관들이 아직도 불꽃이 튀고 푸른 안개가 일어나는 전선을 지키고 있었다. 나는 먼 거리를 뛰어온 것처럼 가슴이 뛰었다. 나는 몸을 구부리고 안에 있는 것을 토했다. 모든 것이 넘어와 땅 위에 엄청나게 쏟아졌다. 나는 아프고, 피곤하고, 힘이 없고, 추웠다. 바람이 아직도 세게 불었다. 굵은 빗방울이 떨어지기 시작했다. 나는 삼촌 집이 있는 거리 아래쪽으로 향했다. 바람에 유리창이 깨진 가게를 지나다 보니, 깨진 유리가 인도에 널려 있었다. 나는 가면서 그것을 발로 찼다. 나는 어느 집의 멍청한 수탉이 아침이 온 듯 그 바람 속에서 울던 것을 기억한다.

다음 날 나는 너무 힘이 없어서 나갈 수 없었다. 나의 삼촌은 "신시내티 겁쟁이"라며 나를 놀렸다. 나는 개의치 않았다. 그는 때가 되면 그런 것에 익숙해질 거라고 말했다. 그도 밖에 나갈 수 없었다. 바람과 비가 너무 심했다. 나는 일어나서 창밖을 바라보았다. 바람이 쏟아지고 있었다. 죽은 참새들과 나뭇가지들이 뜰에 흩어져 있었다. 폭풍이 왔던 게 맞았다. 그것은 카운티를 거쳐서 갔다. 다행히도 우리는 그것의 막강한 힘을 상대하지 않아도 되었다.

바람이 사흘 동안 줄기차게 불어 도시를 엉망으로 만들었다. 바람에 불꽃이 튀면서, 뜰에 콘크리트로 만든 큰 사자들이 있는 잭슨 애비뉴의 집에 불이 났다. 테두리가 흰색과 녹색이었던 그 집은 완전히 타서 무너졌다. 그들은 베이코트 검둥이를 불에 태운 후로 카운티에서 달아나려고 했던 또 다른 검둥이를 죽여야 했다. 에드 삼촌의 말에 따르면 그들은 다른 검둥이들에게 본때를 보여 주기 위해 검둥이들을 쌍으로 죽인다. 나는 잘 모르지만, 사람들은 검둥이들을 조금 무서워하는 것처럼 보인다. 모두가 다시 돌아왔지만 그들은 아주 시무룩하게 행동한다. 가게에서 어슬렁거리는 그들은 음흉해 보인다. 어느 날 나는 브링클리 상점에 간 적이 있었는데, 거기에 있던 백인 소작인들은 상황이 조금도 나아지지 않으니까 검둥이들을 죽여 봤자 소용없다고 말했다. 그는 몹시 배고파 보이는 사람이었다. 대부분의 소작인들은 배고파 보인다. 여러분은 백인들이 얼마나 배고파 보일 수 있는지 실제로 보면 아마 놀랄 것이다. 누군가가 그에게 빌어먹을 입을 닥치는 게 좋겠다고 말했다. 그러자 그가 입을 닫았다. 그러나 얼굴에 깃든 표정으로 보아 그가 오랫동안 입을 닫고 있을 것 같진 않았다. 그는 뭔가를 혼자 중얼거리며 가게 밖으로 나가더니 브링클리 상점

의 벽에 자기가 씹던 담배를 확 뱉어 버렸다. 브링클리는 그가
외상을 주지 않아 화가 났다고 말했다. 여하튼 그것이 도움이
되는 것 같지는 않았다. 처음에는 검둥이와 폭풍이었고, 다음
에는 비행기였고, 다음에는 여자와 전선이었다. 그런데 이제
항공사에서 비행기를 못 쓰게 만든 불을 누가 질렀는지 조사
를 하고 있다는 소리가 들린다. 그 모든 것이 하룻밤 사이에
일어난 일이다. 그 모든 것이 하나의 검둥이와 관련한 폭풍 때
문에 일어난 일이다. 지독한 밤이었다. 지독한 파티이기도 했
다. 나는 바로 거기에 있었다. 그 모든 것을 지켜보며 거기에
있었다. 그것은 나의 처음이자 마지막 파티였다. 젠장. 그런데
그 검둥이는 강했다. 베이코트 검둥이는 대단한 검둥이였다!

기차를 탄 소년[1]

기차가 길고 날카로운 외마디 경적을 울렸다. 나무들로 가득한 두 언덕 사이의 내리막길을 달리면서 가속도가 붙은 것 같았다. 나무들은 짙은 적색, 갈색, 황색 잎들로 덮여 있었다. 잎들이 언덕 옆으로 떨어져 반대편 철로 옆의 바위들 위로 흩어졌다. 소년들은 엔진이 증기를 토해 내면서 흰 연기가 언덕 옆의 단풍잎들을 흩어 버리는 모습을 바라보았다. 엔진이 식식대는 소리가 났다. 나뭇잎들이 흰 바람 속의 나뭇잎들처럼 증기 속에서 춤을 췄다.

"루이스, 저길 보렴. 서리 요정이 예쁜 잎들을 만들어 놓았구나. 서리 요정은 온갖 아름다운 색깔로 나뭇잎들을 칠한단

---

1) 《뉴요커(The New Yorker)》, 1996년 4월 29일, 5월 6일.

다. 루이스, 저길 보렴. 갈색도 있고 자주색도 있고 오렌지색도 있고 노란색도 있잖아."

소년은 기차 창유리에 대고 손가락으로 가리키며 색깔 이름을 하나하나 말하고 나서 잠시 말을 멈췄다. 아이가 그를 따라 색깔 이름을 반복하고 서리 요정이 어디 있는지 두리번거렸다.

기차 안은 더웠다. 객실이 엔진에 너무 가까워서 창문을 열 수 없었다. 재가 객실로 들어와 아이의 눈으로 몇 번이나 날아들었다. 여자는 읽고 있던 책에서 이따금 눈을 들어 아이들을 지켜보았다. 객실은 더러웠다. 일부는 수화물을 위해 사용되었다. 앞쪽 구석에는 송판으로 만든 수송용 관이 있었다. 여자는 대체 어떤 가엾은 영혼이 그 안에 있을까 궁금했다.

앞쪽 바닥에는 자루들과 트렁크들이 놓여 있었다. 이따금 판매원이 캔디나 과일이나 잡지를 가지러 들어왔다. 뒤쪽에 있는 백인 칸에서 팔기 위해서였다. 그는 들어와서 캔디 바구니를 들고 나갔다가 돌아왔다. 그리고 과일 바구니를 들고 나갔다가 돌아와 잡지들을 갖고 나갔다. 그렇게 모든 것이 들려 밖으로 나갈 때까지 그는 그 일을 되풀이했다.

그는 얼굴이 붉고 몸집이 크고 살이 찐 백인 남자였다. 소년은 그가 자기들에게 사탕을 하나 주었으면 싶었다. 엄청나게 많은 사탕이 있었다. 엄마에게는 돈이 한 푼도 없었다. 그러나 그는 결코 주지 않았다.

어머니는 한 손으로 열심히 책을 읽다가 서서히 책장을 넘겼다. 흑인 전용 칸에는 그들만 타고 있었다. 그녀는 고개를 돌려 다른 칸으로 통하는 문을 바라보았다. 판매원이 돌아올 시간이었다. 그녀는 화가 난 듯 미간을 찌푸렸다. 판매원은 그녀와 아이들이 처음 객실 안으로 들어올 때 그녀의 가슴을 만지려고 했었다. 그녀는 그의 얼굴에 침을 뱉고 더러운 손을 치우라고 말했다. 판매원은 얼굴이 빨개져 바구니를 격하게 흔들며 황급히 객실 밖으로 나갔다. 그녀는 그를 증오했다. 어째서 흑인 여자는 두 아이를 데리고 무탈하게 여행할 수 없는 것일까?

기차는 이제 언덕을 지나 구불구불한 나무 울타리로 나뉜 들판으로 접어들었다. 들판에는 옥수수 낟가리들이 가장자리에 나무들이 있는 푸른 지평선까지 갈색을 띠고 구불구불 펼쳐져 있었다. 울타리를 보자 아이는 구부러진 길을 걸었던 구부러진 사람 이야기가 생각났다.[2]

붉은 새들이 기차를 빠르게 지나쳐 들판으로 내려갔다가 다시 위로 솟구쳤다. 돌아보면 전봇대와 들판이 방향을 틀며 기차로부터 빠르게 멀어졌다. 아이들은 그것을 보며 즐거워했다. 이번이 그들의 첫 여행이었다. 시골은 인디언 서머[3]로 화사한 황금색이었다. 들판 저쪽에서 한 소년이 소 한 마리를 끌

---

2) '구부러진(crooked)'이라는 단어가 반복해서 들어가는 동요의 일부다. "구부러진 사람이 구부러진 길을 걸었다네. 그는 구부러진 출입구 옆에서 구부러진 동전을 주웠다네. 그는 구부러진 쥐를 잡은 구부러진 고양이를 샀다네. 그들은 모두 구부러진 작은 집에 살았다네."
3) Indian summer. 늦가을에서 겨울로 넘어가는 시기로 이례적으로 날씨가 따뜻하다.

고 가고 있었다. 개 한 마리가 소의 발밑에서 짖고 있었다. 기차에서 소년은 생각했다. 좋은 개다. 콜리야. 맞아, 그런 종이야. 콜리야.

화물차는 오클라호마시 쪽으로 가고 있었다. 기차가 너무 빨리 지나가는 탓에 오렌지색과 붉은색이 뒤섞인 객차들은 중간에 회색 구멍이 뚫린 수채화 물감이 이어진 것 같았다. 아이는 오클라호마시를 생각하자 이상한 느낌이 들었다. 울고 싶었다. 어쩌면 그곳으로 다시 돌아가지는 못할 것 같았다. 그는 프랭크, R.C., 피티가 지금쯤 뭘 하고 있을지 궁금했다. 스튜어트 씨를 위해 복숭아를 딸까? 그는 목이 메었다. 하필이면 스튜어트 씨가 그들에게 복숭아를 따면 절반을 주겠다고 했을 때 떠나다니 너무 아쉬웠다. 그는 한숨을 쉬었다. 기차의 경적이 너무 슬프고 외롭게 들렸다.

지금 그들은 엄마가 기본 생활비를 벌 괜찮은 일자리가 있는 매컬러스터로 가고 있었다. 아이참, 밸린저 씨가 오클라호마시까지 전갈을 보내 일하러 오라고 한 것을 보면 엄마는 일을 잘하는 게 틀림없었다. 엄마는 가는 걸 좋아했다. 그는 엄마가 좋아하는 것이 기뻤다. 아빠가 없으니, 엄마는 너무 열심히 일했다. 그는 눈을 꼭 감고 아빠의 모습을 그려 보려 했다. 그는 아빠가 어떻게 생겼는지 결코 잊어서는 안 된다. 그는 나중에 크면 아빠 같은 모습일 것이다. 키가 크고 친절하고 늘 농담을 하고 책을 읽는 사람. ……가만있자, 조금만 기다려. 그가 커서 엄마와 루이스를 데리고 오클라호마시에 돌아가면 그가 엄마를 얼마나 잘 돌봤는지 모두가 보게 될 것이다. "보세요. 나의 두 아들이랍니다." 엄마는 이렇게 말하며 자랑스러워할 것이다. 그렇게 되면 모두가 말할 것이다. "위버 부인의 두 아들이 멋진 남자가 되었구나." 틀림없이 그렇게 될 것이다.

이런 생각을 하자 다시는 돌아가지 못한다고 생각했을 때 목이 메었던 것이 조금 풀렸다. 그는 고개를 돌려 누가 문을 열고 들어오는지 보았다.

백인 남자와 작은 소년이 들어오더니 앞으로 걸어갔다. 그의 어머니가 고개를 들었다가 책으로 다시 눈을 돌렸다. 그는 일어나서 의자 너머로 그 남자와 아이가 뭘 하고 있는지 보았다. 백인 소년은 작은 개를 품에 안고 머리를 쓰다듬고 있었다. 작은 백인 소년이 남자에게 개를 데리고 나가게 해 달라고 했다. 그러나 남자가 안 된다고 말했다. 그들은 이쪽저쪽으로 흔들리며 밖으로 나갔다. 아무 소리도 나지 않는 것을 보면 개는 자고 있는 게 틀림없었다. 작은 백인 소년은 영화에 나오는 아이들처럼 옷을 입고 있었다. 그에게는 자기 자전거도 있을까? 소년은 궁금했다.

그는 창밖을 내다보았다. 이제 말들이 보였다. 경적이 울리자 말들은 갈기와 꼬리를 흔들고 땅바닥을 치고 달리며 날뛰었다. 그는 영화에 나오는 후트 깁슨처럼 자신이 흰말을 타고 야생마의 머리에 올가미 밧줄을 던지고 "이프, 이프, 이피!" 하고 소리치는 모습을 상상했다. 말들이 루이스를 흥분시켰다. 그는 유리창을 손으로 때리며 "이랴! 이랴!" 하고 소리쳤다. 소년은 미소를 지으며 어머니를 바라보았다. 그녀도 책에서 눈을 떼고 미소를 지었다. 그는 루이스가 귀엽다고 생각했다.

기차가 시골 소도시에서 멈췄다. 남자들이 역 앞에 서서 승무원이 신문 뭉치를 던지는 모습을 바라보고 있었다. 백인 남자 여러 명이 기차로 올라왔다. 그중 하나가 "이게 틀림없어요."라고 말하고 큰 상자를 가리켰다. 승무원이 말했다. "예, 그게 맞아요. 우리가 이번에 실은 건 이것뿐이니까요. 그러니 이게 틀림없어요." 그러더니 승무원은 기차에서 뛰어내려 역으로 갔다. 남자들은 흰 셔츠에 검은 양복을 입고 있었다. 그들은 높은 목깃이 아주 불편한 모양이었다. 그들은 매우 엄숙하게 행동했다. 그들은 그 상자를 부드럽게 밀어 기차의 옆문으로 내렸다. 작업복을 입은 백인 남자들이 승강장에서 그들을 지켜보았다. 그들은 그 상자를 수레에 실었다. 남자가 말들을 향해 "이랴" 했다. 그들이 멀어졌다. 상자와 함께 뒤에 탄 남자들의 몸은 아주 꼿꼿하고 뻣뻣해 보였다.

승강장에 있던 남자들 중 하나가 이를 쑤시며 바닥에 담배즙을 뱉었다. 역은 녹색 페인트로 칠해져 있었다. 그 옆의 '튜베 로즈 스너프'[4)]라고 쓰인 간판에는 커다란 흰 꽃이 그려져 있었다. 그러나 그것은 전혀 장미 같지 않았다. 날씨가 더웠다. 남자들은 셔츠의 목깃을 풀고 목에 붉은 수건을 두르고 있었다. 그들은 기차가 출발할 때 똑같은 자세로 서서 노려보았다. 그는 백인들이 왜 그런 식으로 노려보는지 궁금했다.

소도시를 벗어나자 나무들 사이로 돌로 된 커다란 붉은 헛간이 보였다. 그 옆에는 그가 전에 본 적이 없는 게 서 있었다. 그것은 크고 둥글었다. 헛간과 똑같은 돌로 된 것이었다. 그는 의자 위로 올라가 그것을 가리켰다.

---

4) Tube Rose Snuff. 씹는 담배 이름.

"엄마, 저 높은 것이 뭐예요?"

그녀가 고개를 들고 바라보았다.

"아들아, 저것은 사일로란다. 옥수수를 저장하는 곳이지."
그녀가 다시 그에게로 눈을 돌렸을 때, 그녀의 눈은 이상하게
꿈을 꾸는 듯했다. 햇빛이 그녀의 눈을 비스듬히 지나갔다. 그
녀의 갈색 피부는 깨끗했다. 그는 다시 의자로 내려왔다. 사일
로, 사일로. 아빠가 세우는 데 도움을 줬던 오클라호마시의 콜코드 건
물만큼 높네……

그가 놀라서 펄쩍 뛰었다. 어머니가 울음이 담긴 목소리로
그의 이름을 부르고 있었다. 그가 돌아서자 어머니의 얼굴로
눈물이 흐르고 있었다.

"제임스, 이리 오렴. 루이스를 데려와라." 그녀가 말했다.

그는 루이스의 손을 잡고 옆으로 갔다. 그들이 무슨 잘못을 한
거지?

그녀가 말했다. "제임스, 내 아들아. 저 사일로는 오랫동안
저기에 있었단다. 저걸 보니까 오래전 나와 네 아빠가 바로 이
록아일랜드 철로로 오클라호마에 갔던 일이 생각난다. 우리는
막 결혼을 한 상태였지. 우리는 서쪽으로 가는 것이 너무 좋
았다. 그곳에서는 흑인들에게 기회가 있을 것이라는 말을 들
었기 때문이었다."

제임스는 그 말을 들으며 미소를 지었다. 그는 엄마 아빠의
젊었을 때 얘기나 그들이 남부에서 하던 일에 대해 듣기를 좋
아했다. 그런데 이번에는 뭔가 좀 다른 얘기일 것 같았다. 엄
마의 목소리에는 무지개처럼 크고 높은 게 있는 것 같았다. 그

러나 오르간이 교회에서 연주될 때 그러한 것처럼 엄마의 말에는 뭔가 슬프고 깊은 것이 있었다.

"아들아, 나는 네가 이 여행을 꼭 기억했으면 좋겠구나. 너는 이해하겠지, 아들아. 나는 네가 기억하기를 바란다. 그래야 한다. 그리고 이해해야 한다."

제임스는 뭔가 느껴지는 게 있었다. 그는 이해하려고 열심히 노력했다. 그는 그녀의 얼굴을 들여다보았다. 눈물이 그녀의 눈에서 반짝이고 있었다. 그도 울고 싶었다. 그는 입술을 깨물었다. 아니다, 그는 이 집안의 남자였다. 그러니 어린애처럼 행동할 수 없었다. 그는 눈물을 삼키고 귀를 기울였다.

"제임스, 이것을 기억해라. 우리는 십사 년 전에 똑같은 철로로 조지아에서 이곳까지 왔다. 네가 올 때쯤 상황이 너희 아이들에게 더 나아질 것이다. 제임스, 너는 이것을 기억해야 한다. 우리는 저 남부에서처럼 상황이 그리 어렵지 않은 더 좋은 곳을 기대하며 멀리 왔다. 제임스, 그게 십사 년 전이다. 이제 네 아버지가 우리에게서 떠났다. 너는 남자다. 아들아, 우리 흑인들한테는 사는 게 어렵단다. 우리 셋만 남았구나. 우리는 합심해야 한다. 상황이 어렵다. 우리는 싸워야 해…… 오 주여, 우리는 싸워야 합니다……!"

그녀는 감정에 압도되어 말을 멈췄다. 그녀는 머리를 흔들면서 입술을 꼭 다물었다. 제임스는 그녀의 목에 팔을 두르고 그녀의 볼을 어루만졌다.

"네, 엄마. 잊지 않을게요."

그는 모든 것을 알아들을 수는 없었지만 이해했다. 그것은 말이 없는 음악이 말하는 것을 이해하는 것과 같았다. 그는 안이 아주 충만해지는 것을 느꼈다. 이제 엄마는 그를 가까이 끌어당기고 있었다. 어린 동생은 그녀의 다른 쪽에 있었다. 이는 익숙한 것이었다. 아빠가 돌아가신 후로 엄마는 그들과 함께 기도를 했다. 지금 그녀는 기도를 시작하고 있었다. 그는 고개를 숙였다.

"주여, 우리와 함께하시고 우리를 지켜 주소서. 주여, 그때는 저와 그이였습니다. 이제는 저와 아이들입니다. 주여, 감사합니다. 주님은 그를 데려가는 것이 맞다고 생각하셨습니다. 당신의 뜻이라면 저는 아무래도 좋습니다. 주여, 저는 행복했습니다. 삶은 앵무새가 노래를 하는 것 같았습니다. 지금 제가 주님께 간청하는 것은 이 아이들이 충분히 나이를 먹어 그들의 길을 갈 때까지 제가 함께 머물며 키우고 보호하게 해 달라는 것뿐입니다. 그들을 강하고 두려움이 없게 만들어 주세요. 그들에게 이 세상과 대적할 힘을 주세요. 그들에게 용기를 주어 우리 같은 사람들이 잘 살 수 있는 곳으로 가게 해 주세요……"

제임스는 고개를 숙이고 앉아 있었다. 그는 엄마가 기도할 때면 늘 속에서 뭔가가 뭉치고 이글거리는 것 같은 느낌을 받았다. 그는 아버지의 얼굴을 기억하려고 노력했다. 그는 기도하는 아빠의 모습이 기억나지는 않았지만, 일요일 아침에 성가대에서 노래할 때 들었던 아빠의 깊고 강한 목소리를 기억했다. 제임스는 울고 싶었다. 그러나 그는 엄마를 울게 만든 뭔가가 벌을 받아야 한다는 것을 희미하게 느꼈다. 잔인한 뭔가가 그녀를 울게 만들었다. 그는 목이 굳어지며 분노를 느꼈다. 그게 뭔지 알기만 한다면 그것을 바로잡을 것 같았다. 엄마의 기분을 그렇게 만든 몹쓸 것을 제거하고 싶었다. 그것은 끔찍한 게 틀림없었다. 엄마가 누구인가. 엄마는 강하고 용감했다. 엄마가 일을 해 주던 백인 여자는 쥐들이 무서워 치마를 들고 여자아이처럼 소리를 지르기만 했지만, 엄마는 그런 쥐들을 죽일 수도 있었다. 그는 그게 뭔지 알기만 하면 좋겠다 싶었다……. 그건 신일까?

"주여, 이 낯선 도시에서 우리 세 사람이 같이 있게 해 주소서. 길은 어둡고 길며, 제 슬픔은 무겁습니다. 그러나 주님, 당신의 뜻이라면 제가 이 아이들을 가르칠 수 있게 해 주소서. 제가 이 아이들을 키워 그들이 이 삶을 더 잘 살 수 있게 해 주소서. 주님, 저는 제가 아니라 이 아이들을 위해 살고 싶습니다. 주님, 그들이 강하고 바른 사람이 되게 해 주소서. 그들이 투사가 되게 해 주소서. 주님, 지상에서 제가 할 일이 끝나면 저를 당신의 왕국에 데려가서 예수님의 품에서 안식을 누릴 수 있게 하소서."

그는 떨리는 입술 뒤에서 고통스러운 중얼거림으로 약해져 가는 그녀의 목소리를 들었다. 눈물이 그녀의 얼굴로 흘러내렸다. 제임스는 비참했다. 그는 엄마가 우는 모습을 보는 걸 좋아하지 않았다. 그는 그녀가 눈물을 닦기 시작할 때 창문으로 눈을 돌렸다. 그는 그녀가 기도를 끝내자 기분이 좋았다. 판매인이 조금 있으면 안으로 다시 올 것이기 때문이었다. 그는 엄마가 우는 것을 백인이 보는 게 싫었다.

그들은 이제 강을 건너고 있었다. 비스듬한 교각이 기차 옆으로 서서히 지나갔다. 탁하고 붉은 강물이 그들 밑으로 빠르게 흐르고 있었다. 기차가 멈췄다. 아이가 아래에 있는 강둑 위의 소를 가리켰다. 소는 물을 바라보며 되새김질을 하고 있었다. 유아용 그림책에 나오는 소 같았다. 다른 점이 있다면 소의 머리 주변에 나비들이 없다는 것이었다.

"바우-와우!" 아이가 말했다. 그러더니 궁금한 듯 물었다. "바우-와우?"

"아냐, 루이스, 카우(Cow)야." 제임스가 말했다. "음매 하는 거지. 카우야." 아이가 좋아하며 웃었다. "음매." 아주 재미가 있는 모양이었다.

제임스는 물을 바라보았다. 기차가 다시 움직이고 있었다. 그는 어머니가 왜 울었는지 궁금했다. 아빠가 없다고 그런 것만은 아니었다. 그렇게 들리지는 않았다. 뭔가 다른 것 때문이었다. 그는 생각했다. 내가 크면 그것을 죽일 거야. 엄마를 울게 만든 것과 똑같이 울게 만들 거야!

기차가 유전을 지나고 있었다. 들에는 많은 유정(油井)들이 있었다. 커다란 둥근 탱크들이 햇볕에 은빛으로 빛났다. 어떤 유정은 판자들로 가득해서 하늘을 배경으로 큼지막한 인디언 천막 오두막처럼 보였다. 유정들은 모두 하늘을 똑바로 향하고 있었다. 그는 생각했다. 그래, 내가 그것을 죽여 버릴 거야. 울게 만들 거야. 그게 신이라 해도 울게 만들 거야. 그를 죽일 거야. 신을 죽이고 후회하지 않을 거야!

기차가 덜커덩거리며 속력을 냈다. 바퀴들이 삐걱거리며 그의 귀에 거슬리는 소리를 냈다. 그들이 빠르게 지나치는 들판에는 광고판들이 많았다. 모든 광고에는 똑같은 것을 판다고 되어 있었다. 어떤 광고에는 커다란 붉은 황소 그림에 불 더럼[5]이라고 쓰여 있었다.

"음매." 아이가 말했다.

제임스는 어머니를 바라보았다. 그녀는 이제 울지 않았다. 그녀가 미소를 지어 보였다. 그는 긴장이 풀어지는 것을 느끼고 씩 웃었다. 그는 그녀에게 입맞춤을 하고 싶은 마음이 간절했지만, 이제 남자로서 감정을 억제하는 것을 보여 줘야 했다. 그는 씩 웃었다. 엄마는 미소를 지을 때 아름다웠다. 그는 그녀가 말했던 것을 절대로 잊고 싶지 않았다. 그는 속으로 다짐했다. '올해는 1924년이다. 절대로 잊지 않겠다.' 그는 턱을 손바닥으로 괴고 창문 밖을 내다보며 얼마를 더 가야 하는지, 매컬러스터에는 축구를 같이 할 아이들이 있을지 궁금해했다.

---

5) Bull Durham. 담배 이름.

미스터 투잔[1]

옛날에
거위는 와인을 마시고
원숭이는 담배를 씹고
끈적끈적한 흰 석회를 뱉었다네.
— 흑인 노예 이야기에 프롤로그로 사용된 시

"나는 저것들 모두가 썩어 벌레가 파먹었으면 좋겠어." 첫 번째 소년이 말했다.

"나는 거대한 폭풍이 몰아쳐 나무들을 모두 넘어뜨렸으면 좋겠어." 두 번째 소년이 말했다.

"나도 그래." 첫 번째 소년이 말했다. "로건 영감이 무슨 일인지 나와서 볼 때 나무가 머리 위로 넘어져 그가 죽어 버렸으면 좋겠어."

"저 새들 좀 봐." 두 번째 소년이 말했다. "원하는 것은 모두 먹잖아. 그런데 우리가 좀 따 먹으려고 하면 우리한테 검둥이 새끼라고 하면서 쫓아내잖아!"

---

1) 《뉴 매시스(New Masses)》, 1941년 11월 4일.

"젠장." 두 번째 소년이 말했다. "저 새들의 발에 독이나 묻어 있으면 좋겠다!"

두 소년의 이름은 라일리와 버스터였다. 그들은 포치 바닥에 앉아 있었다. 그들은 맨발을 서늘한 땅에 댄 채, 햇빛이 그늘을 앞지른 포장도로의 경계선을 넘어 길 건너의 뜰을 응시했다. 뜰의 잔디는 진한 초록색이었다. 흰 집은 아침 햇살을 받아 산뜻해 보였다. 그 집을 따라 체리가 가득 열린 나무들이 두 줄로 서 있었다. 짙은 녹색 나뭇잎과 우중충한 짙은 갈색 가지와는 대조적으로 체리는 짙은 붉은색이었다. 두 소년은 의자에 앉아 몸을 흔들고 있는 노인이 길 건너편의 자기들을 응시하는 모습을 바라보고 있었다.

"저 영감 좀 봐." 버스터가 말했다. "로건 영감은 우리가 체리를 따 먹을까 봐 햇빛을 피할 생각도 안 하고 저러고 있는 거야!"

"그런데 저 새들은 먹고 있잖아." 라일리가 말했다.

"저건 앵무새야."

"무슨 새든 상관없지만 나무에 앉아 있잖아."

"맞아, 로건 영감만 못 보는 거지. 백인들은 생각이 없는 것 같아."

그들은 이제 아무 말 없이 새들이 나무들 속으로 날아드는 모습을 지켜보았다. 그들 뒤로 재봉틀이 돌아가는 소리가 들렸다. 라일리의 어머니는 백인들을 위해 바느질을 하고 있었다. 고요했다. 그녀가 일하면서 부르는 노래 소리가 재봉틀 소리 너머로 들렸다.

"야, 너희 엄마 노래 잘한다." 버스터가 말했다.

"성가대에서 노래를 하시잖아." 라일리가 말했다. "교회에서는 늘 선창을 하셔."

"쳇, 그건 나도 알아." 버스터가 말했다. "너, 자랑하는 거냐?"

그들은 위로 올라가며 아침 공기에 떠도는 청아한 목소리를 들었다.

> 나한테 날개가 있고 당신한테 날개가 있네.
> 하느님의 모든 자식들에게는 날개가 있네.
> 나는 천국에 갈 때 날개를 달고
> 주님의 천국에 대고 소리치리.
> 천국, 천국
> 천국 얘기를 한다고 모두가 거기에 가는 건 아니라네.
> 천국, 천국, 나는 주님의 천국으로 날아가리…….

그녀는 노랫말에 깊고 가슴을 두근거리게 하는 의미가 있는 것처럼 노래를 불렀다. 소년들은 멍하니 땅을 쳐다보며 교회의 엄숙하고 신비로운 고요를 느꼈다. 거리는 조용했다. 로건 영감조차 몸을 흔들다 말고 귀를 기울였다. 마침내 목소리가 콧소리로 변하며 작아지더니 기계가 돌아가는 소리에 묻혔다.

"나도 저렇게 노래할 수 있으면 좋겠다." 버스터가 말했다.

라일리는 말없이 포치 끝을 내려다보았다. 해가 그늘에 밝은 사각형을 만들었다. 나비 한 마리가 거기에 눈부시게 앉아 있었다.

"너는 날개가 있다면 뭘 하고 싶니?" 그가 말했다.

"젠장, 그러면 독수리보다 빨리 날 거야. 나는 이곳으로부터 수백만, 수억, 수조, 수경 킬로미터 떨어질 때까지 계속 날아 갈 거야."

"어디로 갈 건데?"

"북쪽으로. 아마 시카고로."

"나는 날개가 있다면 어디에도 정착하지 않을 거야."

"나도 마찬가지야. 날개만 있으면 어딘든 갈 수 있잖아. 너무 뜨겁지만 않다면 태양까지도 갈 수 있을 거야."

"……나는 뉴욕에 갈 거야……."

"별들이 있는 곳까지……."

"혹은 미시간 디트로이트까지……."

"젠장, 달에서 치즈도 구하고 은하수에서 우유도 구할 수 있을 거야……."

"혹은 흑인에게 자유로운 어디라도……."

"공중제비도 할 거야……."

"낙하도 하고……."

"나는 아프리카에 가서 다이아몬드를 가져올 거야……."

"그렇겠지. 그런데 말이야, 그 식인종들이 너도 잡아먹어 버릴 거야." 라일리가 말했다.

"내가 후다닥 날아오르지 않으면 그러겠지."

"야, 그들이 너를 잡아 네 엉덩이에 긴 창을 쑤셔 넣을 거야!" 라일리가 말했다.

라일리가 고개를 심각하게 흔들자 버스터가 웃었다. "그런데 그들이 끝냈을 때쯤엔 너는 검은 바늘꽃이처럼 보일 거야." 라일리가 말했다.

"젠장, 그들은 나를 잡을 수 없을 거다. 그놈들은 너무 게으르거든. 지리책을 보면 그들이 전 세계에서 가장 게으른 사람들이라고 나오잖아." 버스터가 혐오스럽다는 듯 말했다. "그냥 까맣고 게으르다는 거야!"

"아니야, 그들은 그렇지 않아." 라일리가 큰 소리로 말했다.

"그렇다니까! 지리책에 그렇다고 나온다니까!"

"우리 아버지 말로는 그렇지 않아!"

"어째서?"

"우리 아버지 말로는 거기에는 왕이 있고 다이아몬드와 금과 상아가 있대. 그런 것들이 있으면 모두가 게으를 수는 없는 거지." 라일리가 말했다. "여기에 있는 많은 흑인들한테는 그런 것들이 없잖아."

"물론 그렇지. 백인들이 못 갖게 하니까." 버스터가 말했다.

아프리카인들이 모두 게으른 건 아니라고 생각하자 기분이 좋았다. 그는 자주색 비둘기 한 마리가 거리로 내려앉아 말이 지나간 자리를 발톱으로 헤집는 걸 보며, 아프리카에 대해 들었던 모든 것을 떠올리려고 했다. 그가 선생이 그에게 해 준 이야기를 막 떠올렸을 때, 차 한 대가 쏜살같이 지나갔다. 비둘기가 날개를 펼치고 사뿐히 날아올라 차 위를 스치듯 천천히 훨훨 날아갔다. 그는 비둘기가 날아올라 팽팽한 전화선들이 연석 위의 하늘을 가로지르는 곳으로 사라지는 모습을 지켜보았다. 라일리가 부드러운 흙에 엄지발가락으로 자신의 이름 첫 글자를 썼다.

"라일리, 너도 모든 아프리카 사람들이 실제로 그렇게 게으르지 않다는 것은 알잖아." 그가 말했다.

"그렇지 않다는 것은 알지." 라일리가 말했다. "내가 방금 너한테 그렇게 얘기했잖아."

"그래, 우리 선생님도 그렇게 말씀하셨어. 선생님은 우리에게 투잔이라는 이름의 아프리카인에 대해 얘기해 주셨어. 그 사람이 나폴레옹을 채찍으로 갈겼다는 거야."

라일리는 흙을 긁다가 멈추더니 고개를 들고 말이 안 된다는 듯한 표정으로 눈을 부라렸다. "너, 어째서 거짓말을 하는 거니?"

"선생님이 그렇게 말씀하셨다니까."

"젠장, 그런 얘기는 그만둬."

"내 말이 거짓이면 천벌을 받을 거야."

"선생님이 그가 아프리카인이라고 했다고?"

"맹세코 그랬다니까……."

"진짜로?"

"진짜라니까. 선생님은 그 사람이 하이티라고 불리는 곳 출신이라고 했어."

라일리는 버스터를 노려보다가 버스터의 얼굴이 진지한 것을 보고 그 이야기에 흥분을 느꼈다.

"버스터, 나는 네가 거짓말한다는 데 많은 돈을 걸겠다. 선생님이 뭐라고 했다고?"

"진짜라니까. 투잔과 그의 부하들이 아프리카 산에 올라가 백인 군인들이 올라오자 다 쏴 죽였다고 했어."

"원 세상에!" 라일리가 소리쳤다.

"세상에, 그들이 그놈들을 쏴 죽였다는 거야!" 버스터가 반복해서 말했다.

"야, 그 얘기 좀 더 해 봐!"

"그들이 그놈들을 산에서 쫓아냈다는 거야……."

"……와!"

"……투잔이 그놈들을 모래밭으로 달아나게 했다는 거야……."

"…… 그렇지! 버스터, 그들이 어떤 옷을 입었지?"

"붉은 제복을 입고 금색 테두리가 있는 푸른 모자를 쓰고, 예리한 다마스쿠스 칼이라 불리는 번쩍이는 칼들을 들고 있었대……."

"예리한 다마스쿠스 칼이라!"

"……정말로 그것을 갖고 있었대." 버스터가 다시 말했다.

"총은 어떤 것이었니?"

"엄청나게 큰 검은 대포였어!"

"그 사람이 어디로 그놈들을 몰았는데……?"

"그 사람 이름은 투잔이었어."

"투잔이라고! 타잔처럼 들리는데……."

"이 멍청이야, 타잔이 아니라 투잔이라니까!"

"투잔! 투잔이 그들을 어디로 몰았지?"

"물가로 몰았지……."

"……강으로……."

"……엄청나게 큰 배들이 그들을 기다리고 있는 곳으로……."

"……버스터, 계속해 봐!"

"투잔이 그 배들을 향해 발포한 거야……."

"…… 그가 발포했다고……."

"…… 그 배들을 향해 발포했다고……."

"젠장!"

"……엄청나게 큰 대포로 말이야……."

"…… 좋아!"

"……엄청난 소리가 났지……."

"……엄청난 소리……."

"그리고 그의 엄청나게 큰 검은 대포알이 백인놈들을 죽이기 시작했어……."

"……와, 와……."

"……백인놈들이 '미스터 투잔, 제발, 제발 살려 주세요. 앞으로는 착해지겠습니다!'라고 빌 때까지 말이야."

"그랬더니 투잔이 뭐라고 했니, 버스터?"

"우렁찬 목소리로 말했어. 내가 너희 개새끼들을 물속에 처박아 죽여야겠다."

"백인 촌놈들이 뭐라고 했지?"

"그들은 제발, 제발, 제발, 미스터 투잔…… 하고 빌었지."

"우리는 착해지겠습니다." 라일리가 끼어들었다.

"맞아, 그거야." 버스터가 흥분해서 말했다. 그가 손뼉을 치면서 발뒤꿈치로 흙을 찼다. 기쁨을 박자에 맞춰 표현하면서 그의 검은 얼굴이 환하게 빛났다.

"와!"

"그다음에 투잔이 뭐라고 했지?"

"우렁찬 목소리로 이렇게 말했어. 스윗 파파 투잔이 말해 주는 건데 너희 백인놈들은 착해지는 게 좋을 거야. 나의 검둥이들은 백인 고기에 환장해 있거든!"

"호 호 호!" 라일리가 배꼽을 잡고 웃었다. 리듬감이 아직도 그의 내부에서 고동을 쳤다. 그는 이야기가 계속되었으면 싶었다.

"버스터, 너희 선생님이 거짓말한 것은 아니겠지."

"당연하지, 인마."

"너희 선생님이 스윗 파파 투잔이라고 하는 사람이 정말로 있었다고 했니?"

라일리의 목소리에는 믿을 수 없다는 기색이 있었다. 버스터는 의심스러워하는 그의 눈길을 이해할 수 없었다. 마침내 그가 고개를 떨구고 씩 웃었다.

"그래, 투잔은 그렇게 말했을 것 같아. 어른들은 그러잖아. 어른들은 할머니처럼 진짜로 나이가 든 사람들을 제외하면 제대로 얘기를 못 하잖아."

"맞아. 그들은 거기에 양념을 제대로 칠 줄 모르지." 라일리가 말했다.

라일리는 다리를 크게 벌리고 서서 바지춤에 엄지손가락을 넣고 으스대듯 거드름을 피웠다.

"버스터, 내가 지금 하는 것을 잘 봐 둬. 투잔은 백인들을 내려다보며 바로 이렇게 서서 부드럽고 편안한 목소리로 말했어. 내가 너희 백인 놈들한테 나를 건들지 말라고 하지 않았더냐······?"

"맞아, 건들지 말란 말이야." 버스터가 그 말을 따라서 했다.

"그래도 네놈들은 왔다 이거지······."

"······그들이 흑인이라는 이유만으로······."

"그거야." 라일리가 말했다. "투잔은 너무 속이 상하고 돌아버려 눈물을 줄줄 흘렸어······."

"······그는 정말로 화가 치밀었던 거야."

"그는 우렁차고 험악한 소리로 말했어. 이 저주받을 백인 놈들아, 어째서 네놈들은 우리 흑인들을 가만두지 않는 거냐?"

"······그는 울고 있었어······."

"······투잔은 백인놈들에게 이렇게 말했어. 나는 너희 모두에게 우리를 건들지 말라고 애원했다······."

"무릎을 꿇고 애원했지!"

"그때 투잔은 진짜로 화가 나서 모자를 벗어 던지고 짓밟기 시작했지. 눈물이 그의 볼을 타고 흘러내렸지. 그는 이렇게 말했어. 네놈들이 나폴레옹에 대해 나한테 얘기하러 왔구나······."

"그들은 그에게 겁을 주려고 했어······."

"그는 이렇게 말했어. 나는 나폴레옹 같은 건 신경 쓰지 않는다······."

"······그자에 대해서는 거들떠보지도 않았지······."

"······투잔은 이렇게 말했어. 나폴레옹은 인간일 뿐이다! 투잔은 이렇게 번쩍이는 칼을 뽑아 바람을 가르는 소리를 내며 백인

놈들의 목을 향해 힘차게 휘둘렀어!"

"그래 끝장을 내 버려." 버스터가 말했다. "그다음에 투잔은 뭘 했지?"

"뭘 했는지는 너도 알잖아. 그는 이렇게 말했어. 내가 너희 백인놈들에게 본때를 보여 주겠다!"

"맞아. 그렇게 했어." 버스터가 말했다. 그는 벌떡 일어나 눈앞에 필사적인 군인 다섯 명이 있다고 상상하고 상상 속의 칼을 갖고 다섯 놈과 맞섰다. 버스터는 포치에서 씩 웃으며 그를 바라보았다.

"투잔은 백인놈들에게 겁을 줘 사색이 되게 만들었을 게 틀림없어!"

"그래, 바로 그거야." 버스터가 말했다. 이제 리듬감이 사라지고 있었다. 그는 다시 현관에 앉아 피곤한 듯 숨을 쉬었다.

"그거 상당히 괜찮은 이야기다." 라일리가 말했다.

"제기랄, 우리 선생님이 우리한테 해 주는 얘기는 다 괜찮아. 그 선생님은 좋은 선생님이야. 그런데 너, 이거 알아?"

"아니, 뭐?"

"그런데 그런 얘기들이 책에 하나도 없다는 거야. 너는 왜 그런지 궁금하지 않니?"

"너도 왜 그런지 알잖아. 투잔이 그 백인놈들한테 너무 무자비했던 거야. 그래서 그래."

"오, 그는 무자비한 사람이었어!"

"그는 비열했어……."

"그러나 좋은 의미에서 비열했어……."

"투잔은 깨끗했어……."

"……좋고 깨끗하게 비열했어." 라일리가 말했다.

"야, 그는 최고였어." 버스터가 말했다.

"라일리!!"

소년들은 말장난을 멈추고 입을 크게 벌렸다.

"라일리, 내가 불렀잖아!" 라일리 어머니의 목소리였다.

"네?"

"우리가 욕하는 것을 들으셨나 보다." 버스터가 속삭였다.

"인마, 입 닥쳐……. 엄마, 왜 그러세요?"

"뒷마당에 가서 놀아라. 너희들, 거기에서 계속 시끄럽게 하는구나. 백인들이 우리가 들어오면서 이 동네가 엉망이 됐다고 하던데, 그들의 말이 맞다는 것을 너희들이 증명하고 있구나. 뒤로 가서 놀아."

"그런데 엄마, 우리는 그냥 놀고 있었어요. 엄마……."

"어서 가라고 했다."

"그런데 엄마……."

"내 말 들어!"

"알겠어요, 갈게요." 라일리가 말했다. "가자, 버스터."

버스터가 천천히 뒤를 따라왔다. 그늘 속의 잔디를 밟으니 발에 이슬이 느껴졌다.

"그가 또 뭘 했니?" 버스터가 말했다.

"뭐? 로건 영감 말이야?"

"젠장, 그게 아니고. 나는 투잔에 대해 얘기하는 거야."

"내가 그걸 어떻게 알겠냐. 선생님한테 물어볼게."

"그는 대단한 싸움꾼이었던 거지?"

"어설픈 사람은 아니었던 거지." 라일리가 조심스럽게 말했다. 그는 이제 다른 것들에 대해 생각했다. 그는 걸어가면서 짧게 깎인 잔디 위로 미끄럼을 탔다. 그러면서 춤을 추며 노래했다.

　　철은 철이고
　　주석은 주석이라네.
　　이야기는
　　그런 식으로……

"어서 와, 인마." 버스터가 노래를 방해했다. "골목에 가서 놀자……"

　　그런 식으로…….

"살짝 들어가서 체리 좀 따 먹을 수 있을지도 모르지." 버스터가 말을 이었다.

　　……이야기는 끝나지. 라일리가 노래했다.

오후[1]

두 소년은 텅 빈 부지 뒤에 서서 전신주를 바라보고 있었다. 하나의 전신주에서 다른 전신주로 이어진 선들이 여름 햇살에 밝은 적갈색으로 빛났다. 전신주의 유리 절연체에서 녹색 빛이 뿜어져 나왔다.

"새들이 앉아 있지 않으니 좀 이상하지 않냐?"

"전류가 너무 많이 흘러서 그래. 너무 많이 흐르니까 윙윙하는 소리까지 들리잖아."

라일리는 그 소리를 들으려고 귀를 쫑긋했다.

"그래서 저 소리가 난다는 거야?" 그가 말했다.

"그렇다니까. 전차 노선 기둥에 귀를 대면 차가 오는지 알

---

1) 『미국의 글(American Writing)』, 1940.

수 있는 거나 마찬가지야. 눈으로 볼 필요가 없는 거지." 버스터가 말했다.

"그건 맞아. 나도 그건 알아."

"그들이 왜 저 위에 유리 같은 것을 뒀는지 아냐?"

"아마도 거기에 올라가는 사람들이 쇼크를 받지 않도록 하려는 거겠지."

라일리는 전봇대의 거친 표면을 훑어보다가 검정 페인트의 방부제 냄새를 맡았다.

"염병하게 높네!" 그가 말했다.

"그리 높지 않아. 내가 저쪽 끝에 있는 유리를 맞힐 수도 있을 것 같다."

"버스터, 너 웃기는 놈이다. 너는 못 맞혀. 너무 높잖아."

"제기랄! 돌 좀 찾아 봐."

그들은 돌을 찾으려고 마른 땅 위를 천천히 살폈다.

"여기 있다." 라일리가 말했다. "둥근 돌이다."

"이리 던져. 루 게릭이 1루에서 어떻게 받는지 봐라."

라일리가 던졌다. 돌이 높고 빠르게 왔다. 버스터는 오른쪽 다리를 뻗어 1루에 대고 돌을 잡으려고 팔을 뻗었다.

"1루에서 아웃!" 그가 소리쳤다.

"잘했어." 라일리가 말했다.

"너, 잘 봐라."

라일리는 버스터가 와인드업 동작을 하고 왼손으로 절연체를 가리키는 모습을 바라보았다. 그의 몸이 비틀리며 돌이 날아갔다.

퍽!

녹색 유리 조각들이 아래로 쏟아졌다.

그들은 엉덩이에 손을 얹고 주변을 둘러보았다. 새가 짹짹거렸다. 수탉이 울었다.

"내가 뭐랬냐?"

"젠장! 나는 네가 그걸 할 수 있으리라고는 생각 못 했다."

"누가 봤을지 모르니 여기를 떠나는 게 좋겠다."

라일리가 주변을 살폈다. "가자."

그들은 그곳을 떠나 골목으로 갔다.

닭들이 나무 그늘 밑의 서늘한 흙 속에 웅크리고 있었다. 두 소년은 마당에서 어떤 여자가 쓰레기를 버리는 모습을 보고 걸음을 서둘렀다. 울타리는 차고와 옥외 변소를 지나 골목 위로 이어져 있었다. 그들은 가시와 유리 조각을 피해 조심스럽게 걸어갔다. 맨발에 닿는 땅이 몹시 뜨거웠다. 골목에서는 먼지와 낙엽이 타는 매캐한 냄새가 났다.

버스터는 막대기를 집어 들더니 페인트칠이 안 된 차고 뒤의 잡초들을 헤집었다. 그러자 먼지가 올라오며 재채기가 나왔다.

"버스터, 너 대체 뭐 하는 거야?"

"인마, 술을 찾는 거야."

"술을 찾는다고?"

"그래, 인마." 그는 걸음을 멈추고 손가락으로 가리키며 말했다. "저 구석에 있는 집 보이지?"

라일리는 현관 난간에 아연 통들이 늘어서 있는 작은 녹색

집 뒤편을 보았다.

"그래, 보여." 그가 말했다.

"밀주 업자들이 저기 살아. 그들이 여기 있는 잡초에 그것들을 숨기거든. 언젠가 밤에 경찰이 덮치자 그들이 그것을 구정물 통이나 다른 것들에 담아 저쪽에서 가져가더라."

"구정물 통에?"

"그렇다니까!"

"경찰한테 걸렸니?"

"아니지, 그들은 모든 것을 변소에 부어 버렸어. 캐나디안강의 물고기들이 다 술에 취했을 게 틀림없어."

그들은 요란하게 웃었다.

버스터가 다시 잡초를 헤집다가 멈췄다.

"여기에는 아무것도 없는 것 같다."

그는 라일리를 바라보았다. 라일리가 혼자서 웃고 있었다.

"너, 대체 무슨 일이냐?"

"버스터, 나는 그들이 술을 변소에 붓는 모습을 상상하고 있었어. 너, 이거 아니? 나는 어렸을 때 나를 변기에 앉히면 악마가 아래에서 담배를 피우고 있다고 생각했어. 그래서 앉기가 무서웠지. 한번은 내가 앉으려고 하지 않으니까 우리 엄마가 나를 두들겨 팼어."

"너, 돌았구나." 버스터가 말했다. "내가 너한테 돌았다고 진즉 얘기하지 않았니?"

"진짜야." 라일리가 말했다. "나는 진짜로 그렇게 믿었어."

그들은 웃었다. 버스터는 막대기로 잡초를 훑으며 걸어갔다. 암탉 한 마리가 그들이 지나치는 울타리 너머의 마당에서 꼬꼬댁거렸다. 누군가가 피아노로 도레미파 연습을 하는 소리가 들렸다. 그들은 천천히 걸어갔다.

좁은 골목길에는 마른 마차 바퀴 자국이 있었다. 그 가운데에는 깨진 유리 조각들이 있었다. "우리 어디 가는 거냐?" 버스터가 물었다. 라일리가 노래를 하기 시작했다.

나는 콩밭 옆에서
토끼 씨를 만났지…….

버스터가 노래에 합류했다.

그래서 나는 어디 가느냐고 물었지.
그랬더니 그가 자기 엉덩이에 입맞춤이나 하라고 하더니
콩밭 아래로 뛰어갔어.

버스터가 갑자기 노래를 멈추고 코를 움켜쥐었다.
"죽은 고양이잖아!"
"우리 엄마 밥상에는 안 오를 거야."
"우리 집도 그래."
"야, 저기에 침을 뱉는 게 좋겠다. 그러지 않으면 저녁상에 올라올지도 몰라." 버스터가 말했다.
그들은 구더기가 들끓는 사체에 침을 뱉고 지나갔다.
"골목에는 늘 고양이들이 죽어 있는데 왜 그럴까?"

"개들이 죽여서 그렇지 않을까?"

"우리 집 개는 죽은 고양이를 너무 많이 먹어 미쳐서 죽었어." 라일리가 말했다.

"나는 고양이가 싫어. 너무 교활해."

"냄새 한번 더럽네!"

"나는 숨을 참고 있어."

"나도!"

곧 그들은 냄새나는 곳을 지나쳤다. 버스터가 걸음을 멈추고 손가락으로 뭔가를 가리켰다.

"저 사과들 좀 봐."

"와, 엄청나게 크다!"

"맞다. 가서 좀 따자."

"안 돼, 저걸 먹으면 설사할 거야. 너무 초록색이야."

"나는 한번 해 볼 거야." 버스터가 말했다.

"누가 집에 있으면 어쩌려고?"

"젠장, 울타리 안으로 들어갈 필요도 없어. 어떤 것들은 골목 쪽으로 나와 있잖아."

그들은 울타리 쪽으로 걸어가서 안을 들여다보았다. 나무 밑의 맨땅은 축축했다. 집과 가까운 곳의 잔디는 짧고 말끔했다. 차고 쪽에서부터 이어지는 판석들이 잔디 사이로 일정한 형태를 이루고 있었다.

"백인들이 여기에 사나?"

"아냐, 흑인들이야. 백인들은 우리가 이 지역으로 이사 왔을 때 떠났어." 버스터가 말했다.

오후

그들은 나무를 올려다보았다. 햇빛이 나뭇잎들 사이로 비
쳤다. 흐릿한 검은색 가지에 매달린 사과들이 밝은 초록색으
로 빛났다. 뱀잠자리 한 마리가 길게 곡선을 그리며 희미한 소
리를 내면서 날았다. 고요했다. 그들은 멀리 남쪽 유전에서 펌
프가 쿵쿵거리며 돌아가는 소리를 들을 수 있었다. 버스터가
울타리에서 뒤로 물러나더니 막대기를 잡고 준비 자세를 취했
다.

"잘 봐. 풀 속으로 사과가 떨어질지 모르니까." 버스터가 말
했다.

그가 막대기로 나뭇잎들을 후려쳤다. 사과 하나가 가지들
사이로 소리를 내며 울타리 안쪽 땅으로 떨어졌다.

"제기랄!"

그는 막대기를 들고 다시 후려쳤다. 나뭇잎들이 바스락거리
는 소리가 났다. 라일리가 사과 하나를 잡았다. 다른 하나가
버스터의 발밑에 떨어졌다. 그는 라일리가 들고 있는 사과를
바라보았다.

"내가 제일 큰 것으로 잡았어! 어쨌거나 너는 무서워서 먹
지도 못하잖아."

라일리는 그가 두 손바닥으로 사과를 비비는 모습을 바라
보았다. 사과의 녹색 표면에 붉은 반점이 있었다.

"나는 상관없어. 너나 가져." 그가 마침내 말했다.

그는 사과를 버스터에게 던졌다. 버스터가 그것을 잡고 발
가락을 1루에 대는 흉내를 냈다.

"1루에서 아웃!"

"가자." 라일리가 말했다.

그들은 울타리 가까이에서 걸어갔다. 그러면서 풀들이 그들의 가느다란 다리에 스쳤다. 딱따구리 한 마리가 전신주를 부리로 쪼고 있었다.

"저 나무를 기억해 둘 거야. 머지않아 사과가 익을 것 같아."

"그래, 여기에 있는 것은 익지 않은 게 확실하다." 라일리가 말했다. 버스터는 라일리가 얼굴을 찡그리는 모습을 보고 웃었다.

"소금이 좀 있어야 할 것 같다." 그가 말했다.

"제기랄! 뜨거운 물을 먹어도 이 사과에는 도움이 안 될 거다."

버스터는 웃으며 막대기로 울타리에 있는 깡통을 쳤다. 개가 다른 쪽에서 으르렁대며 쿵쿵거리는 소리를 냈다. 버스터가 으르렁거리는 소리로 응수하자 개가 그들이 움직이는 방향으로 따라오며 짖어 댔다.

"덤벼, 린 틴 틴, 덤벼." 라일리가 소리쳤다.

버스터가 다시 으르렁거리는 소리를 냈다. 그들은 울타리를 지나쳤다. 개는 그들 뒤에서 아직도 짖고 있었다.

버스터는 막대기를 내려놓고 조심스럽게 사과를 잡았다. 라일리가 그 모습을 바라보았다.

"봐라, 커브를 던질 때는 이렇게 잡는 거야." 버스터가 말했다.

"어떻게?"

"이렇게. 두 손가락으로 여기를 이렇게 잡는 거야. 엄지손가락은 여기에 두고 말이야. 그리고 이런 식으로 손가락에서 공을 놓는 거지."

라일리는 버스터가 가르쳐 준 대로 사과를 움켜쥐었다. 그리고 와인드업 자세를 하고 던졌다. 사과가 골목을 똑바로 날아가다가 갑자기 오른쪽으로 꺾였다.

"봤지! 꺾이는 거 봤지? 저런 식으로 하는 거야, 인마. 타자의 목 주변을 겨냥하는 거지."

라일리는 깜짝 놀랐다. 그의 얼굴에 환한 웃음이 번졌다. 그는 존경하는 마음으로 버스터를 바라보았다. 버스터가 달려가서 사과를 집어 들었다.

"봐라, 이렇게 하는 거야."

그가 와인드업을 하고 던졌다. 사과가 공중을 나는 소리가 들렸다. 라일리는 그것이 그를 향해 오다가 갑자기 구부러져 옆으로 벗어나는 것을 보았다. 사과가 그의 옆에 떨어졌다. 그는 고개를 저으며 미소를 지었다.

"버스터?"

"왜?"

"나는 지금까지 그렇게 잘 던지는 검둥이를 본 적이 없어. 저기 울타리 옆에 있는 기둥도 맞힐 수 있는지 보자."

"젠장! 너는 나를 스쿨보이 로[2] 정도로 생각하는 게 틀림없구나."

"해 봐, 버스터. 너는 할 수 있어."

---

[2] 미국 메이저리그 투수인 린우드 토머스 로를 가리킨다. 열다섯 살에 성인 야구팀에서 뛰어 "스쿨보이 로"라는 별명이 붙었다.

버스터는 사과를 한 입 베어 물고 씹으며 와인드업을 했다. 그리고 갑자기 몸을 굽혔다가 벌떡 일으켜 왼발을 땅에서 떼고 오른팔을 앞으로 뿌렸다.

픽!

사과가 기둥에 정통으로 맞아 산산조각이 났다.

"내가 뭐랬냐? 엽총으로 메추라기를 맞힐 때처럼 사과가 산산조각이 났어."

"저것을 컨트롤이라고 하는 거야." 버스터가 말했다.

"네가 그걸 뭐라고 부르는지는 모르겠다만, 나한테 벽돌을 던지라고는 못하겠다." 라일리가 말했다.

"젠장, 네가 본 것은 아무것도 아니야. 장터를 지나 고글리 호수로 수영하러 가 보면 던지는 게 뭔지 보게 될 거다. 그쪽 검둥이들은 코카콜라 병을 네게 던져서 공중에서 터지게 할 수도 있어!"

라일리는 배꼽을 잡고 웃었다.

"버스터, 거짓말 좀 어지간히 해라!"

"거짓말이 아니야, 인마. 아무나 잡고 물어봐."

"아이구, 아이구!" 라일리가 웃었다. 그의 입가에 침이 보글보글 맺혀 있었다.

"우리 집에 가서 시원한 곳에 앉아 있자." 버스터가 말했다.

그들은 구석을 돌아서 풀이 난 작은 뜰을 지나 희끄무레한 오두막으로 갔다. 산들바람이 포치에 불었다. 라일리는 깨끗하고 산뜻한 냄새를 맡았다. 포치의 나무 바닥은 깨끗이 닦여 있었다. 버스터는 어머니가 옷들을 빨고 난 후 비누 거품으로 포치를 닦던 모습을 떠올렸다. 그는 그 옷들을 생각하지 않으려고 노력했다.

파리 한 마리가 문에 달린 방충망에서 윙윙거렸다. 라일리는 포치에 털썩 앉아서 맨발을 대롱거렸다.

"먹을 게 있나 보고 올 테니 잠깐만 기다려." 버스터가 말했다.

라일리는 누워서 팔로 눈을 가리며 말했다. "알았어."

버스터는 문에 붙은 파리들을 쫓으며 안으로 들어갔다. 작은 집 안으로 들어가자 어머니가 부엌에서 바쁘게 움직이는 소리가 들렸다. 그녀는 창문 앞에서 옷을 다리고 있었다. 그가 부엌으로 들어가자 그녀가 고개를 돌렸다.

"버스터, 이 게으름뱅이야, 어디 갔었냐! 내가 너한테 물통을 갖고 나를 도와 달라고 했잖아!"

"엄마, 라일리의 집에 갔다 왔어요. 엄마가 그러신 줄 몰랐어요."

"몰랐다고! 맙소사, 내가 왜 너 같은 아이를 낳아야 했는지 모르겠구나. 나는 너를 번듯하게 만들려고 뼈 빠지게 일하는데 너는 그런 식으로 대꾸하는구나. 몰랐다니!"

버스터는 침묵을 지켰다. 늘 이런 식이었다. 그는 돕고 싶었다. 늘 옳게 행동하고 싶었다. 그런데 늘 뭔가가 방해했다.

"너는 왜 죽어 가는 송아지 모양으로 거기에 서 있는 거냐? 이제는 다 끝났으니 나가서 놀아."

"네."

그는 돌아서서 뒷문으로 천천히 나왔다.

그가 햇빛에 달궈진 나무 바닥을 조심스럽게 밟으며 포치로 갈 때, 고양이가 그의 다리에 등을 대고 비볐다. 엄마가 비눗물을 버린 계단 주변의 흙이 아직도 축축하고 하얬다. 급수전에서 빠르게 흘러나오는 물줄기가 햇빛에 은색으로 반짝였다. 갑자기 그는 자신이 집 안으로 들어갔던 이유를 떠올렸다. 그는 걸음을 멈추고 말했다.

"엄마……."

"왜 그래?"

"저녁에 뭐 먹어요?"

"너는 네 배밖에 생각할 줄 모르는구나. 모르겠다. 배고프면 다시 들어와서 달걀을 어떻게 해서 먹든지 알아서 해라. 나는 너무 바빠서 일을 멈출 수 없다. 제발 나 좀 내버려 두렴!"

버스터는 망설였다. 그는 배가 고팠다. 그러나 엄마가 이런 기분일 때 주변에 얼쩡거릴 수는 없었다. 그녀의 목소리를 들으면 뺨을 얻어맞는 것 같았다. 그는 서서히 집 주위를 돌아 앞으로 가기 시작했다. 그의 발에 닿는 먼지가 두툼하고 따뜻했다. 그는 아래를 내려다보며 발가락으로 아스클레피아스의 어린 가지를 꺾고 녹색 줄기에서 나온 흰 수액이 갈색 흙 속으로 서서히 스며드는 모습을 바라보았다. 작고 뿌연 방울이 그의 발가락에 묻어 반짝였다. 그는 집 앞으로 걸어가며 메마른 먼지에 발을 묻었다. 그러자 수액이 흙에 작은 반점을 만들었다.

그는 라일리 옆에 주저앉았다.

"그렇게 빨리 먹었냐?" 라일리가 물었다.

"아냐, 엄마가 화가 많이 났더라고."

"신경 쓰지 마라. 우리 집 식구들은 늘 나를 족치니까 말이다. 나한테 뭘 시키려고 사는 사람들 같아. 너는 우리 집 꼰대 같은 사람이 없다는 것을 다행으로 생각해야 해."

"너무 비열하니?"

"너무 비열해서 자기마저도 싫어한단다!"

"우리 엄마도 나쁘긴 마찬가지야. 일하다가 백인들 때문에 화가 나면 내가 묵사발이 되지."

"우리 꼰대도 그래. 엄청나게 때려! 어느 날 밤에는 일터에서 오더니 전깃줄로 내 엉덩이를 때리려고 하더라. 엄마가 말리며 그러지 말라고 했어."

"그들은 왜 그렇게 비열할까." 버스터가 말했다.

"젠장, 내가 그걸 어떻게 알아. 우리 꼰대는 요즘 애들이 좀 더 맞아야 한다고 말해. 자기 어머니가 자기를 마대에 넣고 햄처럼 훈제하려고 했다는 거야. 그는 나한테도 그렇게 하려고 했어. 그런데 엄마가 이렇게 말하며 막았어. '내 자식을 노예처럼 취급하지 말아요. 당신 어머니는 당신을 노예처럼 키웠을지 모르지만, 나는 이 아이를 그렇게 키우지 않을 거예요. 이 아이의 머리칼 하나도 다치지 않게 하는 게 좋을 거예요!' 그래서 그렇게 못 했던 거지. 아이구, 얼마나 다행이었던지!"

"제기랄! 나한테 그런 꼰대가 없어서 참 다행이다." 버스터가 말했다.

"내가 클 때까지 기다려 봐. 내가 꼰대한테 혼찌검을 내줄 거야. 그 꼰대를 이길 수 있도록 잭 존슨처럼 복싱을 배울 거야."

"잭 존슨이라고? 세계 최초의 흑인 챔피언이잖아!" 버스터가 말했다. "그는 지금 어디에 있을까?"

"모르지. 북쪽의 뉴욕에 있겠지. 그런데 어디를 가든 아무도 그를 못 건드릴 거야."

"네 말이 맞을지 몰라! 루크 아저씨 말로는 잭 존슨이 조 루이스보다 나은 복서였대. 고양이처럼 발이 빨랐대. 고양이처럼 빨랐다고! 지붕 위로 던져도 고양이가 사뿐히 내려앉는 것처럼 말이야. 젠장, 고양이는 하늘에서 내던져도 사뿐히 내려앉을 거야!"

"우리 꼰대는 늘 이런 노래를 흥얼거리더라."

심판이 아니었더라면
어쩌면 잭 존슨은
제프리를 죽여 버렸을 거야.

라일리가 말했다.

오후가 저물고 있었다. 구름 한 점 없는 하늘에 해가 낮게 떠 있었다. 해는 곧 거리 저편에 있는 나무들의 가장자리 뒤로 사라질 것이었다. 희미한 바람이 불고 나뭇잎들이 햇빛 속에서 흔들렸다. 그들은 이제 침묵에 잠겼다. 검은색과 노란색이 섞인 말벌 한 마리가 윙윙거리면서 처마 밑으로 날아갔다. 버스터는 그것이 회색 벌집 속으로 사라지는 모습을 지켜보았다. 그리고 팔꿈치에 몸을 기대고 다리를 꼰 채 잭 존슨을 생각했다. 어딘가 거리 아래쪽에서 방충망이 쾅 소리를 내며 닫

혔다. 라일리는 그 옆에 누워 입을 오므리고 무슨 노래를 휘파
람으로 불고 있었다.

나에게 날개가 있다면[1]

라일리는 복숭아나무를 바라보다가 흥분해서 눈이 휘둥그레졌다. 핑크색 꽃이 끈적끈적한 꽃봉오리들을 틔운 곳 바로 위에서, 가슴팍이 붉은 개똥지빠귀 어미가 새끼에게 나는 법을 가르치고 있었다. 처음에는 어미가 조금 날아가더니 새끼에게 따라오라고 짹짹거렸다. 그러나 새끼는 움직이지 않았다. 그러자 어미가 다시 날아와 새끼를 가볍게 쪼고 주변을 돌면서 새끼를 가지에서 밀쳐 내려고 했다. 새끼는 무서워서 꼼짝하지 않았다.

젠장, 어서 해 보렴. 라일리는 생각했다. 새끼야, 어서 날아 봐. 무서워하지 마. 그러나 개똥지빠귀 새끼는 날개를 파닥거

---

1) 『코먼 그라운드(Common Ground)』, 1943년 여름.

리고 쩍쩍거리며 그 자리에 그냥 앉아 있었다. 그때 라일리는
어미가 근처에 있는 나무로 날아가는 것을 보았다. 저기 봐라,
네 엄마가 너 때문에 화났잖아. 젠장, 내가 너를 날게 할 수 있
으면 좋겠구나. 그는 현관에 있는 버스터 옆에 눕기 시작했다.
그때 그는 새끼가 갑자기 날개를 퍼덕이며 뛰어내리는 것을
보았다. 가슴이 철렁했다. 새끼는 공중에서 날개를 퍼덕이며
버둥거리다가 아래로 떨어졌다. 새끼는 땅에 떨어지지 않으려
고 정신없이 날개를 퍼덕였다. 그러자 새끼의 몸이 다시 올라
갔다. 새끼는 위로 올라가려고 어색하게 날개를 퍼덕이며 어미
가 앉아서 지저귀는 곳으로 날아가려고 했다.

라일리는 다시 일어나 앉았다. 기분이 좋았다. "네가 날 속
였구나." 그는 새끼를 향해 속삭였다. "너는 무서워한 게 아니
었구나. 그저 어른들이 너한테 간섭하는 것이 싫었구나." 그는
기분이 아주 좋았다. 갑자기 그는 긴장했다. 그는 새를 잡아서
나는 법을 가르쳐야겠다고 결심했다. 그가 몸을 돌려 버스터
를 깨워서 그 얘기를 하려고 했을 때, 버스터가 몸을 꿈틀거리
며 눈을 떴다.

"야, 뭔가 좀 하자." 버스터가 쉰 목소리로 말했다. "어째서
너는 아무 데도 안 가냐?"

라일리는 맥이 빠졌다. 그는 잊고 있었다. "누군가가 우리를
고자질해서 그러는 거잖아. 우리가 빌어먹을 교회 비둘기 새
끼들을 잡으려 했다고 고자질한 거야. 엄마가 케이트 이모한
테 나를 잡아두라고 했거든."

"젠장, 비둘기는 교회 것이 아니잖아." 버스터가 말했다. "그

냥 거기에 사는 거지 누구의 것도 아니잖아. 나한테 지금 한 마리만 있으면 딱 좋겠다!"

라일리는 개똥지빠귀가 멀리 있는 나무로 날아가는 모습을 바라보며 이상하게 외로움이 몰려오는 것을 느꼈다. 그는 생각 했다. 내가 여기에 붙잡혀 있지만 않다면 새를 구해 올 텐데.

버스터가 일어섰다. "그럼 나중에 보자. 나는 뭔가를 좀 해 야겠어."

"아, 가지 마." 라일리가 애원했다. "뭔가 할 것이 있을 거 야……. 아, 맞다!" 그는 갑자기 생각났다는 듯 말했다. "너는 이 노래 모를 거다!"

"무슨 노래?"

"바로 이런 거야."

내가 미국 대통령이라면
내가 미국 대통령이라면
맛있는 초콜릿과 막대 사탕을 먹고
백악관 문에서 그네를 탈 거야—
아, 전능하신 하느님, 너무 좋아요.
나는 백악관 문에서 그네를 탈 거야!

"라일리!!!"

그의 입이 크게 벌어졌다. 케이트 이모가 문가의 어둠 속에 서 있었다. 그녀의 주름진 얼굴이 분노로 떨리고 있었다.

"너 이놈, 네가 말하는 거 다 들었다! 네놈이 하느님의 이름을 헛된 곳에다 쓰는 것을 내가 다 들었어!"

그는 어안이 벙벙해져 자리에서 일어났다.

"너는 대통령이 되겠다고 얘기하고 있었어! 네 엄마가 그런 것을 가르치더냐! 너 말이야, 모두를 곤란하게 만들기 전에 조심하는 게 좋을 거야. 백인들이 대통령이 되겠다는 헛소리를 지껄이는 흑인 아이를 키우고 있다는 소리를 들으면, 네 가엾은 엄마한테 무슨 일이 일어날 것 같으냐?"

"그냥 노래였어요." 라일리가 더듬거리며 말했다. "해를 끼치려는 게 아니었어요."

"그래, 그런데 그것은 사악한 노래였다! 주님은 그것을 싫어하신다. 백인들도 그것을 싫어하고."

그는 개똥지빠귀 새끼가 멀리 떨어진 나무로 날아가는 것을 얼핏 보면서 뉘우치는 표정을 지었다. "죄송해요, 케이트 이모."

그녀의 얼굴이 누그러졌다. "너희 아이들은 어렸을 때부터 올바로 사는 법을 배워야 해. 그래야 커서 평화롭게 살 수 있게 된단다. 그러지 않으면 너희들은 살아 있는 동안 차가운 흰 벽에 머리를 계속 부딪게 될 거야. 내가 이 나이까지 살아 있는 것은 사악한 생각들이 내 마음을 혼란스럽게 하도록 놔두지 않았기 때문이야."

라일리는 눈을 내려뜨린 채로 그녀를 바라보았다. 언제나 주님 아니면 백인들 얘기였다. 그녀는 늘 그에게 죄의식을 느끼게 만들었다. 마치 그가 기억할 수 없지만 결코 용서받지 못할 잘못을 저지르기라도 한 것처럼 그랬다. 그것은 백인들이 거리에서 자기를 빤히 쳐다보는 것과 같았다. 갑자기 케이트 이모의 얼굴이 어두운 분노에서 아주 환한 표정으로 바뀌었다. 그는 미심쩍고 당황스러웠다.

"너희 아이들은 주님의 노래를 좀 배울 필요가 있어." 그녀는 환한 얼굴로 노래를 시작했다.

노래하자 할렐루야
나에게 비둘기의 날개가 있다면
나의 예수님에게로 날아가
편안히 쉬리라…….

"너희들은 이런 노래를 불러야 해. 너희들은 이 세상을 사는 데 너희들을 도와 줄 성령의 날개가 필요하단다. 나를 따라서 불러라."

노래하자 할렐루야

라일리는 목이 잠겼다. 개똥지빠귀가 시야 밖으로 날아가고 있었다. 그는 버스터를 무력하게 바라보았다. 버스터는 눈길을 돌렸다. 케이트 이모가 노래를 멈췄다. 그녀의 얼굴이 어두워졌다.

"케이트 이모, 지금은 제가 노래할 기분이 아닌 것 같아요." 그는 겁에 질려 말했다.

"지금은 안 부르고 싶다고!" 그녀가 폭발했다. "내가 너한테 좀 전에 네가 불렀던 쓰레기 같은 사악한 노래를 가르쳤다면

부를 기분이 나겠지!"

"그런데 그것은 나쁜 노래가 아니었어요."

"내 말 끊지 마! 네 안에 악마가 들어간 게 나한테는 보인다! 내 눈에 안 보이게 뒤쪽으로 사라져!"

그는 천천히 움직이기 시작했다.

"어서 가! 말 안 듣고 고약한 냄새 나는 도깨비 사탄 같은 놈아! 내 말 명심해. 오늘이 가기 전에 네놈은 문제를 일으킬 거야. 네 엄마한테 네놈이 주님을 무서워하도록 두들겨 패라고 할 거야!"

그는 현관에서 서서히 물러나 두 집 사이의 그늘로 들어갔다.

"나한테 저런 소리를 하면 아주 싫을 것 같아." 버스터가 말했다. "저런 노인들은 사람을 엄청 불행하게 만들 수 있어!"

라일리는 집에 몸을 기댔다. 그것은 나쁜 노래가 아니었다. 그저 우스운 노래였을 뿐이다. 그는 '전능하신 하느님' 부분을 더 좋게 들리도록 부르고 싶었다. 젠장! 케이트 이모는 종잡을 수 없었다. 어쩌면 그녀는 아득한 노예 시대에 태어나고 너무 늙어서 남자를 제대로 이해하지 못하는 것일수도 있다. 그녀는 매일 밤 교회에 가고, 엄마가 낮에 백인들을 위해 일하는 동안 성경을 읽고 그를 혼내는 일밖에 할 줄 몰랐다. 그녀는 미쳤다. "비둘기의 날개가 있다면……" 어쩌고 하는 옛날 노래. 그런 옛날 노래를 부르는 건 전혀 재미가 없었다.

갑자기 그의 얼굴에 웃음꽃이 피어났다.

"헤이, 버스터." 그가 속삭였다.

"왜 그래?"

그는 쉰 목소리로 노래를 불렀다.

케이트 이모, 나한테 비둘기의 노래가 있다면
나는 모든 사탕을 먹어 버리고
백악관 문을 부숴 버릴 거예요……

버스터가 아랫입술을 내밀고 얼굴을 찌푸렸다. "이 멍청아, 찬송가로 장난치는 짓은 그만둬. 케이트 이모가 그런 게 죄라고 하셨잖아."

라일리가 몸을 흔들며 웃었다. 어쩌면 하느님이 그에게 벌을 줄지 몰랐다. 그는 입술을 깨물었다. 그러나 말들이 마음속에서 맴돌았다. 많은 노래들이 있었다. 어메이징 그레이스, 얼마나 달콤한 말인가. 황소개구리가 할머니를 때려눕혔네. 그는 억누른 웃음이 커다란 푸른 구슬들처럼 그의 내부에서 딸가닥거리고 구르는 것을 느꼈다. "어메이징 그레이스" 부분도 찬송가에서 나온 것이었다. 어쩌면 그는 이번에는 정말로 벌을 받을지 몰랐다. 그러나 그는 더 이상 그것을 참을 수 없어서 집에 몸을 기대고 껄껄 웃었다.

"너, 찬송가를 갖고 그렇게 계속 웃으면 나는 다른 데 가서 다른 애들하고 놀 거야." 버스터가 경고했다.

"아, 나는 그것 때문에 웃은 게 아니었어." 그가 거짓말을 했다.

"그렇다면 뭣 때문에 웃었냐?"

"어제 교회 건물에서 떨어졌던 것 때문에…… 웃었지."

"우리가 새를 잡으려고 했을 때 말이야?"

"그래."

"바보야, 그것은 우스운 게 아니었다. 너는 울고불고 난리였잖아. 너, 아직도 머리 아픈 건 아냐?"

그는 머리를 만져 보았다. "약간." 그가 말했다.

"너는 정말로 겁에 질렸었어." 버스터가 말했다.

"정말 그랬지. 그런데 괜찮았어."

"인마, 거짓말 좀 그만해. 갓난애처럼 울고불고 난리였잖아!"

"젠장, 나는 떨어지는 순간을 얘기하는 거야. 내가 울었던 것은 머리를 부딪쳤기 때문이야."

"너, 계속 나를 놀리려고 하는구나. 너는 머리가 깨질 뻔했어." 버스터가 말했다.

"정말이야. 백인들은 그런 식으로 낙하산을 타고 비행기에서 뛰어내리잖아."

"그래, 그런데 너한테는 낙하산이 없었어." 버스터가 웃었다.

라일리는 한 줄기 햇빛이 집 뒤의 그늘 속으로 비치는 곳을 향해 걸어갔다. "너는 아무것도 몰라. 가서 병아리들이나 좀 보자." 그가 말했다.

그들은 닭장으로 가서 닭장에 살짝 기대고 안을 들여다보았다. 곡식과 똥이 여기저기 흩어져 있었다. 딱딱한 땅은 닭들이 발톱으로 긁어 놓아 이상한 모양을 이루고 있었다. 닭들은 뭔가를 기대하듯 그들을 쳐다보았다.

라일리는 흰 암탉 주변에서 종종걸음을 치는 솜털 같은 병아리 떼를 가리켰다.

"병아리들 귀엽지 않냐?" 그가 소리쳤다.

"정말 귀엽다!" 버스터는 눈을 빛내며 좋아했다.

"저 조그만 것들이 내는 소리 좀 들어 봐."

"인마, 저건 우는 소리야. 우리 갓난이 동생 버버처럼 작으니까 우는 거라고."

"우리 엄마도 교회에 가면 울지만 작지는 않잖아." 라일리가 말했다.

"그건 소리를 지르는 거고, 인마."

"나는 그런 게 싫어. 어째서 그렇게 소리를 지르는 거지?" 라일리가 말했다.

"성령을 느끼기 때문이야. 그래서 그런 거라고."

"성령이 뭔데?"

"바보야, 성령이라고! 너도 주일학교 다녔잖아."

라일리는 닭장 철망에 발가락을 대고 꼬물거렸다.

"모두가 울고불고 난리를 치면서 어리석게 행동하는 것을 보면 성령이 그들을 엄청나게 아프게 하는 모양이야." 그가 마침내 말했다.

"우리 엄마 말로는 기분이 좋을 때 그렇게 소리를 지른다더라." 버스터가 말했다.

"기분이 좋든 안 좋든, 나는 우리 엄마가 그렇게 소리를 지르는 걸 보면 너무 창피해서 얼굴이 화끈거리더라." 그가 굳어진 목소리로 말했다. "기분이 좋다고 소리를 지르는 것은 질색이야."

그는 두 마리의 어린 수탉들이 뭉툭한 날개를 파닥이고 꼬꼬댁거리며 뜰을 가로질러 앞다투어 달려가는 모습을 보았다.

"닭들은 미쳤어! 두 마리 멍청이 수탉들이 달려가는 꼴 좀 봐라!" 버스터가 소리쳤다.

라일리는 경멸스럽다는 듯 손바닥을 내두르며 말했다. "저 것들은 수탉이 아니야. 진짜 수탉은 저쪽에 있어." 그가 한쪽을 가리키며 말했다.

"젠장! 저게 우두머리 수탉이구나!"

"맞아. 올 빌이라고 해."

"올 빌!"

"저놈은 깃털이 달린 것이라면 무엇이든 후려칠 수 있어." 라일리가 으스댔다.

버스터가 휘파람을 불며 감탄했다. 은빛이 나는 수탉의 검붉은 깃털이 햇빛 속에서 나부꼈다. 올 빌은 암탉들을 향해 꼬꼬댁거리면서 붉은 벼슬을 위엄 있게 흔들며 거만하게 활보했다.

"저 멍청이 좀 봐라, 몸집 큰 뚱뚱이 목사처럼 발을 위아래로 들었다 놓았다 하네." 버스터가 소리쳤다.

"발톱 좀 봐, 발톱 좀 봐!" 라일리가 소리쳤다.

"제기랄! 암탉들은 저 멍청이를 조심하는 게 좋겠다!"

"싸움도 잘해. 암탉들이 다른 닭한테 가면 바로 올라타고 약속의 땅으로 보내 버리거든."

올 빌이 부드럽게 꼬꼬댁 소리를 내자 암탉들이 그가 긁어 놓은 곳을 향해 쪼르르 달려갔다.

"와우, 와우! 저 수탉은 이 세상에서 싸움도 제일 잘하고 소리도 제일 커!"

갑자기 수탉이 날개를 파닥이더니 울었다. 수탉은 가슴을 부풀리고 목을 앞으로 빼며 울었다.

"저 놈 소리 좀 들어 봐라!"

"야, 빌! 노래 좀 해 봐."

"저건 가브리엘이야!"

"젠장, 닭 세계의 루이 암스트롱이구나!"

"황금색 트럼펫을 불면서……."

"모든 수탉들에게 조심하라고 말하면서……."

"허튼짓하면 용납하지 않겠다는 거지……."

"올 빌이 말씀하신다. 모든 개와 모든 고양이에게 조심하라고 전하라. 그러지 않으면 박쥐들한테 보내 버리겠다고 전하라. 위대한 올 빌이 오셨도다." 라일리가 운을 맞춰 말했다.

"아냐, 아냐. 그는 「홀드 댓 타이거」²⁾를 연주하는 닭 세계의 루이 암스트롱이라니까……."

"그래, 호랑이한테 멍청한 짓 하지 말라고 말하면서 말이지……."

"그거야, p까지 높이 올라가겠지."

"인마, 호른에는 p가 없어. 그냥 도 레 미야." 라일리가 노래했다.

"맞다, 그거야. 루이가 연주할 때는 그렇지. 도 레 미 파 솔 라 시, 피!"

---

2) Hold that Tiger. 루이 암스트롱이 연주한 재즈 곡.

그들은 배꼽을 잡고 웃었다. 올 빌은 목을 구부리고 구부러진 가위 날처럼 날카로운 부리를 벌리고 뭔가를 삼켰다.

라일리가 진지해졌다. "우리 꼰대는 저 수탉을 진짜 자랑스럽게 생각해. 꼰대를 돌아 버리게 하고 싶으면 올 빌이 차에 치였다고 말하면 끝나. 물론 나는 그를 비난하는 게 아니야. 케이트 이모의 말처럼 사람들이 새가 되어 다시 태어난다면 나도 죽어서 올 빌처럼 되고 싶으니까 말이야."

"나는 아니야." 버스터가 말했다. "나는 수탉으로 태어나고 싶지는 않아."

"어째서? 올 빌은 잘생긴 데다 조 루이스처럼 싸움도 잘 해!"

"헛소리야. 날지도 못하잖아!"

"날 수 있어!"

"수탉은 못 날아!"

"내가 증명할 수 있어!"

"너 미쳤구나, 라일리. 수탉이 날 수 있다는 것을 어떻게 증명할 건데?"

"그건 쉽지. 내가 닭장 위로 올라갈 테니 너는 올 빌을 나한테 올려."

"아, 안 돼." 버스터가 말했다. "아, 안 돼. 저런 발톱이 있는데 나는 안 들어갈 거야."

라일리는 혐오스럽다는 듯 침을 뱉었다. "너, 못났구나."

"그래? 그래도 나는 안 들어갈 거야."

"그렇다면 네가 위로 올라가. 내가 너한테 올려 줄 테니. 그럼 됐냐?"

"됐어. 떨어지면서 나를 할퀴지는 않겠지."

라일리는 케이트 이모가 자주 앉아 있는 부엌 창문 옆을 살짝 쳐다보고 닭장 안으로 들어가 문을 닫았다.

"야, 서둘러." 버스터가 지붕 위에서 소리쳤다. "여기 너무 덥다."

"좀 있어 봐." 라일리가 소리쳤다. "좀 있어 보라고."

그는 울타리를 스쳐 올 빌을 향해 살금살금 움직였다. 암탉들이 꼬꼬댁거렸다. 올 빌이 화가 나서 고개를 빠르게 내두르며 움직였다.

"저 멍청이 조심하는 게 좋겠다." 버스터가 소리쳤다.

"너, 누구한테 뭐라는 거냐? 이리 와라, 올 빌!"

그가 손을 뻗자 큰 수탉이 목의 깃털을 주름진 옷깃처럼 세우고 공기를 가르며 달려들었다. 라일리는 팔로 얼굴을 가렸다.

"잡아, 인마!"

그가 돌진해서 잡으려고 했다. 먼지가 날렸다. 올 빌은 땅을 차고 달아나 버렸다. 라일리는 올 빌이 깃털 먼지떨이처럼 몸을 흔들며 멀어지는 것을 보고 몸을 던졌다.

"이 멍청이에 대해 내가 뭐라고 했냐?" 그가 숨을 헐떡이며 말했다.

"거짓말이 아니었구나. 조심해!"

라일리는 닭이 공격해 오는 것을 보고 깜짝 놀랐다. 그는 바닥에 세게 넘겨졌다. 숨을 쉴 수가 없었다. 수탉이 그에게 달려들었다. 그는 눈을 가렸다. 수탉은 그의 다리를 할퀴고 그의 얼굴을 쪼았다. 발톱이 그의 셔츠를 찢고 들어와 갈비뼈에 닿는 것 같았다. 케이트 이모의 눈처럼 작고 사악한 누런 눈이 그의 얼굴 바로 위에서 불길하게 번쩍였다. 그의 손이 닭의 강한 다리에 닿자, 셔츠가 찢어지는 소리가 들렸지만 꽉 붙들었다. 먼지가 풀풀 나는 깃털에서 풍기는 얼얼한 냄새가 코를 찔렀다. 그는 헐떡거리며 가까스로 몸을 일으켰다. 올 빌이 강력하게 몸을 비틀었다. 그의 손에 닿는 비늘 덮인 다리는 너무 거칠었다. 날카로운 부리로는 계속 그를 쪼아 댔다.

"내가 내려갈 때까지 잡고 있어!" 버스터가 소리쳤다.

"제기랄, 이제 거의 다 잡았어." 그가 헐떡이며 말했다. 그는 수탉을 머리 위로 쳐들고 움직이는 날개로부터 얼굴을 멀리 떼려고 했다. 갑자기 그는 올 빌의 날개를 옆구리에 밀착시키고 뒤로 몸을 젖혔다가 뜰 저쪽으로 던졌다. 올 빌이 미끄러지면서 대기가 먼지로 가득해졌다. 라일리는 빙글 몸을 돌려 재채기를 하면서 문을 향해 달리다가 멈췄다. 수탉은 깃털에서 먼지를 털어 내고 있었다. 라일리는 수탉을 곁눈질로 지켜보면서 일부러 아주 천천히 걸었다. 버스터가 자신이 두려워하는 걸 눈치채지 않게 하기 위해서였다. 그 앞에서 늙은 암탉이 새끼들을 모아들이고 있었다. 그는 갑작스러운 충동에 굴복해 병아리 두 마리를 잡아 후다닥 문밖으로 나왔다.

"이 머저리야, 거기서 벗어나는 게 좋겠어." 버스터가 경고했다.

"나는 너처럼 무서워하지 않아." 그가 놀렸다. 그러나 밖으로 나오니 그도 안심이 되었다.

"이거 받아." 그는 지붕을 오르기 시작하면서 소리쳤다.

"뭘?"

"이거 받아, 겁쟁이야. 이 작은 것들은 너를 할퀴지 않을 거다."

버스터는 손을 뻗어 노란 병아리들을 작은 갈색 손으로 받았다.

라일리는 비스듬한 지붕을 잡고 뛰어올랐다. 갈색 개미들이 태양에 달궈진 회색 판자 아래로 줄을 지어 허겁지겁 내려갔다. 그는 개미들을 으깨지 않도록 손과 무릎을 짚어 가며 조심스럽게 몸을 들어 올렸다. 위로 올라서자 그는 삐악거리는 병아리들을 잡아 찢어진 셔츠 안에 조심스럽게 넣었다. 그들은 솜처럼 부드러웠다.

"야, 인마, 병아리들이 질식해 죽겠다." 버스터가 말했다.

"아냐, 안 죽을 거야. 이제는 더 이상 울지도 않잖아."

"그렇긴 하다만 어미가 난리잖아. 저 소리 좀 들어 봐."

"신경 쓰지 마. 어미는 늘 꼬꼬댁거리는 거야. 케이트 이모처럼 말이야."

"라일리, 내가 한 마리 잡고 있을게."

라일리는 머뭇거리다가 한 마리를 버스터에게 건넸다.

"네가 그렇게 무서워하지만 않는다면 너도 가서 몇 마리 잡아 올 수 있을 텐데." 그가 말했다.

"라일리, 얘 좀 봐라. 어미가 없으니 벌벌 떨고 있어!"

"알았어, 알았어. 요 작은 녀석아, 두려워하지 마라." 라일리가 다정하게 속삭였다. "우리는 친구란다."

"여기는 너무 더운 것 같아. 데리고 내려가는 게 좋을 것 같아." 버스터가 말했다.

"무슨 소리야! 요놈들에게 나는 법을 가르쳐 줘야지!"

"나는 병아리가 나는 것을 본 적이 없는데." 버스터가 의심스러운 듯 말했다.

"치치새만 하잖아." 라일리가 말했다.

"그런데 치치새처럼 날개가 길지 않잖아."

"젠장, 괜찮아." 그는 낙담하여 말했다. 날개가 개똥지빠귀 새끼처럼 조금만 더 길다면 얼마나 좋을까 싶었다.

"헤이! 이 병아리가 어떻게 하는지 봐라." 버스터가 소리쳤다.

버스터가 다리 위에 병아리를 놓았다. 병아리는 날개를 펴더니 다리에서 지붕으로 뛰어내렸다.

"날려고 하는구나." 그가 소리쳤다. "요 작은 녀석들은 날고 싶어 하는 거야. 아직 날개가 강하지 않을 뿐이야!"

"맞아." 버스터가 맞장구를 쳤다. "진짜로 날려고 했어!"

"내가 날도록 해 줄 거야." 라일리가 말했다.

"어떻게?"

"낙하산으로!"

"그렇게 작은 낙하산이 어디 있어, 인마."

"있어. 헝겊과 실만 있으면 만들 수 있어. 그러면 이 녀석들이 그것을 타고 어미한테 내려갈 수 있어." 라일리는 손으로 나뭇잎이 떨어지는 모습을 그리며 말했다.

"만약 다쳐서 케이트 이모가 네 엄마한테 이르면 어떻게 할래?"

라일리는 집 쪽을 쳐다보았다. 케이트 이모는 어디에도 보이지 않았다. 그는 병아리들을 바라보았다.

"너는 그냥 무서워할 뿐이야." 버스터가 비웃으며 말했다.

"안 무섭거든. 나는 병아리들이 다치는 걸 원하지 않을 뿐이야."

"다치지 않을 거야. 좋아할 거야. 새들은 나는 것을 좋아하잖아. 닭들도 마찬가지야. 저기를 봐라!" 그는 말을 급히 멈추고 손가락으로 한쪽을 가리켰다.

비둘기 떼가 멀리 보이는 붉은 벽돌 굴뚝 주변을 빙빙 돌고 있었다. 그들의 날개가 햇빛을 받아 눈부셨다.

"야, 굉장하지 않냐?"

"쟤들은 비둘기잖아, 라일리……."

"저건 아무것도 아니야." 라일리는 손바닥에 있는 병아리를 부드럽게 얼렀다. "우리는 병아리들이 날아서 아래로 내려가게 할 수 있어!"

"그런데 우리한테는 아무 천도 없잖아." 버스터가 말했다.

라일리는 몸을 구부리고 셔츠에서 올 빌이 찢어 놓은 부분을 잡아당겨 찢었다. 그는 버스터의 얼굴 앞에 푸른 천 조각을 의기양양하게 들어 보였다.

"여기에 천이 있잖아!"

버스터가 우물쭈물했다. "그런데 실이 없잖아."

"실도 있어." 버스터가 말했다. "실도 있고 모든 게 다 있어."

그는 호주머니에서 실패를 꺼내 사랑스러운 듯 잡고 있었다. 어제 지붕 위로 높이 연을 날릴 때 실패의 실이 끊어졌었다. 연은 미친 듯 비틀리고 흔들리며 시야에서 사라졌다. 그는 그 모습을 보면서, 가을에 새들이 남쪽으로 날아가는 모습을 보면서 느꼈던 이상한 긴장감을 느꼈었다.

"와, 이것 좀 보게……." 버스터는 놀라는 목소리로 말했다.

병아리의 눈에 미세한 살이 덮였다. 마치 죽은 것처럼 보였다. 그는 매듭을 묶으려다가 잠시 멈췄다. 동그란 검은 눈이 다시 뜨였다. 그는 한숨을 쉬고 천을 잡고 실들이 한가롭게 바람에 흩날리는 모습을 바라보았다.

"야, 어서 하자. 치치새처럼 얘들을 날게 할 준비가 끝났어."

그는 잠시 멈추고 빙글빙글 맴을 도는 비둘기들을 바라보았다.

"버스터, 누군가 너랑 나한테 나는 법을 가르쳐 주면 좋지 않겠니?"

"그럴지도 모르지." 버스터가 신중하게 말했다. "그렇겠지. 그런데 얘들을 위해서는 두 개의 낙하산이 필요해. 하나만으로 어떻게 둘이 날게 하려고 하니?"

"너는 그냥 잡고서 이 어르신이 하는 것만 쳐다봐." 라일리가 씩 웃었다.

버스터가 병아리들을 잡고 있자, 라일리는 실로 멜빵을 만들어 그들을 낙하산 줄에 한데 묶었다.

"자, 이제 잘 봐." 그가 말했다. 그는 천의 가운데를 잡고 부드럽게 들어 올려 병아리들이 지붕에서 벗어나게 흔들었다. 그들은 흥분해서 지켜보았다. 버스터가 빙긋 웃었다.

"어서 와, 인마."

그들은 기어서 지붕 가장자리로 가 아래를 내려다보았다. 암탉이 한가로운 소리를 냈다. 멀리서 수탉이 울자 올 빌이 큰 소리로 울었다.

"라일리……." 버스터가 말했다.

"왜 그래?"

"케이트 이모가 우리를 보면 어쩌지?"

"젠장, 너는 어째서 케이트 이모를 생각하는 거냐? 안에서 예수님하고 얘기하고 있잖아."

"그래도……." 버스터가 말했다.

그들은 이제 가장자리에 앉아 다리를 대롱거리고 있었다. 라일리는 기대감에 몸이 떨렸다.

"네가 내려가서 병아리를 다시 데려올래?"

"저 수탉이 아직 저기에 있잖아." 버스터가 말했다.

라일리는 한심하다는 듯 고개를 저으며 아래로 내려와 마당 안으로 들어갔다.

올 빌이 먼 구석에서 위협적인 소리를 냈다.

"비행기가 나오는 영화에서 하듯이 해 보자." 버스터가 소리쳤다. "스위치 눌러!"

"스위치 눌러!" 버스터가 소리쳤다.

"접속!"

"접속! 논스톱 비행이야."

"자, 내려보내!" 라일리가 다급하게 소리쳤다.

그는 버스터가 병아리들과 낙하산을 공중에 던지고, 닭들이 밑에서 흥분해 쳐다보는 가운데 천이 우산처럼 펼쳐지는 모습을 바라보았다. 낙하산은 미루나무에서 내려오는 솜털처럼 천천히, 아주 천천히 내려오고 있었다.

"거기서 당장 내려오지 못해!!!"

그는 긴장한 채로 몸을 빙글 돌렸다. 케이트 이모가 뜰을 가로질러 오고 있었다. 그는 두 개의 자석 사이에 낀 바늘처럼 꼼짝하지 못했다.

"라일리! 잡아라!"

그는 몸을 돌려 바람 주머니처럼 공기가 빠진 낙하산과 병아리들이 노란 돌처럼 땅으로 떨어지는 모습을 바라보았다. 그는 병아리들을 잡으려고 달려가고 싶었지만, 아직도 그 자리에 서서 버스터와 케이트 이모가 지르는 소리를 듣고 있었다. 그런 다음 병아리들이 천에 덮여 보이지 않는 곳으로 비틀비틀 걸어갔다. 제발, 하느님, 제발, 그는 이렇게 속삭였다. 그러나 병아리들을 들어올리자 아무 소리도 나지 않았다. 병아리들의 머리가 맥없이 흔들거렸다. 그는 천천히 무릎을 꿇었다.

그림자가 땅에 드리워지면서 길어졌다. 무지외반증 모양의 엄청나게 큰 검은색 신발이 그의 눈에 들어왔다. 요란한 소리를 내며 씩씩대는 케이트 이모였다.

"내가 너한테 말했지! 나는 오늘이 가기 전에 네가 말썽을 일으키리란 것을 진즉 알았어! 너, 지금까지 무슨 짓을 했느냐?"

그는 침을 삼켰다. 입이 바싹바싹 탔다.

"내 말 안 들리느냐!"

"그냥 놀고 있었어요."

"뭐 하고 놀아? 저기에서 뭘 하고 있었느냐?"

"우리는…… 날기 연습을……."

"닭들을 날게 한다고!" 그녀가 의심스러운 듯 소리쳤다. "그 천 밑에 뭐가 있나 보자!"

"그냥 천이에요."

"보자니까!"

그가 천을 들어올렸다. 병아리들은 납처럼 무거웠다. 그는 눈을 감았다.

"나는 진즉 알고 있었어! 너는 네 엄마의 닭들을 죽이고 있었구나!" 그녀가 소리쳤다. "나의 이름 케이트를 걸고 말하건대 네 엄마한테 이를 거다."

그는 말없이 그녀를 바라보았다.

그녀가 불렀을 때 돌아보지 않았더라면 병아리들을 잡을 수 있었을지 몰랐다.

갑자기 거친 말이 튀어나왔다. "나는 이모가 싫어." 그가 소리를 질렀다. "차라리 노예 시절에 죽어 버리기나 하지……."

그녀의 얼굴이 움츠러들며 지저분한 회색으로 변했다. 그녀는 나이가 들었다는 것에 자부심을 느끼는 사람이었다. 그는 두려움이 차가운 돌풍처럼 밀려드는 것을 느꼈다.

"주님께서 너를 지옥 불에 넣어 벌하실 거다." 그녀가 떨리는 목소리로 말했다. "언제가 네놈은 그 말을 떠올리며 슬퍼하고 울게 될 것이다."

그녀는 그에게 저주를 퍼부었다. 그는 그녀가 돌아서서 가

는 모습을 보며 자갈이 무릎 속을 파고드는 것을 느꼈다. 그
녀는 화가 나서 고개를 흔들며 천천히 불편한 자세로 걸어갔
다. 체크무늬 면포로 덮인 그녀의 넓은 엉덩이 위로 흰 앞치마
가 딱 붙어 있었다.

"1900년대 아이들은 악마로 가득 차 있어. 맞아, 그거야."
그녀는 중얼거렸다. "악마로 가득 차 있다고."

오랫동안 그는 푸르스름한 닭똥들이 널린 땅에 놓여 있는
병아리들을 멍하니 바라보았다. 암탉이 조심스럽게 그 앞에
서 빙빙 돌면서 새끼들을 큰 소리로 부르고 있었다. 그는 혐오
감을 억제하려고 노력하며 병아리들을 들어서 실을 제거하고
다시 내려놓았다…….

잠시 그들은 날고 있었어…….

버스터는 울타리 사이로 그 모습을 슬프게 바라보았다. "안
됐구나, 라일리." 그가 말했다.

라일리는 대답하지 않았다. 그는 갑자기 지독한 닭똥 냄새
를 의식하고 일어섰다. 그는 무심코 손가락을 닦으며 살갗에
미끌미끌한 것이 묻어 있는 것을 느꼈다.

그는 자신이 그녀를 쳐다보지 않았더라면 얼마나 좋았을까
싶었다. 눈앞이 흐릿해졌다. 그는 너무 괴로워서 올 빌이 공격
해 오면서 깃털을 빠르게 움직이는 소리를 듣지도 못하고 펼
쳐진 날개가 반짝이는 모습을 보지도 못했다. 그 타격에 그는
비틀거렸다. 그는 눈물 젖은 눈으로 아래를 내려다보며, 닭의
발톱에 찢긴 그의 갈색 다리에서 밝은 피가 흘러나오는 모습
을 보았다.

"우리가 병아리들을 거의 날게 했는데." 라일리가 말했다.
"거의……."

두피가 벗겨진 두 인디언[1]

그들에게는 작지만 소리는 큰 밴드가 있었다. 나는 우리가 나무들 사이로 움직일 때, 하늘을 배경으로 밝은 금속성 소리처럼 대기에 울려 퍼지는 트럼펫 소리를 들을 수 있었다. 그것은 멀리서 들리는 불꽃 같은 소리였다. 언덕에 깃든 늦은 오후의 고요를 깨는 소리였다. 이제는 아주 분명히 들렸다. 분명히 음악이었다. 그것도 밴드 음악이었다. 나는 안도했다. 우리가 숲을 통과할 때, 나는 몇 분 동안 그 소리를 듣고 있었다. 그러나 아래쪽에서 느껴지는 고통이 나의 모든 감각을 믿을 수 없을 만큼 너무 날카롭게 느껴지게 만들었고, 나는 그 소리가 내 귓속에서 들리는 음악 소리라고 생각했다. 그러나 이제 나

---

1) 『신세계의 글(New World Writing)』, 1956.

는 확실히 알았다. 버스터가 걸음을 멈추고 머리를 한쪽으로 기울이며 눈을 가늘게 뜨고 나를 바라보았다. 그는 청색 머리띠를 두르고 귀 뒤에 칠면조 깃털을 꽂고 있었다. 나는 깃털이 미풍에 흔들리는 모습을 볼 수 있었다.

"야, 내 귀에 들리는 거 너도 들리냐?" 그가 말했다.

"나는 계속 듣고 있었어." 내가 말했다.

"제장! 우리도 구경 좀 하게 이 숲에서 빨리 나가는 게 좋겠다. 그런데 왜 너는 아무 말도 안 한 거야?"

우리는 다시 움직였다. 우리는 숲에서 갑작스레 벗어날 때까지 걸음을 서둘렀다. 우리는 도시로 내려가는 언덕에 서서 아래를 굽어보았다. 해가 지고 있었다. 나는 붉은 황톳길이 숲을 지나고 벼락 맞은 흰 나무를 지나 강변도로로 이어지는 모습을 바라보았다. 좁은 길은 매키 이모의 낡은 오두막을 지나 방향이 바뀌었다. 나는 길과 오두막 너머로 강물이 흐릿하고 신비롭게 움직이는 모습을 볼 수 있었다. 아직도 멀긴 하지만 트럼펫 소리가 이제 더 선명해졌다. 누군가가 새로 나온 밝은 동전들을 한 웅큼 공중에 던진 것 같은 소리였다. 나는 그 소리를 들으며 눈으로 빠르게 강물을 따라갔다. 강물은 나무들 사이로 구부려져 도시의 건물과 집 들을 지나고, 도시의 먼 가장자리에 있는 높은 굴뚝과 거대한 은색 가스 탱크를 지나는 곳까지 흘렀다. 그곳에 천막이 있었다. 펄럭이는 밝은 깃발들이 줄줄이 달려 구름처럼 펼쳐진 하얀 천막이 그곳에 있었다.

바로 그때 우리는 달리기 시작했다. 그러나 달린다고 해봤자 인디언이 종종걸음을 치는 것 같았다. 우리 둘 다 짐을 메고 있었고 숲과 인디언 호수에서 했던 시험 때문에 피곤해진 탓이었다. 그러나 우리는 선명한 트럼펫 소리에 피곤함과 고통을 잊었다. 우리는 땅거미가 질 때 어린 염소들이 그러는 것처럼 뛰어서 내려갔다. 야전용 휴대용 식기 세트와 수통이 우리 몸에 닿으며 짤랑거리는 소리를 냈다.

"우리 늦었어." 버스터가 말했다. "꾸물대다가는 늦을 거라고 내가 말했잖아. 그런데 네가 교본에 나와 있는 것처럼 진흙을 발라 꿩을 요리해야 한다고 우겼잖아. 그 빌어먹을 꿩이 익기를 기다리는 시간에 엄청나게 큰 코끼리를 통째로 구울 수도 있었을 거야……."

그의 목소리는 크고 두툼한 단지 모양의 소음기가 박힌 트롬본처럼 웅얼거렸다. 나는 대답하지 않고 계속 달렸다. 우리는 닭 대신 꿩을 사용해 요리 시험을 통과하려고 했다. 인디언들은 닭고기를 먹지 않는다고 버스터가 말했기 때문이었다. 그래서 숨어 있는 꿩을 쫓아내 새총으로 잡는 데 많은 시간이 걸렸다. 게다가 달리기 지구력 시험, 수영 시험, 요리 시험을 하루에 끝내자고 주장한 것은 그였다. 그것은 시간이 걸리는 일이었다. 나는 오래 걸릴 줄 알았다. 보이 스카우트 지도자가 없으니 더욱 그랬다. 우리에게는 스카우트 대원들도 없었다. 우리가 가진 것이라고는 버스터가 찾아 낸 『보이 스카우트 교본』밖에 없었다. 우리가 예상했던 것처럼, 가장 큰 문제는 자율 시험이었다. 여하튼 그는 우기고 말고 할 권리가 없었다. 모든 시험에서 나를 이겼기 때문이다. 그러나 나도 통과는 했다.

우리 둘 다 아직도 그곳이 아파서 붕대를 감고 있음에도 불구하고 오늘 시험을 치르자고 한 것은 그였다. 내 몸에는 아직도 실밥이 달려 있었다. 나는 나을 때까지 며칠 기다리고 싶었지만, 모든 것을 다 안다고 생각하는 버스터는 그렇지 않았다. 그는 혈기 왕성한 진정한 인디언이라면 의사가 봉합을 막 마친 후라도 시험을 치를 수 있어야 한다고 우겼다. 우리는 단순히 보이 스카우트가 되는 것보다는 인디언 스카우트가 되는 데 더 관심이 있었다. 그래서 나는 다른 때 같으면 이미 거기 도착했어야 하지만, 아직도 봄철의 카니발을 향해 달려가는 중이었다. 나는 버스터가 인디언이 뭘 하는지에 대해 어떻게 그리 많이 알고 있는지 궁금했다. 우리는 의사가 우리에게 했던 것과 관련해서 아무것도 읽은 적이 없었다. 어쩌면 그는 그것을 꾸며 냈는지도 몰랐다. 나는 그가 나를 데리고 숲으로 가도록 내버려 뒀다. 그러기 위해서 나는 집에서 살짝 빠져나와야 했다. 의사는 미스 제이니(그녀는 나를 돌보는 젊은 여자다.)에게 며칠 동안 나를 가만히 두라고 했다. 그녀는 당연히 그렇게 하려고 했다. 그녀가 계속 그러는 것을 보면 마치 수술한 사람이 자기라도 되는 것 같았다. 다만 어떤 여자도 자기가 그 수술을 했다고 떠벌릴 수는 없었다.

여하튼 버스터와 나는 숲속에 있었다. 그런데 지금은 빠르게 어두컴컴해지는 가운데 카니발이 열리는 곳을 향해 정신없이 언덕을 내려가고 있었다. 상처가 욱신거리기 시작했다. 붕대가 쓸려 아팠다. 커브를 돌자 천막과 불꽃과 모여 있는 사람들이 보였다. 이제 산들바람이 언덕에서 우리를 향해 불고 있었다. 솜사탕과 햄버거 냄새가 나는 것 같았다. 불꽃에서 석유 냄새가 났다. 우리는 잠시 쉬려고 멈췄다. 버스터는 언덕 위에 서서 전사들과 위대한 정령에게, 화물 열차를 공격할 준비가 되었다고 말하는 영화 속의 인디언 추장처럼, 아주 똑바로 서서 아래를 가리키며 말했다.

"어마어마하게 큰…… 천막이…… 저 아래로 보이는군." 그는 인디언처럼 말했다. "연기 신호로 보아…… 블랙푸트 인디언이야……. 엄청 많군……. 악취가 나고 테니스화를 신고 벅댄스[2]를 추는군!"

"웩!" 나는 전사 복장을 한 머리를 갑자기 숙이며 말했다. "웩!"

버스터가 냉정한 얼굴로 동쪽에서 서쪽으로 팔을 휘두르며 말했다. "연기 주술사가 말하는데…… 엄청나게…… 지독한 악취가 난대! 뜨거운 발가락 때!"[3] 그는 주먹으로 손바닥을 쳤다. 나는 그의 볼록해진 뺨을 보며 킥킥 웃었다.

"연기 주술사가 네가 엄청난 거짓말을 하고 있다는데." 내가 말했다. "일단 저기로 내려가자."

우리는 나무들을 지나쳤다. 버스터의 수통이 덜거덕거렸다. 보금자리를 찾는 새들이 내는 소리를 빼면 주변은 고요했다.

"야, 너한테서 수레를 끄는 노새들처럼 시끄러운 소리가 난다. 인디언 스카우트는 달릴 때 그렇게 덜거덕거리는 소리를

---

2) 나막신 춤(clog dance)과 비슷하지만 그보다 더 오래된 춤을 말한다.
3) 말장난이다.

내는 게 아니야."

"지금은 스카우트가 아니잖아." 그가 말했다. "나는 더러운 개 같은 카니발에 가서 인디언 풍악을 울릴 거야."

"그래라. 그런데 숲에서 그런 소리를 내다가는 머리 가죽이 벗겨질 거야." 내가 말했다. "다른 인디언들은 카니발에 신경을 안 쓰거든. 카니발이 그들에게는 무슨 소용이겠냐? 그들이 네 머리 가죽을 벗겨 버릴 거야!"

"머리 가죽을 벗긴다고?" 그가 이제는 흑인의 말투로 말했다. "염병할 의사가 지난주에 내 머리 가죽을 벗겼잖아. 하마터면 머리 전체를 자를 뻔했다니까!"

나는 웃느라고 넘어질 뻔했다. "하느님 살려 주세요." 나는 웃었다. "우리는 머리 가죽이 벗겨진 두 명의 인디언일 뿐이랍니다!"

버스터가 뭔가에 걸려 넘어지지 않으려고 나무를 붙잡았다. 의사는 그것이 우리를 남자로 만들어 줄 거라고 말했었다. 그러자 버스터는 젠장, 자기는 이미 남자라고 하면서 자기가 원하는 것은 인디언이 되는 것이라고 말했다. 그런데 우리는 머리 가죽이 벗겨지는 것에 대해서는 생각해 보지 못했다.

"네 말이 맞아." 버스터가 말했다. "여하튼 그가 내 머리 가죽을 너무 많이 벗겨서 내가 바보처럼 미쳐 버린 게 틀림없어. 그래서 다른 미친 사람들과 함께 저기로 내려가려고 서두르는 거야. 그들이 진짜로 난리를 치기 시작할 때 한가운데 있고 싶거든."

"아, 대머리 추장님은 곧 저기에 계시게 될 겁니다." 내가 말했다.

그는 나를 멍한 눈길로 바라보았다. "야, 의사가 우리 머리 가죽 갖고 뭘 했을 것 같니?"

"곱창 만들어 먹었을 거야."

"이 바보야." 버스터가 말했다. "아마 낚시 미끼로 썼을 거야."

"그랬다면 내가 천문학적인 손해 배상을 청구할 거야." 내가 말했다.

"어쩌면 매키 이모한테 줬는지도 모르지. 이모는 그것으로 엄청난 마술을 부렸을 수도 있어!"

"야." 나는 갑자기 덜덜 떨며 말했다. "그 노인네 얘기는 하지 마. 그 노인네는 사악해."

"젠장, 모두가 그 노인네를 너무 무서워해. 나는 그 노인네가 나나 내 아버지를 한번 건드렸으면 좋겠어. 본때를 보여 주게 말이야."

나는 아무 말도 하지 않았다. 나는 무서웠다. 나는 그 노파를 도시에서 평생 보았지만, 그녀는 나에게 달처럼 친숙하면서도 어쩐지 신비로운 존재로 남아 있었다. 나는 그녀의 이름만 들어도 공포가 몰려왔다.

호, 매키 이모, 귀신과 얘기하고 재앙을 내다보고, 해바라기와 나팔꽃과 이상한 마법의 풀들에 둘러싸인 강변 오두막에서 혼자 사는 사람(야오, 우리가 인디언에 빠져 있을 때 버스터가 표현했던 것처럼, 야오!). 늙은 매키 이모, 쭈글쭈글한 얼굴에 지팡이를 들고 걷고, 밤에는 날카로운 소리를 지르고, 눈이 둥글고 사악하고, 느닷없이 신기에 들려 분노를 폭발시키는 사람. 매키 이모, 번잡한 도로에서 엉뚱한 설교를 하고, 뜨거운 목소리로 아이들을 쫓아다니고, 코담배를 피우고, 미래를 내다보는 사람. 매키 이모, 누구의 자매도 아니지만 우리 모두에게는 여전히 매키 이모인 사람(호, 야오!). 매키 이모, 우리 주변에서 늘 볼 수 있지만 멀리 있고, 밤에는 곡물과 가축에 대해 농부들에게 충고를 해 주고(야오!), 약초로 치료해 주고, 식물 뿌리를 처방하고, 땅에서 기름을 찾으려고 불법적으로 구멍을 뚫는 자들에게는 도시 전체를 혼란에 빠뜨리는 신탁을 전하는 사람(야아아아-회). 그녀의 이름 속에 모든 것이 있었다. 나는 그녀의 이름을 들으면 벌벌 떨었다. 일단 그 이름이 나오면 얘기는 끝이었다. 나는 나보다 강한 버스터에게 그 문제를 일임했다.

흑인이든 백인이든 상관없이, 몇몇 어른들마저도 매키 이모를 두려워했다. 버스터를 제외하면 아이들도 그랬다. 버스터는 도시 외곽에 살았다. 그는 우리가 두려워하는 무단결석 담당 지도 교사에 대해 그러하듯이 매키 이모에 대해서도 시큰둥했다. 나는 그의 친구였기 때문에 내가 그렇게 무서워한다는 것이 창피했다.

보통 나는 그와 같이 있으면 없던 용기가 생겼다. 2년 전에 숲으로 들어갔을 때만 해도 그랬다. 우리는 새총, 비계, 프라이팬만 갖고 들어가서 우리가 잡은 토끼, 우리가 딴 야생 딸기, 농부들의 밭에 침입해서 딴 옥수수에 의존해 사흘을 살았다. 우리는 누비이불 속에서 몸을 오그리고 잤다. 밤이 되면 버스터는 우리가 커서 고향과 가족을 떠나 알게 될 세상에 관한 멋진 이야기들을 해 줬다. 나한테는 가족이 없었다. 어머니가 돌아가신 후 나를 돌보는 미스 제이니만 있었다.(나는 아버지를 알지 못했다.) 그래서 떠난다는 것은 늘 나에게 매력적으로 다가왔다. 버스터가 얘기하기 좋아하는 미래의 시간이 내 주변의 어둠 속에서 어렴풋이 보였다. 그것은 파스텔풍의 약속으로 가득해 보였다. 가까운 숲에서 곰이 움직이는 소리가 들리고 어둠 속에서 코요테가 기분 나쁘게 으르렁거리는 소리가 들리고, 부엉이가 부드럽고 재빠르게 날아가는 소리가 들려도 버스터는 두려워하지 않았다. 나는 그의 용기 덕에 덩달아 용감해졌다.

그러나 나에게 매키 이모는 다른 성격의 위협이었다. 나는 그녀가 너무 무서웠다.

"저 트럼펫 소리 좀 들어 봐라." 버스터가 말했다. 이제 그 소리는 여름 햇살에 반짝이는 형형색색의 조약돌처럼 나무들 사이로 들려왔다.

우리는 다시 달렸다. 나는 버스터를 따라가며 기분이 좋았다. 카니발에 가고 싶었다. 그러한 혼란과 땀과 웃음 속에 있고 싶었고 색다른 광경들을 보고 싶었다.

"잘 들어 봐." 버스터가 말했다. "저 인간들이 저 트럼펫 소리에 맞춰 「어메이징 그레이스」를 합창할 거야. 속도 좀 내!"

우리가 달려갈 때 우리 밑에 있는 풍경이 너울너울 춤을 췄다. 높이 솟은 놀이 기구가 갑자기 모습을 드러냈다. 놀이 기구가 어둠 속에서 서서히 회전하고 있었다. 이른 아침 큰 거미줄을 반짝이게 만드는 이슬방울처럼 붉고 푸른 불빛이 반짝이고 있었다. 우리는 호객 행위를 하는 사람들의 작고 집요하고 우스꽝스러운 목소리들 사이로 우리를 부르는 밴드의 요란한 소리를 들었다.

"저 트롬본 소리 좀 들어 봐." 내가 말했다.

"온 세상과 더즌스[4]를 하고 있는 것 같다."

"버스터, 저 사람이 뭐라는 거야?"

"네 어머니는 그것을 안 입는다. 엄밀히 말하면 그것이 없다. 그것에 대해서는 아무것도 몰라. 대충 이런 말이야."

"뭘 모른다는 거야?"

"이 바보야, 팬티. 팬티 말이야!"

"너는 어떻게 아냐?"

"그렇게 얘기하는 소리가 들리니까 그렇지."

"그래, 그런데 너, 머리 가죽이 벗겨졌다는 거 기억하니? 너 미쳤어. 그런데 저 사람이 사람들의 어머니에 대해 어떻게 안다는 거냐?" 내가 말했다.

"큰 눈으로 본 거지."

"염병하네! 엿봤다는 거구나. 다른 관악기들은 어때?"

"지금 들리는 것은 튜바야."

그들은 그것을 연주하지 않아요,

나는 그들이 그러지 않는다는 것을 알아요.

그들은 그것을 연주하지 않아요.

나는 그들이 그러지 않으리라는 걸 알아요.

그들은 추잡하고 더러운 더즌을 연주하지 않아요.

---

4) 미국 흑인들의 속어로 서로의 어머니에 관해 음탕한 농담과 모욕을 주고 받는 것을 말한다.

"이런 말이라고."

"두피가 벗겨진 머저리야. 그렇다면 저 트럼펫은 어때?"

"저거? 저 머저리는 군인이야. 저건 진심으로 하는 거야."

그래서 당신은 그걸 연주하지 않겠다는 건가요?

연주하지 않겠다는 건가요?

발을 구르며 박수를 치세요.

내가 연주해 약속의 땅으로 데려갈 테니까요.

"이런 말을 하는 거야. 백인들이 저 트럼펫이 무슨 말을 하는지 알면 그를 세상 밖으로 날려 버릴 거야. 트럼펫은 입이 진짜 더럽거든."

"그런데 왜 너는 트럼펫을 군인이라고 하냐?"

"그가 더즌 속에서 그들을 미끄러뜨리고 동시에 선택해서 그래. 그들의 어머니 어쩌고 하면서 그들과 싸워 주겠다고 하는 거지. 그는 클라리넷 같지는 않아. 클라리넷은 더즌에서 너무 달콤한 얘기만 해서 사람을 편안하게 만드니까."

"야, 버스터." 나는 이제 진지해져서 말했다. "우리 말이야, 보이 스카우트가 되려면 욕도 그만하고 더즌도 그만해야 할 것 같아. 백인 아이들은 저런 거 안 하잖아."

"네 말이 맞아, 그들은 안 하지." 그가 말했다. 칠면조 깃털이 그의 귀 뒤에서 흔들렸다. "그 녀석들은 안 하지. 게다가 누가 그들처럼 되고 싶겠니? 나는 말이야, 스카우트도 되고 더즌도 할 거야! 우리가 아는 골치 아픈 놈들과 상대하려면 너도

130

그래야 해. 너는 그들이 너를 골리기 시작하면 무슨 말을 해야 할지 모르잖아. 마음이 편안하지도 않을 테고. 너는 그들과의 말싸움에서 이기고 달리기에서 이기고 싸움에서 이겨야 해. 나는 계속 도망가면서 싸우고 싶지 않아. 저 백인 아이들은 신경 쓰지 마."

우리는 짙어져 가는 어둠 속에서 움직였다. 벌써 몇 개의 별들이 떠 있었다. 갑자기 달도 보였다. 구름에 얇게 가려져 있다가 칼날 같은 모습을 드러낸 것이었다. 내가 무슨 소리를 듣고 불안해져 주변을 후다닥 둘러봤을 때였다. 왼편에서 개 소리가 났다. 큰 개였다. 나는 말뚝 울타리의 윤곽과 매키 이모의 뜰에 있는 이상한 모양의 그림자들에 눈길을 주면서 걸음을 늦췄다.

"야, 왜 그래?" 버스터가 말했다.

"들어 봐." 내가 말했다. "매키 이모네 개야. 지난해에는 내가 여기를 지날 때 개가 슬그머니 다가와서 울타리 사이로 나를 물어 버렸잖아. 개에 대해서는 생각도 안하고 있을 때 말이야……."

"쉿." 버스터가 속삭였다. "저 개새끼 소리가 저쪽에서 들리네. 나한테 맡겨."

우리는 개가 어둠 속에서 짖는 소리를 들으며 조금씩 움직였다. 우리가 막 지나칠 때, 개가 줄을 잡아채며 울타리에 무거운 몸을 부딪쳤다. 나는 무거운 수통 벨트를 풀어 손에 들었다. 그것이 갑자기 가볍게 느껴졌다. 오른손으로는 내가 갖고 다니는 손도끼를 잡았다.

"돌아가서 다른 길을 택하는 게 좋겠어." 내가 속삭였다.

"그냥 가만히 있어." 버스터가 말했다.

개가 다시 울타리에 몸을 부딪치며 거칠게 짖었다. 큰 소리가 울리더니 멀리서 밴드 음악 소리가 들렸다.

"어서." 내가 말했다. "돌아가자."

"젠장, 안 돼! 우리는 똑바로 가는 거야! 염병할 개가 나를 겁주게 놔둘 수는 없지! 매키 이모가 있든 없든 마찬가지야. 어서 와!"

나는 요란하게 짖는 개가 있는 쪽을 향해 부들부들 떨면서 그와 같이 움직였다. 나는 그가 다시 멈추는 것을 느꼈다. 그가 짐 꾸러미를 벗어 종이에 싼 뭔가를 꺼내는 소리가 들렸다.

"자." 그가 말했다. "네가 내 것 좀 들고 와."

나는 그의 짐을 받고 그의 뒤로 붙었다. 그가 갑자기 두려움과 분노가 섞인 목소리로 말했다. "여기 있다. 악어 입을 한 이 알랑방귀 새끼야, 이 꿩고기 맛이 어떤지 봐라." 그때 나는 그의 짐 끈에 걸려 넘어지며 아래로 떨어졌다. 나는 엉킨 것을 풀고 미친 듯이 기어올랐다. 개가 입에 든 뭔가를 물고 으깨면서 으르렁거렸다. "먹어라, 이 말똥가리 새끼야." 버스터가 말했다. "네놈이 꿩처럼 질긴지 봐라." 나는 일어서려고 하다가 넘어졌다. 그러면서 낡은 조리용 레인지가 어둠 속에서 떨어지며 요란한 소리가 났다. 울타리 일부가 무너졌다. 나는 공포에 질린 나머지 마당 쪽으로 기어갔다. 개가 위협적으로 짖는 소리가 들렸다. 개가 줄을 잡아채며 나를 향해 달려들려고 하다가 다시 꿩고기를 향해 돌아갔다. 무거운 줄에 뒤로 젖혀진 개는 짓이겨진 꿩을 무자비하게 물어뜯었다. 나는 그곳으로부터 멀어지며 허둥대다가 화로와 상자 조각들을 넘고 엄청나게 큰 해바라기 줄기에 몸을 부딪쳤다. 나는 버스터가 있는 곳으로 다시 가려고 했다. 그런데 불이 밝혀진 창문을 보고서야 내가 오두막까지 기어 왔다는 사실을 깨달았다. 내가 오두막의 낡은 측면에 몸을 붙이고 똑바로 섰을 때였다. 거기에서였다. 나는 등불을 켜 놓은 방의 창문을 통해서 여자를 보았다.

검은 머리를 어깨 아래로 내려뜨린 갈색 피부의 벌거벗은 여자였다. 그녀가 앞뒤로 몸을 굽히고 천천히 춤을 추듯 움직일 때 기다랗고 우아한 등의 곡선이 드러나 보였다. 그녀의 팔과 몸은 내게는 보이지 않는 뭔가를 모으는 것처럼 움직였다. 그녀는 쾌감을 느끼며 뭔가를 자기한테로 끌어당기는 것 같았다. 호리호리하고 멋진 엉덩이를 가진 젊고 소녀다운 몸이었다. 그런데 저게 누구지? 이 생각이 머릿속을 스쳤다. 그때 어둠 속에서 버스터의 목소리가 들렸다. 야, 너 어디로 간 거야? 나를 앞지른 거야? 나는 서둘러 그곳을 떠나려고 했다. 그러나 그 순간, 그녀가 불안정하고 낡고 흰 둥근 탁자 위에 있던 유리잔을 들더니 마시기 시작했다. 그녀는 고개를 뒤로 젖히고 서서히 방향을 돌렸다. 그녀는 등불 속에서 서서히 몸을 돌렸다. 그녀는 서서히 몸을 돌리면서 서서히 마셨다. 내가 그녀의 몸이 빛나는 것을 정면으로 볼 수 있을 때까지 그랬다.

나는 거기에 얼어붙었다. 반짝이며 흘러내리는 액체 밑으로 가슴이 불규칙하게 움직이고 있었다. 액체는 그녀의 편안한 호흡에 맞춰 두 개의 줄기를 이뤄 몸 아래로 흘러내리고 있었다. 그때 유리잔이 아래로 내려갔다. 내 무릎이 물처럼 흐늘흐늘해지는 것 같았다. 공기가 소리 없이 폭발하는 것 같았다. 나는 고개를 저었다. 그러나 그녀가, 그 모습이 없어지질 않았다. 나는 갑자기 요란하게 웃고 소리를 지르고 싶었다. 소녀 같은 부드러운 어깨 너머로 매키 이모의 쭈글쭈글한 얼굴을 보았기 때문이었다.

나는 벌거벗은 여자를 본 적이 없었다. 아주 어린 여자아이들이나 내 나이 또래의 앙상한 여자아이를 한두 번 보았을 뿐이었다. 그들은 남자아이의 그것이 달리지 않은 남자아이처럼 보였다. 달력에 나오는 몇 개의 그림들을 본 적은 있지만 이렇게 생생하지는 않았고, 거리에서 본 적이 있는 낯익다고 생각하는 누군가의 모습도 아니었고, 빛나는 모습과 어울리지 않게 쭈글쭈글한 얼굴처럼 일관성 없는 모습도 아니었다. 그래서 안을 엿본 것에 대한 처벌의 두려움에, 도무지 알 수 없는 그녀의 정체에 대한 두려움이 더해졌다. 그러나 나는 그곳을 떠날 수가 없었다. 꼼짝할 수가 없었다. 개가 으르렁거리는 소리가 들렸다. 붕대 밑으로 따뜻한 고통이 심해지는 것이 느껴졌다. 이 믿을 수 없게 늙은 여자가 나를 이렇게 느끼도록 할 수 있다는 것에 대한 새로운 두려움도 있었다. 그것은 그녀가 낡고 펑퍼짐한 옷 밑으로 그렇게 젊은 모습일 수 있다는 것에서 오는 두려움이었다.

그녀는 나의 눈을 아직도 의식하지 못하고 다시 춤을 추기 시작했다. 그녀의 몸이 흔들리며 공기인지, 보이지 않는 유령인지 모를 뭔가를 팔로 안으려 했다. 불빛이 그녀의 몸에서 너울거렸다. 그녀는 더 이상 기름에 전 머릿수건을 쓰고 있지 않았다. 그래서 그녀가 움직일 때마다 밤처럼 까만 머리가 어깨 주변으로 무겁게 흔들렸다. 그녀가 옆으로 움직이자, 들린 팔 밑으로 가슴이 부드럽게 흔들리는 모습이 보였다. 그럴 리가 없어, 그럴 리가 없어. 나는 이렇게 생각하고 더 가까이 다가갔다. 보고 확인하고 싶었다. 그러나 나는 손도끼가 그 집의 옆구리를 칠 때까지 내가 그것을 손에 들고 있다는 사실을 잊고 있었다. 나는 그녀가 창문을 향해 빠르게 돌아서는 것을 보았다. 그녀의 몸이 흔들리며 얼굴이 험악해졌다. 나는 돌처럼 몸이 굳었다. 으르렁거리는 개가 꿩고기를 짓이기는 소리가 들렸다. 나는 그녀가 창문을 향해 다가올 때도 달아나야 한다는 것을 알았다. 그녀의 그림자가 그녀를 앞질러 다가왔다. 이제 그녀의 머리는 봄에 홍수가 났을 때, 죽은 나무에 매달려 몸부림을 치는 뱀처럼 헝클어져 있었다. 그때 버스터가 쉰 목소리로 나를 부르는 소리가 들렸다. 야, 인마! 대체 어디 있는 거냐? 그녀가 나를 손가락으로 가리키며 비명을 지르는 바람에 나는 뒤로 주춤 물러났다. 나는 넘어지면서 낫 모양의 달이 번개처럼 지나가는 것을 의식했다. 나는 아직도 손도끼를 들고 있었다. 그때 뭔가가 어둠 속에서 내 머리를 쳤다.

의식이 돌아오기 시작했다. 누군가가 나를 붙들고 있었다. 나는 빛 속에 누워 내 위에 있는 그녀의 얼굴을 바라보았다. 그때 모든 것이 한꺼번에 다시 몰려왔다. 나는 부드러운 몸과 쭈글쭈글한 얼굴이 너무 대조적이라는 사실을 또 한 번 의식하고, 따뜻하면서도 고통스러운 오싹함이 찾아오는 것을 갑자기 다시 경험했다. 그녀는 나를 꼭 붙들었다. 그녀가 무슨 말인가를 웅얼거릴 때 달짝지근한 술 냄새가 풍겼다. "이 꼬마 악마야, 술을 댄 입술은 절대로 내 입술을 건드릴 수 없어! 그게 내가 그에게 얘기한 거야, 알아듣겠니? 절대로." 그녀가 큰 소리로 말했다. "알아듣겠니?"

"네."

"절대로, 절대로, 절대로!"

"네." 나는 눈을 가늘게 뜨고 나를 뜯어보는 그녀를 보며 말했다.

"너는 어리지, 어린애들은 못되게 굴지만 난 그걸 이해하지. 그런데 너, 내 집 마당에서 뭘 하고 있었느냐?"

"길을 잃었어요." 내가 말했다. "보이 스카우트 시험을 치고 돌아오는 길이었어요. 이 집 개를 피해 지나가려 하고 있었어요."

"그 소리는 나도 들었다." 그녀가 말했다. "개가 물었니?"

"아뇨."

"물론 안 물었겠지. 초승달이 뜨면 안 물거든. 아냐, 내 생각에 너는 나를 훔쳐보려고 마당으로 들어온 거야."

"아니에요, 정말 아니에요." 내가 말했다. "길을 찾으려고 버둥거리다가 불빛을 본 것뿐이에요."

"너, 상당히 큰 손도끼를 갖고 있더라." 그녀가 내 손을 내려다보며 말했다. "그걸로 뭘 하려고?"

"보이 스카우트 도끼예요." 내가 말했다. "숲을 헤치고 나갈 때 사용한 거예요."

그녀가 나를 의심스러운 듯 바라보았다. "그러니까 네가 무거운 도끼를 든 남자란 말이지. 그래서 엿보려고 했고 말이야. 그런데 내가 알고 싶은 것은 네가 술을 먹는 놈이냐는 거다. 와인에 입을 댄 적이 있니?"

"와인이라고요? 아뇨."

"술을 먹는 남자가 아니란 말이구나. 너, 교회 다니니?"

"네."

"세례를 받았고 배교자도 아니지?"

"네."

"그렇다면." 그녀가 입술을 오므리며 말했다. "너는 나한테 키스할 수 있겠구나."

"뭐라고요?"

"내가 말한 대로야. 너는 모든 시험을 통과했고 창문으로 나를 엿보고 있었어……."

그녀는 침대 위에서 나를 붙잡고 있었다. 그녀는 내가 세 살짜리 아이라도 되는 것처럼 나에게 팔을 두르고 소녀처럼 미소를 지었다. 그녀의 고운 흰 치아와 턱까지 흘러내린 긴 머리칼이 보였다. 그것은 악몽 같았다. "너는 훔쳐봤어." 그녀가 말했다. "그러니 이제 나머지 것을 해야 해. 이제 나한테 키스해. 그러지 않으면 내가 너를……."

나는 그녀의 얼굴이 가까이 오는 것을 보고 그녀의 따뜻한 숨결을 느끼고 눈을 감고 빠져나오려고 했다. 교회에서 미스 제이니의 친구라는 그 땀투성이 여자한테 입술을 맞추는 것과 같을 거야. 나는 이렇게 생각했다. 그러나 그것은 도움이 되지 않았다. 나는 그녀가 나를 끌어당기는 것을 느꼈다. 그녀의 입술과 나의 입술이 포개졌다. 그녀의 입술은 건조하고 단단하고 술 냄새가 났다. 그녀가 한숨을 쉬는 소리가 들렸다. "다시 한번." 그녀가 말했다. 내 입술이 그녀의 입술과 다시 포개졌다. 갑자기 그녀가 나를 끌어당겼다. 그녀가 다시 한숨을 쉴 때 나는 그녀의 가슴이 부드럽게 내 몸에 닿는 것을 느꼈다.

"괜찮은 녀석이네." 그녀가 상냥한 목소리로 말했다. 나는 눈을 떴다. "이제 됐다. 너는 나이가 너무 적기도 하고 너무 많기도 하다. 그런데 너, 용감하다. 용감한 흑인 아이네."

이제 그녀가 몸을 움직였다. 나는 내가 그녀의 가슴에 손을 대고 있다는 사실을 처음으로 깨달았다. 그녀가 일어설 때, 나는 죄의식을 느끼고 얼굴이 빨개져 손을 치웠다.

"너, 상당히 용감한 애로구나." 그녀가 깊숙한 눈으로 나를 바라보며 말했다. "그러나 오늘 밤 여기에서 있었던 일은 잊어라."

나는 그녀가 알쏭달쏭한 미소를 짓고 나를 내려다볼 때 일어나 앉았다. 나는 침침한 누런 불빛으로 그녀의 몸을 바로 가까이에서 볼 수 있었다. 놀랍도록 광택이 나는 검은 머리의 이곳저곳에 흰머리가 나 있었다. 갑자기 나는 절박해졌다. 나는 울면서 동시에 그러는 내가 싫었다. 나는 마루에 놓인 손도끼를 바라보며 그녀가 어떻게 오두막 안으로 나를 들어오게 했는지 궁금했다. 눈물 때문에 앞이 흐릿해졌다.

"얘야, 무슨 일이냐?" 그녀가 말했다. 나는 대답할 말을 찾지 못했다.

"무슨 일이냐고!"

"수술한 자리가 아파요." 나는 자포자기하여 말했다. 나는 나의 눈물이 내가 알고 있는 말로 표현하기에는 너무 복잡하다는 것을 알았다.

"수술이라고? 어디?"

나는 눈길을 외면했다.

"얘야, 어디가 아픈 거야?" 그녀가 재차 물었다.

나는 그녀의 눈을 들여다보았다. 그 눈이 나를 향해 몰려오는 것 같았다. 나는 머뭇거리며 아픈 곳을 가리켰다.

"벗어 봐라, 내가 볼 수 있게." 그녀가 말했다. "너는 내가 치료사인거 알잖아."

나는 계속 머뭇거리며 고개를 끄덕였다.

"그렇다면 벗어 봐라. 네가 옷을 입고 있으면 내가 어떻게 본단 말이냐?"

나는 얼굴에 불이 붙은 것 같았다. 붕대 밑이 축축해지면서 고통이 누그러드는 것 같았다. 그러나 그녀는 한사코 우겼다. 나는 옷을 벗었다. 거즈에 붉은 자국이 밴 게 보였다. 나는 눈을 들기에는 너무 창피해 그냥 누워 있었다.

"흐으으음." 그녀가 말했다. "지렁이한테 두통이라!" 나는 내 귀를 믿을 수 없었다. 그녀는 나의 눈을 들여다보며 방긋 웃었다.

"가지치기를 했구나." 그녀는 늙은 여자가 내는 높은 목소리로 키득거렸다. "가지치기를 했어. 네가 가지치기를 했구나. 나는 의사지만 나무 의사는 아니다. 아니, 잠시 가만히 있어라."

그녀가 잠시 기다렸다. 나는 그녀의 손이 앞으로 나오는 것을 보았다. 그녀는 발톱 같은 세 개의 손가락으로 나를 부드럽게 잡으며 붕대를 자세히 살폈다.

나는 창피하고 화가 났다. 그래서 화나고 반항적인 눈길로 그녀를 노려보았다. 나는 남자예요! 나는 속으로 말했다. 나도 똑같이 남자라고요! 그러나 그녀가 눈을 빛내며 쳐다보자, 그녀의 얼굴을 잠깐 보고 눈을 내리깔았다. 나는 일부러 그녀를 대담하게 쳐다보려고 했다. 그녀는 등불로 보니 진짜 갈색이었다. 피부와 혈관의 둥근 곡선 안에 있는 복잡한 기관이 눈에 들어왔다. 그것에 대한 더 깊은 신비로움이 나의 마음을 가득 채웠다. 마치 벌거벗은 상태가 또 다른 베일이라도 되는 것 같았다. 그것은 마치 그녀가 늘 입는 낡고 헐렁한 드레스 같았다. 나는 둥근 배를 가로질러 나 있는 기다란 초승달 모양의 주름 잡힌 상처를 보았다.

"너, 몇 살이니?" 그녀가 갑자기 눈을 동그랗게 뜨고 말했다.

"열한 살이에요." 내가 말했다. 그것은 마치 내가 총을 쏘기라도 한 것 같았다.

"열한 살이라고! 여기서 나가." 그녀는 물을 마시려고 탁자 위의 유리잔을 잡으려 하다가, 놀라서 눈이 휘둥그레지고 비틀비틀 뒤로 물러나며 소리쳤다. 그녀는 의자에 있던 낡은 회색 옷을 움켜쥐고 거기에 없는 끈을 찾으려고 더듬거렸다. 나는 그녀에게 눈을 고정하고 움직였다. 나는 손도끼를 집으려고 무릎을 굽혔다. 나는 고통이 심해지는 것을 느꼈다. 나는 똑바로 서서 바지를 추스르려고 했다.

"이 악당 녀석아, 이제 가라." 그녀가 말했다. "빨리 여기에서 나가. 만약 네가 나에 대해 무슨 말이라도 하면 네 아빠 엄마

모두 가만두지 않을 거다. 가만두지 않을 거라고. 알겠냐?”

“네.” 내 붕대가 보이지 않고 그녀의 비밀스러운 몸이 그녀의 낡은 회색 옷 속으로 사라지자, 나는 갑자기 남자로서의 용기를 잃어버린 것 같았다. 그런데 나는 아버지가 없는데 어떻게 그녀가 내 아버지를 가만두지 않을 수 있단 말이지? 어머니도 죽고 없는데 어떻게 어머니를?

나는 뒷걸음질로 문을 나와 어둠 속으로 들어섰다. 그때 그녀가 쾅 소리가 나게 문을 닫았다. 나는 창문의 불빛이 강해지는 것을 느꼈다. 그녀의 얼굴이 나를 바라보고 있었다. 나는 그녀가 인상을 쓰는지 아니면 웃는지 알 수 없었다. 그러나 반짝이는 불빛 속에서 쭈글쭈글한 주름은 사라지고 없었다. 나는 짐 꾸러미에 걸려 넘어졌다가 다시 짐을 주워서 그곳을 떠났다.

이번에는 개가 어둠 속에서 크게 모습을 드러냈다. 낮게 으르렁거리는 개의 녹색 눈이 반짝였다. 버스터라면 네놈을 가만두지 않았을 거다. 나는 생각했다. 그런데 이 녀석은 어디로 갔지? 나는 울타리를 넘어 길로 접어들었다.

나는 달리고 싶었지만 고통이 다시 시작되는 게 두려웠다. 나는 움직이면서 그녀를 계속 바라보았다. 그녀는 내게 등을 돌리고 술에 취하지 않은 사람처럼 달콤하게 움직이고 있었다. 혼자서 춤을 추는 사람 같기도 하고, 무릎을 꿇지 않고 기도하는 사람 같기도 했다. 그때 그녀가 돌아섰다. 그녀의 낮익은 얼굴이 보였다. 이제 나는 더 빨리 움직였다. 갑자기 모든 감각이 생생하게 살아나는 것 같았다. 야행성 새가 우는 소리가 들렸다. 메추라기의 맑은 울음소리가 들렸다. 오른편에 있는 강물에서 달빛에 미친 물고기가 뛰는 모습이 보였다. 물보라가 둥글게 생겼다가 사라졌다. 대기에서는 등나무꽃과 메꽃 향내가 났다. 나는 어둠 속으로 걸어가면서 그녀의 몸에서 나던 따뜻하고 매력적인 냄새를 떠올렸다. 그때 갑자기 카니발에서 소리치는 소리가 들리며 모든 것이 희미해지고 꿈같아졌다. 그 모습들이 나의 마음속을 떠다니다가 희미해졌다. 어느 것도 다른 것과 아귀가 맞지 않았다. 그러나 고통은 아직 그대로였다. 나는 작지만 큰 소리를 내는 밴드를 향해 어둠 속을 달려갔다. 나는 그것이 현실이었다는 것을 알았다. 나는 길에서 걸음을 멈추고 뒤를 돌아보았다. 오두막의 검은 윤곽과 가느다란 달이 보였다. 오두막 뒤로 언덕이 보이고 희미한 숲이 보였다. 나는 호수가 아직도 거기에 숨어 달을 반사하고 있다는 것을 알았다. 모든 것이 현실이었다.

잠시 나는 나이를 많이 먹은 것 같았다. 마치 내가 갑자기 미래의 오랜 세월을 살다가 뒤로 후다닥 밀쳐진 것 같았다. 나는 그녀에게 입을 맞췄을 때 기분이 어땠는지를 떠올리려고 했다. 그러나 혀로 더듬어 보니 내 입술에는 와인의 아주 희미한 흔적만 남아 있었다. 그것을 제외하면 모든 것은 사라졌다. 영원히 사라졌다. 그녀의 턱에 듬성듬성 나 있던 털에 대한 기억만 남아 있을 따름이었다. 그때 나는 웅장한 트럼펫 소리가 나를 부르고 있다는 것을 다시 의식했다. 나는 카니발이 열리고 있는 곳을 향해 다시 움직였다. 두피가 벗겨진 다른 인디언은 대체 어디 있을까? 버스터는 어디로 갔을까?

하이미의 경찰[1]

우리는 그저 떠돌아다니고 있었다. 특별히 어디로 가는 것
도 아니었다. 구직의 희망은 포기한 지 오래였다. 우리는 나라
를 이리저리 돌아다니고 있었다. (L&N 화물 열차에 타고 그저
떠도는 열 명의 흑인 아이들이었다.) 우리는 버밍엄에서 차를 갈
아타고 시카고 세계 박람회에 갔었는데, 경찰은 운동장에서
우리를 보고 돌려세우더니 우리의 머리에 몇 개의 혹을 기념
으로 만들어 주었다. 당신이 가까이 있으면 경찰은 실수하는
법이 없다. 당신이 화물차 위로 기어오르면 경찰은 엉덩이를
때린다. 그는 곤봉뿐만 아니라 총까지 갖고 있다. 그래서 도망

---

[1] 여기에서 '경찰'은 police가 아니라 경찰이나 형사, 간수를 의미하는 bull
이라는 부정적인 속어다. 존경의 표현이 아님은 물론이다. 이 작품 전체에
걸쳐 경찰은 bull로 표현되어 있다.

가려고 하면, 그는 망치로 검은 호두를 까는 사람처럼 머리에서 아픈 곳을 겨냥해 곤봉으로 때렸다. 만약 달리는 기차에서 뛰어내릴 수 없어서 기차의 측면으로 내려가기 시작하면 그는 묵직한 구두로 손가락을 밟고 당신이 바퀴벌레라도 되는 것처럼 구두 굽으로 짓이겼다. 그래도 손을 놓지 않으면, 그는 손을 놓을 때까지 곤봉으로 손가락 관절을 때렸다. 당신이 손을 놓게 되면 석탄재에 부딪히며 얼굴부터 기차 아래로 떨어질 것이다. 그렇다면 당신은 우리가 머리에 몇 개의 혹만 났다는 것을 기쁘게 생각하는 이유를 이해할 수 있을 것이다. 시카고 경찰들이 울타리에 앉아 있는 찌르레기를 잡는 것처럼 빠르게 흑인을 죽이는 텍사스 경찰들만큼이나 흑인 떠돌이들을 싫어한다는 사실을 고려하면 특히 그렇다.

당신이 떠돌이라면 경찰을 만나는 것은 대단히 불행한 일이다. 그들이 머리를 때리는 기술은 그야말로 완벽하다. 그들은 늘 행동을 개시할 준비가 되어 있다. 그들은 어디를 때려야 뼈가 흐늘흐늘해질지 잘 알고 있다. 그들은 우리가 한 대 맞으면 어렸을 때 사용하던 낡은 접이식 물컵처럼 등뼈가 접히는 것 같다고 느낄 부위가 어디인지 본능적으로 아는 것 같다. 언젠가 나는 경찰한테 코를 맞은 적이 있는데, 소변기에 떠 있는 담배꽁초처럼 흐물흐물해지는 것 같았다. 그들은 당신의 머리를 치고 당신의 신발까지 찢어지게 만들 수 있다.

그러나 때때로 경찰이 질 때도 있다. 경찰이 추격 중에 행방불명이 되었다가 이리저리 찢어지고 피가 낭자한 모습으로 발견되면, 그들은 화물차에 타고 있는 흑인 아이들을 모두 끌어 내리기 시작한다. 대부분 그들은 누가 그렇게 했는지에는 관심 없다. 중요한 것은 흑인 아이 누군가에게 죄를 뒤집어씌우는 것이기 때문이다. 경찰은 우리만 칼을 갖고 다닌다고 말하지만, 그것은 무시해도 되는 말이다. 내가 지금 당신에게 얘기하려는 것은 브루클린 출신인 하이미라는 이름의 백인 떠돌이가 한 일이기 때문이다.

우리는 화물차에 타고 있었다. 하이미는 화물차가 물을 공급받기 위해 작은 도시에서 멈췄을 때 얻어먹은 상한 음식 탓에 몸이 아픈 상태였다. 어쩌면 음식 때문이 아닐지도 몰랐다. 정글 속에서 그것을 넣고 요리한 낡은 스튜 냄비 때문인지도 몰랐다. 우리는 그 자리가 좋았다. 해바라기가 자라면서 그늘을 많이 드리웠기 때문이었다. 여하튼 하이미는 몸이 아픈 상태로 기차 위에 올라가 있었다. 더운 날씨였다. 파리들이 떼를 지어 기차 안으로 너무 빨리 들어오는 바람에 우리는 더 이상 그것들에 신경을 쓰지 않았다. 하이미는 그것들 때문에 애를 먹고 있음이 틀림없었다. 그가 게운 음식들이 공중에 흩날리고 있었다. 우리가 타고 있는 칸의 문 옆으로 그가 게운 음식들이 날아가고 있었다. 하이미는 파리들 때문에 상당히 난감해하고 있을 게 틀림없었다. 한번은 게운 것이 너무 빨개 기찻길 옆의 푸른 들판을 빠르게 날고 있는 홍관조처럼 보였다. 가만히 생각해 보니, 그것은 실제로 날아가는 홍관조였을지도 모른다. 혹은 농가 마당에서 날아온 음식 찌꺼기 같은 냄새를 풍기는 다른 것이었을지도 모른다.

우리는 그 친구를 내려오게 하려고 했지만, 그는 밖에 있는 게 좋다고 말했다. 그래서 우리는 그를 혼자 있게 내버려 뒀다. 사실 우리는 담배꽁초 따먹기 블랙잭 놀이를 시작하면서 곧 하이미에 대해서는 잊어버렸다. 화물차 안이 너무 어두워져 카드가 안 보일 때까지 카드놀이를 했다. 그러고 나서 나는 해가 지는 모습을 보려고 기차 지붕으로 올라갔다.

서쪽 하늘에 떠 있는 거대한 둥근 해가 골대를 향해 떨어지는 농구공처럼 보였다. 화물 열차는 그것이 떨어지기 전에 잡으려고 하는 것 같았다. 배 위로 모여든 갈매기들처럼 거대한 파리 떼가 화물 열차를 따라오고 있었다. 다만 시끄러운 기차 소리 때문에 그것들의 소리가 들리지 않을 따름이었다. 들판에서는 한 무리의 새들이 석양 속으로 날아가고 있었다. 그들은 실이 끊어진 연들처럼 오르락내리락하기도 하고 빙글빙글 돌기도 했다.

나는 지붕 위에 서서 얼굴에 밀어닥치고 내 바지를 펄럭이게 만드는 바람을 맞으며 하이미를 향해 손을 흔들었다. 그는 우리 칸 옆에 붙은 냉방차의 환기공에 다리를 걸고 있었다. 그러한 빛 속에서 보니 그는 갱 영화에 나오는 것처럼 팔다리가 묶인 채 구석에 기대어 있는 사람 같았다. 나는 하이미를 향해 손을 흔들었다. 그도 손을 흔들었다. 그런데 그의 손에는 힘이 없었다. 기차는 이제 내리막길을 가고 있었다. 들판이 곡선을 이루며 지나갔다. 그러자 회전목마를 탄 것 같은 느낌이 들었다. 소리를 지르려고 해도 소리가 너무 작게 들렸다. 마치 깊은 곳에서 헤엄을 치다가 바닥으로 내려가 앉아서 돌을 두드릴 때 나는 소리 같았다. 그래서 하이미와 나는 손만 흔들었다.

나는 혼자 있는 가엾은 그 친구가 안쓰러웠다. 그를 위해 내가 해 줄 수 있는 게 있었으면 싶었다. 그러나 화물차에는 물이 없다. 내 생각에 떠돌이들은 수통을 들고 다니기에는 너무 멍청하다. 젠장, 어쩔 수 없지 뭐. 몇 킬로미터쯤 남부로 가면 하이미와 다른 녀석들은 다른 차로 옮겨 탈 것이다.

나는 기차 바퀴가 굴러가면서 내는 규칙적인 소리에 귀를 기울이며 기차 위에 서 있었다. 때때로 그것은 할렘에 사는 아이들이 길가에 피운 모닥불 주변에 모여 빈 상자를 두드릴 때 나는 소리처럼 느껴졌다. 나는 몸을 약간 앞으로 기울이고 스키를 타듯 균형을 잡으면서 귀를 기울이며 서 있었다. 나는 어머니를 떠올렸다. 나는 두 달 전에 어머니를 떠났다. 나는 내가 화물차에 탈 것이라는 사실을 그때는 알지 못했다. 불쌍한 엄마. 어머니는 형과 나를 먹여 살리려고 무던히 애썼다. 그러나 어머니는 너무 오랫동안 우리를 먹여 살렸다. 우리는 어머니가 더 그러도록 두기에는 너무 빨리 어른이 되어 갔다. 그래서 우리는 일자리를 찾으려고 집을 떠났다.

이제 너무 어두워서 거의 아무것도 보이지 않았다. 갑자기 화물차가 덜컹거렸다. 각 칸이 앞 칸을 향해 밀쳐지기 시작하더니 기차 엔진까지 밀쳐졌다. 마치 기차에게 더 빨리 가라고 재촉하는 것만 같았다. 나는 하이미가 있는 곳을 내려다보았다. 그런데 경찰이 곤봉을 손에 들고 그를 향해 기어가고 있었다. 나는 하이미에게 조심하라고 소리쳤다. 그러나 소음이 내 목소리를 삼켜 버렸다. 그사이에 경찰은 점점 더 다가가고 있었다. 하이미는 경찰이 그에게 다가갔을 때도 환기공에 다리를 감은 채 아직 잠들어 있었다. 경찰이 하이미를 잡아당기면서 동시에 곤봉으로 때리기 시작했다. 하이미가 깨어나서 저항하며 소리를 질렀다. 나는 그의 얼굴을 볼 수 있었다. 곤봉이 그를 내리쳤다. 그의 비명 소리가 내가 엎드려 기어가고 있는 곳까지 들렸다. 나는 너무 흥분하여 움직일 수 없었다. 화물차는 기다란 검은 개처럼 움직이고 있었다. 위에 있는 우리 세 사람은 서커스에서 때때로 볼 수 있는, 개의 등에 달라붙은 세 마리의 원숭이 같았다. 경찰이 마침내 하이미의 가슴팍을 무릎으로 누르고 질식시키려 하고 있었다. 가죽끈에 매달린 곤봉이 그의 팔목에서 대롱거리고 있었다.

때때로 그는 달라붙는 하이미를 기차에서 떼어 던져 버리려고 했다. 때때로 그는 참나무 곤봉으로 그를 때려 떼어 내려고 했다. 하지만 하이미는 온 힘을 다해 경찰과 싸웠다. 그러면서 한 손으로 호주머니에서 뭔가를 찾았다. 경찰이 그를 때리고 겨냥하고 다시 때렸다. 하이미는 왼손으로 경찰의 얼굴을 막으면서 자신의 호주머니를 계속 뒤지고 있었다.

그때 나는 빠르게 희미해지는 빛 속에서 뭔가가 번쩍이는 것을 보았다. 하이미가 칼날로 행동을 개시했다. 하이미가 그에게서 벗어나려 행동하기 시작할 때, 경찰은 아직도 곤봉으로 그를 때리고 있었다. 하이미의 머리 위로 칼이 번쩍이더니 아래로 내려와 경찰의 팔목을 그었다. 내가 점점 더 가까이 가니 경찰이 비명을 지르는 소리가 들렸다. 그의 손에서 풀려난 하이미가 몸을 일으켰다. 하이미는 뱀처럼 반원을 그리며 칼을 휘둘렀다. 칼날이 정확한 지점을 찾는 것처럼 빙 돌아오더니 경찰의 목으로 들어갔다. 하이미는 경찰의 목에서부터 귀까지 칼로 그었다. 그리고 그를 찌르고 기차 아래로 밀어 버렸다. 경찰은 철교에서 강으로 뛰어내리는 아이처럼 공중에서 순간적으로 멈췄다가 아래에 있는 석탄재에 부딪쳤다. 내 얼굴에서 뭔가 따뜻한 게 느껴졌다. 나는 화물차가 탱크에서 물을 공급받으려고 멈췄을 때, 경찰이 흘린 피가 분무처럼 뒤로 뿌려졌다는 것을 알았다.

이제 날이 어두웠다. 하이미는 셔츠를 벗어서 화물칸 가장자리로 떨어뜨리고 옆으로 기어서 내려갔다. 그는 차가 오르막길을 오르면서 속력을 늦출 때까지 거기에 있었다. 우리는 언덕에 있는 작은 도시를 향해 가고 있었다. 빛들이 케이크 속 건포도처럼 여기저기 흩어져 있었다. 기차가 도시에 더 가까워지자, 나는 하이미가 긴장하다가 차에서 뛰어내리는 것을 보았다. 그는 땅에 세게 닿아 몇 미터 구르더니 바로 일어섰다. 그때쯤 침침한 빛으로 그를 보기에 우리는 너무 멀어져 있었다. 우리는 작은 도시를 지나쳤다. 한 줄기 경적이 외롭게 울렸다. 어쩌면 그게 내가 마지막으로 본 하이미의 모습일 것 같았다…….

나는 하이미의 셔츠가 들판의 울타리에서 발견되었고 스위치 블레이드[2]가 아직도 경찰 몸에 박혀 있었다는 얘기를 나중에 들었다. 경찰은 석탄재가 깔린 바닥에서부터 철로를 따

---

2) 날이 갑자기 튀어나오는 칼.

라 나 있는 덩굴 속으로 굴러 들어가, 참나리처럼 생긴 꽃들 사이에서 피투성이가 된 채로 놓여 있었다고 했다.

다음 날 황혼 무렵, 우리가 탄 기차는 그곳에서 수 킬로미터 떨어진 앨라배마 몽고메리 역에 들어섰고, 우리는 무서운 일을 겪어야 했다. 기차는 역에 들어서기 전에 철교를 지났다. 기차의 속력이 느려지고 있었다. 우리는 기차가 철교를 지나자마자 내리기 시작했다. 그러자 즉시 누군가가 고함을 치는 소리가 들렸다. 화물 열차 앞으로 뛰어가니 경찰 둘이 있었다. 하나는 키가 크고 다른 하나는 키가 작았다. 그들은 총열로 머리에 부채질을 하고 있었다. 그들은 우리를 잘 볼 수 있도록 줄지어 서게 했다. 하늘에 구름이 잔뜩 끼어 어두웠다. 우리는 하이미에게 당한 경찰의 시신이 발견되었으며 흑인 아이 중 누군가가 희생양이 되어야 한다는 것을 알았다. 그러나 이번에는 행운이 우리 편이었다. 갑자기 폭풍우가 불어닥쳤다. 화물 열차가 뜰에서 빠져나가기 시작했다. 경찰들은 우리에게 기차에 타지 말라고 소리쳤다. 우리는 흩어져 달리면서 기차역을 빠져나가는 열차를 타려고 분투했다. 그리고 성공했다. 우리는 그날 밤 비를 맞으며 기차 지붕 위에 있었다. 불편했지만 몹시 행복했다. 우리는 날이 새면 햇볕에 옷이 마르리라는 것을 알았다. 우리는 하이미가 경찰을 죽인 곳으로부터 빠르게 멀어지는 기차를 잡아탈 계획이었다.

나는 그들의 이름을 알지 못했다[1]

위에 있으니 쌀쌀했다. 우리는 화물 열차 지붕에 탄 채 세인트루이스로 가고 있었다. 날이 어두웠다. 엔진에서 튀는 불꽃이 우리가 있는 곳으로 날아왔다. 때때로 석탄재가 얼굴로 날아들었다. 아래로 곤두박질치는 검은 것은 연기였다. 화물차가 요동을 치며 덜컹거렸다. 소용돌이치는 어둠 속에서 불꽃이 붉게 너울거리며 옆으로 날아갔다. 지독히 차가운 날씨였다. 우리는 빠른 속도로 가고 있었다. 산타페 화물 열차는 어둠 속에서 전속력으로 경사로를 내려가고 있었다. 우리의 왼쪽으로 몇 킬로미터 떨어진 곳에서 공항 관제등이 어둠을 가르고 있었다. 기차 위에 있으니 이른 봄치고는 추웠다. 석

---

[1] 《뉴요커(The New Yorker)》, 1996년 4월 29일, 5월 6일.

탄재가 바람에 소용돌이를 치는 모래처럼 우리의 얼굴을 때렸다.

"세인트루이스까지는 얼마나 남았지?" 나는 모리를 향해 소리쳤다.

"기차가 탈선하지 않으면 내일 정오쯤 도착할 거야. 기차가 꼭 옴에 걸린 암캐처럼 달린다." 그가 내 귀에 대고 소리쳤다.

모리는 내 친구였다. 나는 오클라호마시 외곽에 있는 해바라기 정글에서 그를 만났다. 그는 화물차가 멈추자 아래로 내려와서 둑에 있던 내 옆에 앉았다. 나는 그가 바짓단을 올리고 다리를 떼어 내는 모습을 보자 이상한 느낌이 들었다. 의족은 하얗고 잘린 부위는 불그죽죽했다. 그는 화물차 바퀴에 한쪽 다리를 잃었다. 의족은 보험 회사에서 준 것이었다. 그는 오 년 동안 떠돌이 생활을 했다고 말했다. 다음 날, 그는 두 개의 차량 사이로 내가 기차 바퀴에 떨어지지 않게 구해 줬다. 그는 흑인을 친구로 뒀다는 것에 쾌감을 느끼는 모양이었다.

노부부가 우리 밑에 있는 칸에 타고 있었다. 나는 화물차가 해 질 녘에 마지막으로 멈췄을 때 그들이 열차로 조용히 올라오는 것을 보았었다. 나는 아래로 내려가서 노인이 벽에 대어져 있는 갈색 종이를 뜯어 부인을 위해 잠자리를 만드는 모습을 바라보았다. 그 일이 그에게는 쉬워 보였다. 어째서 아무도 전에 그럴 생각을 하지 않았는지 의아할 지경이었다. 화물 열차의 바닥은 딱딱하다. 자동차들을 싣는 차량 벽에 대어진 종이가 가장 부드러운 부분이다. 화물 열차가 거친 선로를 지날 때면 그곳을 다 지날 때까지 서 있어야 했다. 그러지 않으면 손바닥을 등에 대고 팔이 용수철이라도 되는 것처럼 쿵쿵 튀는 것을 견디고 있어야 했다. 노인은 부인이 그런 모욕을 당하지 않도록 한 것이다. 화물차가 거칠게 움직이면서 튀어 오를 때마다 손바닥을 아래로 향하고 발을 쭉 펴고 충격을 최소화하기 위해 꼬리뼈를 최대한 높게 들어 올린다고 생각해 보라. 정말로 우스꽝스러운 자세다. 누구나 그렇게 하면 웃을 것이다. 나는 노부인이 그런 자세를 취하고 웃는 모습을 상상할 수 없었다.

나는 다시 지붕으로 올라가 모리한테 갔지만 금세 잠이 들었다. 그가 나를 깨웠다. 나는 기어서 내려오기 시작했다. 내려와서 보니 화물차 안은 칠흑처럼 어두웠다. 노부인이 기침하는 소리가 들렸다. 그녀는 기차가 쿵쿵대는 데다 추워서 잠을 잘 수가 없는 모양이었다. 나는 그들을 방해하고 싶지 않아서 조심스럽게 몸을 움직여 열린 문 가장자리에 앉아 다리를 늘어뜨렸다. 나는 멀리 떨어진 소도시의 불빛들을 바라보며 그런 자세로 잠이 들었다.

화물 열차가 쿵쿵거리기 시작했다. 눈을 뜨니 새벽이 오는지 동쪽의 전깃줄이 붉게 물들고 있었다. 노인이 열차 벽에 등을 기대고 앉아 있는 모습이 희미한 빛으로 보였다. 그는 졸고 있었다. 노부인은 그의 팔에 안겨 있었다. 교차로를 지나면서 화물 열차가 경적을 울렸다. 희끄무레한 새벽이어서인지 외롭게 들렸다. 나는 다시 잠이 들었다. 잠에서 깨자 해가 들판을 비추고 있었다. 한 무리의 참새들이 기차를 지나 빠르게 날아가고 있었다. 나는 날이 밝으면 노부부가 나를 보기 전에 위로 올라갈 계획이었다. 그러나 일어났을 때는 노인이 저쪽에서 나를 바라보고 있었다. 그들은 아침 식사를 하고 있었다.

"안녕하세요." 내가 말했다.

그가 샌드위치를 먹으며 고개를 끄덕였다.

나는 기지개를 켜고 모리를 찾아 밖으로 나가려고 했다. 제때 일어나서 그들을 무안하지 않게 했어야 하는데 미안했다. 나는 어둠 속에서는 화물 열차를 타고 있는 다른 사람들과 똑같았다. 아무 차이가 나지 않았다. 그런데 지금은 달랐다. 너무 미안했다. 나는 그 시절에는 미워하지 않으려고 노력하며 힘든 시간을 보내고 있었다. 나는 그런 식으로 해석될지 모르는 위치에 있을 때마다 기분이 좋지 않았다. 나는 모리의 도움을 받아 가며 여전히 떠돌이들과 싸웠다. 그러나 나는 개인적으로 공격적이지 않고 자기들이 배운 것을 그저 수동적으로 표현할 뿐인 사람들을 공격하지 않아야 한다는 것을 배웠다. 게다가 그들은 노인들이었다. 그녀는 내가 지금까지 화물 열차에서 본 사람 중 가장 나이가 많은 여자였다. 내 어머니보다 훨씬 나이가 많았다. 그들은 친절해 보였다. 나는 그들을 무안하게 만들고 싶지 않았다.

나는 때때로 심술궂게 행동했다. 예의를 차리면 내가 두려워하고 '자기 자리'를 아는 사람처럼 보일 것이기 때문이었다. 예의 있게 행동하면 그들은 상대가 두려워한다고 생각하고 교과서에 나오듯이 인종적인 속성을 내보인다고 생각할 것 같아 나는 거의 항상 심술궂게 행동했다. 그때 모리가 내 생명을 구해 줬다. 그리고 나는 바뀌려고 노력했다.

내가 위로 올라가기 시작할 때 노인이 나를 불렀다.

"잠깐 이리 와 보게."

나는 생각했다. 내가 여기에 있다고 욕을 할지 모르겠구나. 화물 열차가 자기 것이라도 되는 것처럼 말이야.

화물 열차에서는 시끄러운 소리가 났다. 그는 손짓으로 나를 불러 앉으라고 했다. 그들의 작은 여행 가방에는 샌드위치가 여러 개 들어 있었다. 나는 그 앞에 앉았다. 파라핀 종이로 싸인 샌드위치 사이에 큼직한 붉은 사과 두 개가 있었다. 갈색 종이 쿠션에 다리를 포개고 앉은 노부인은 슬퍼 보였다. 그들은 그 시절에도 화물 열차에서 흔히 볼 수 있는 유형의 사람들이 아니었다.

노인은 손짓으로 나한테 샌드위치를 가져가라고 말했다. 나는 고개를 저어 싫다고 했다. 그러나 그가 자꾸 고집을 부렸다. 위에 있는 모리의 웃옷 주머니에 내가 먹을 것이 좀 있었다. 그러나 그가 자꾸 우겼다. 나는 호기심이 생겼고 어떤 일이 벌어질지 확인하고 싶었다. 겨자가 들어간 괜찮은 소고기 샌드위치였다.

"멀리 가는가?" 노인이 큰 소리로 말했다.

"앨라배마까지 갑니다."

나는 나이가 많은 사람에게 '서(sir)'라고 말해야 한다고 배웠지만 그렇게 하지 않았다. '서'라고 말하는 것은 자기 자리를 알고 있다는 것을 드러내는 것이었다. 나는 길에서는 사실 자리라는 게 없다는 것을 터득하고 있었다. 그들 중 일부는 그것을 이해하지 못했지만 모두가 똑같았다.

노부인이 눈길을 돌려 말없이 나를 바라보았다.

"그런데 앨라배마는 남쪽이지 않은가." 노인이 말했다. "우리는 북쪽으로 간다네."

"네, 압니다. 그러나 이렇게 함으로써 저는 다시는 못 볼 수도 있는 지역을 보게 되죠."

"맞아. 젊어서 여행하는 것은 좋은 일이지."

나는 그가 그렇게 생각하는 것이 기뻤다. 나는 학비를 벌기 위해 집을 나섰다가 결국 화물 열차를 타는 신세가 되었다.

나는 낡은 포드 차로 캘리포니아로 가는 어떤 가족의 차를 얻어 타고 덴버까지 간 적이 있었다. 해가 뜨기 전의 산들은 아침 안개 속에서 높고 신비롭고 영적으로 보였다. 그런데 덴버에는 일자리가 없었다. 나는 떠돌아다녔다. 잠시 오클라호마로 돌아갔다가 나중에는 화물 열차를 타고 떠났다. 나는 참나리처럼 붉은 점들이 박힌 오렌지색 꽃들이 철로를 따라 피어 있는 오자크 고원을 지나쳤다. 그리고 캔자스 서부를 지나쳤다. 그곳의 들판은 텅 비어 있었고 말똥가리들이 하늘을 날고 있었다. 들판은 검은 꼬리의 토끼들과 소용돌이치는 먼지로 역동적이었다. 사내아이들과 남자들이 막대기를 들고 그들 앞에서 떼를 지어 뛰고 있는 토끼들을 뒤쫓았다. 관개용 수로에서는 물이 빠르게 흐르고 있었고, 고기들은 물이 마른 수로의 진흙 속에서 숨을 헐떡이고 진흙이 말라붙은 곳에서는 햇볕 속에서 썩어 가고 있었다. 나는 캔자스시로 다시 갔다가 토페카, 위치타, 털사를 경유하는 록아일랜드와 MK&T 기차를 탔다. 봄부터 가을까지 오클라호마, 캔자스, 콜로라도에는 일자리가 없었다. 이제 9월이었다.

"앨라배마에서는 뭘 할 건가?" 그가 말했다.

"학교에 가려고요. 공부해야죠."

"무슨 공부를……?"

"음악이요."

"아주 좋은 생각이네. 흑인들은 훌륭한 음악인이 되지. 행운을 비네. 그렇지 않아, 여보?" 그가 노부인을 건드리며 말했다.

그녀는 문밖을 바라보다가 고개를 돌렸다. 아직도 그녀의 눈은 먼 곳에 가 있는 것 같았다.

"응?" 그녀가 말했다.

"이 친구가 음악을 공부한대. 그래서 행운을 빌어 줬지. 잘했지?"

"물론이지. 행운을 빌어요. 샌드위치 하나 더 먹지 않을래요? 많아요."

나는 샌드위치를 집었다. 아주 맛있었다. 나는 그것을 반으로 잘라 모리를 위해 아껴 놓았다.

"어디서 오신 거예요?" 내가 물었다.

"멀리 텍사스 멕시아에서 왔다네."

"저는 텍사스에는 가 본 적이 없네요." 내가 말했다. "오클라호마에서 평생 살았지만 그렇게 멀리까지는 가 본 적이 없어요."

"안됐군. 좋은 곳인데."

나는 미소를 지었다. 자기 같은 사람들에게나 좋은 곳이겠지. 내가 듣기로는 나 같은 사람들은 그다지 잘 지내지 못한다고 했다.

"만약 상황이 몇 년 전 같았다면 자네를 그곳으로 초대했을 텐데. 우리 큰아들이 애머스트에서 사 년 동안 학교 다닐 때 흑인 친구가 있었다네. 좋은 친구였다네."

노부인의 얼굴이 환해졌다.

"우리한테는 젊은이 또래의 아들이 있다오." 그녀가 말했다.

"그래요?"

"그렇다네." 노인이 말했다. "오 년 전에 가출했지. 육 개월 전까지만 해도 아무런 소식을 듣지 못했는데, 지금 조플린으로 그 아이를 보러 가는 중이라네. 그 아이가 많이 놀랄 것 같네. 오 년 전 같으면 우리가 이런 식으로 여행할 필요는 없었을 거야."

"미주리의 조플린에 있다는 말인가요?"

"그렇다네. 내일 나온다네. 우리는 그 아이를 오 년 동안 못 봤네. 그때는 좋은 아이였네. 하기야 지금도 좋은 아이겠지." 그가 희망적인 말을 덧붙였다.

나는 무슨 말을 해야 할지 몰랐다. 조플린은 미주리 주립 소년원이 있는 곳이었다.

"아드님이 괜찮았으면 좋겠네요." 마침내 내가 말했다.

"고맙네. 우리는 아주 기쁘다네. 그 애가 몹시 보고 싶네. 우리는 돈이 있을 때는 아들을 잃었고, 이제 돈이 없어지니 아들이 우리한테 돌아오네. 우리는 아주 기쁘다네."

"저는 나가서 친구를 찾아 봐야 할 것 같아요." 내가 말했다. "우리는 켄터키로 갔다가 남쪽으로 가는 L&N 화물 열차를 탈 거예요."

"조심해야 하네. 우리한테는 롤런드 헤이스 같은 음악가들이 더 필요하다네. 노래를 한다고 했던가?"

"아뇨." 내가 말했다. "저는 피아노를 칩니다."

"그래, 조심하게."

노부인의 얼굴은 아들에 대한 얘기를 한 탓인지 아직도 환한 표정이었다.

"안녕히 계세요." 내가 말했다.

"잘 가게. 그리고 조심하게."

그는 나에게 종이로 싸인 샌드위치를 건넸다. 나는 그것을 호주머니에 넣고 밖으로 나왔다.

화물차가 서서히 세인트루이스 역으로 들어갈 때, 나는 다시 내려와 그들에게 작별 인사를 했다. 그들은 아주 괜찮은 사람들이었다. 나는 며칠 후 디케이터에 도착했을 때 그들을 생각했다. 우리가 시내로 들어갈 때 기차역에는 경찰들이 깔려 있었다. 그들은 여자들을 찾으러 기차로 올라왔다가 나를 끌어 내려 감옥에 처넣었다. 나는 감옥에서 스코츠보로에 대해 알게 되었다. 다행히 모리가 몽고메리까지 내려가 학교 당국에 연락해서 그들이 마침내 나를 꺼내 줬다. 나는 감옥에 있는 며칠 동안 노부부에 대해 자주 생각했다. 그들의 이름을 알아 두지 못했다는 것이 유감스러웠다.

보조를 맞추느라 힘들었다

기차가 새벽 4시에 도시로 진입하고 있었다. 지난 50킬로미터를 오는 동안 눈이 내렸다. 식당차의 따뜻한 공기로 인해 유리창에 서리가 생겼다. 바깥쪽 창틀에 눈이 쌓였다.

마지막 식사를 하러 오는 사람들은 거의 없었다. 나는 창문 밖을 내다보았다. 내리는 눈 속에서 토끼 대여섯 마리가 한가롭게 뛰어다니고 있었다. 기차 안은 아주 편안했다. 물 주전자 속에서 얼음 조각들과 금속이 부딪혀 딸가닥거리는 소리가 아주 기분 좋게 들렸다. 기차가 역으로 들어섰을 때, 우리는 기차에서 내리기가 싫었다. 그러나 승무원들이 전철(轉轍)을 하려고 올라왔다. 그래서 우리는 전차를 타고 도시를 가로질러 흑인 지역에 가서 방을 잡기로 했다. 마 브라운 아주머니가 우리를 받아주면 근사할 터였다. 우리는 정거장으로 가서 기다렸지만 전차는 오지 않았다. 머리 위에서는 기차가 흰 눈속에 푸르스름한 불꽃들을 남기며 지나갔다.

우리는 기차들이 지나가는 모습을 바라보며 거기에 서 있었다.

"저걸 타자." 내가 말했다. "저게 더 빠를 거야."

"그래. 그런데 말이야 오늘 밤은 모든 기차가 반대 방향으로 가잖아." 조가 말했다.

"그러면 택시를 타자." 내가 말했다.

날이 추워지고 있었다.

"택시도 다 들어간 것 같아." 조가 말했다. "택시도 없고 전차도 없고, 기차는 다른 방향으로 가고. 날씨는 영하 백만 도야."

"자, 그냥 가자." 내가 말했다.

조는 키가 크고 구부정했다. 안경을 낀 그는 기분 좋은 웃음을 머금고 경보 우승자처럼 걸었다. 나는 보조를 맞추느라 힘들었다. 조를 따라잡기는 늘 힘들었다. 눈은 빠르게, 아주 빠르게 내리고 있었다. 바람은 나의 목깃 속을 파고들었다. 사람들이 밤에 집으로 들어가자, 눈은 인도를 아예 덮어 버렸다.

"도로로 가자." 조가 말했다.

"그래, 그게 더 쉽겠어." 내가 말했다.

우리는 전차 바퀴 자국이 있는 길을 따라 걸어갔다. 눈은 얼음으로 변해 있었다. 가로등 불빛으로 보니 녹슨 선로가 담뱃진처럼 보였다. 바퀴 자국들은 새로 내린 눈으로 빠르게 메워지고 있었다. 차들이 사람들을 직장으로 데려가려고 도착할 때쯤이면 길들은 아예 보이지도 않을 것이었다.

흰 눈 속에 반짝이는 가로등과 네온사인을 보자 크리스마스가 생각났다. 눈을 생각하면 기분이 좋았다. 어떤 아이가 떨어뜨린 캔디가 붉게 번져서 얼어붙은 모습이 내가 처음으로 보았던 눈 위의 핏자국처럼 보였다. 아름답고 슬픈 모습이었다. 우리 아이들은 새로운 장난감을 갖고 놀다가 그들이 그 남자를 옮기는 것을 지켜보았다. 온몸에 칼자국이 난 그 남자는 밤새 거기에서 얼어 있었다.

조와 나는 문 계단에 서서 울고 있는 고양이를 지나쳤다. 주인이 고양이를 안으로 들이는 것을 잊은 모양이었다. 고양이는 온 세상이 플로리다로 가서 도시에 저와 얼음과 눈 말고는 아무것도 남지 않기라도 한 것처럼 울부짖었다.

"저것 좀 봐." 조가 말했다.

"추워서 그래." 내가 말했다.

"꼴좋다. 고양이들은 불길해."

"너, '마틴이 올 때 너는 여기에 있을 거야'라는 이야기 기억나니?" 내가 말했다.

"응, 토페카에서 어떤 여자가 나한테 얘기해 줬어."

"여자들은 온갖 더러운 이야기들을 하는 것 같아. 남자들보다 더 심하다니까."

"정말 그래."

우리는 모퉁이를 지났다. 거센 바람에 코트 뒷자락이 우리의 다리 사이로 파고들었다. 덜커덩거리며 달리던 고가 철도의 기차가 바퀴에서 끽 소리를 내며 멈추는 소리가 어딘가에서 들렸다. 조의 남색 코트가 눈으로 하얗게 덮였다. 거리를 따라 늘어선 가게의 진열장에는 장난감들이 있었다. 생쥐가 테디 베어 속에서 빼낸 것으로 보금자리를 만들고 있었다. 걸음을 멈추고 보니, 테디 베어는 아무런 항의도 하지 않고 있었다.

"이 바보야, 빨리 와." 조가 소리쳤다.

바람이 북쪽에서 불어 우리는 앞으로 몸을 살짝 숙이고 바람을 헤치고 나아가야 했다. 때때로 우리는 바람 쪽으로 등을 돌렸다.

"젠장, 얼어 죽겠다." 내가 말했다.

"틀린 말이 아니다." 조가 말했다.

"지금 네가 플로리다 펜서콜라에 있다면 어떻겠냐?"

"서둘러, 인마. 헛소리하지 말고."

"생각 좀 해 봐라. 태양, 나소와 쿠바에서 만(灣)으로 올라오는 온통 깨끗하고 하얀 배들, 푸른 물 속의 고기들, 우리가 밤에 여자들과 함께 만 주변으로 차를 타고 오랫동안 했던 드라이브, 쿠바의 연가를 부르던 그 뚱뚱한 친구……."

"생각할 테면 너나 해. 나는 이 빌어먹을 바람 때문에 못 하겠으니까." 조가 말했다. "게다가 거기 아래쪽에는 가난뱅이 백인들이 너무 많아."

우리는 가파른 언덕을 오르고 있었다. 그쪽으로는 하루 종일 아무 차도 지나가지 않았는지 눈이 수북히 쌓여 있었다. 우리는 가까스로 언덕 꼭대기의 평지에 다다랐다. 마치 토끼를 잡으려고 키가 큰 수풀을 헤치고 온 것만 같았다. 신문지한 장이 우리 앞으로 날아오르며 바람에 펄럭이다가 찢어지는 소리가 났다.

"젠장, 저건 또 뭐야?" 조가 말했다.

내가 웃었다.

늙은 백인 하나가 출입구에서 튀어나왔다. 그는 외투도 입지 않은 상태였다. 그가 느릿느릿 말했다.

"당신네 신사분 중 하나가……?"

"뭐라고요?" 조가 물었다.

"당신네 신사분 중 하나가 제발……?"

"야, 잔돈 좀 줘 보내라."

"잔돈이 없어."

"그렇다면 뭔가를 좀 주고 이 빌어먹을 바람 좀 피하자."

나는 식당에서 가져온 샌드위치를 늙은 친구에게 줬다.

"고맙습니다, 신사분들." 그가 말했다. "정말 고맙습니다. 정말, 정말 고맙습니다."

"알겠어요." 조가 말했다.

늙은 친구는 그를 잠깐 바라보더니 두 건물 사이로 사라졌다. 우리는 눈 속을 걸었다. 이제는 조용했다. 우리의 발에 닿는 눈에서 뽀드득뽀드득 소리가 났다.

"저 친구 말이야, 내일 자기 호주머니에 동전 두 개라도 있으면 널 보고 검둥이 개자식이라고 할 거야." 조가 말했다.

"그러라지 뭐." 내가 말했다.

우리는 대부분의 아이들이 도망치다가 하룻밤을 묵곤 하던 곳에 왔다. 우리는 그곳에 도착해 기뻤다. 브라운 아주머니가 그곳을 운영했는데 그녀는 그 도시에서 요리를 제일 잘했다. 집에 온 것 같았다. 우리는 가방을 들고 그곳을 가로질러 톰의 가게로 갔다. 안으로 들어가기 전에 칵테일을 마시기 위해서였다. 그곳은 옛날에는 가게였는데, 톰이 그것을 바와 식당으로 개조해 놓았다. 그곳은 톰처럼 거무튀튀했다. 안에 들어가니 바 주변에 여러 명이 서 있었다. 동전 축음기에서는 「서머타임」이 흘러나오고 있었다. 두 사람이 구석에 있는 탁자에서 주사위를 던지고 있었다. 바의 한쪽 끝에 있는 사람들이 누군가의 농담에 웃고 있었다. 백색과 청색이 섞인 옷을 입은 여자가 탁자에서 두 남자와 함께 핑크 레이디를 마시고 있었다. 손이 고운 여자였다. 붉은 손가락 중 하나에 낀 보석이 반짝였다. 남자들은 상당히 취해 있었고 옷을 잘 입고 있었다. 하나는 덩치가 상당히 큰 친구였다. 폴 로브슨처럼 크고, 브라운 아주머니가 "제대로 된 검은색"이라고 일컬을 만한 피부색이었다. 칠흑처럼 새까만 사람이었다.

"저 친구가 저 여자의 볼을 발그레하게 만들고 있네." 조가 말했다.

"백인 여자처럼 보인다."

"메이슨-딕슨 라인[1]에 가까운 여자 같은데."

"젠장, 저 여자는 우리 중 하나야." 내가 말했다.

"우리는 알지만 저들은 알까?"

"너도 알다시피 여기는 남부가 아니야."

"그래서 어쩌라고." 조가 말했다. "너, 여기서 일어났던 폭동

_____

1) 36쪽 각주 3 참고.

에 대해 들어 봤어?"

"당연하지. 그런데 그건 오래전 일이야."

"가엾은 멍청이들이지."

그는 잔을 비웠다. 술맛은 좋았다.

"너는 다리만 길쭉한 상놈이야." 내가 말했다. "화장실 벽 구멍이나 쳐다보는 상놈이라니까."

그 여자와 남자들은 술을 또 한 번 주문했다. 그들이 소란 스러워지고 있었다. 그녀가 탁자에서 일어나더니 빙 돌아서 덩치 큰 녀석의 의자로 가 그의 등으로 몸을 기울이고 목을 껴안았다. 그녀가 웃었다. 그녀의 이가 붉은 입술 사이에서 반짝였다. 그녀는 바에서 술을 섞고 있는 톰을 향해 소리쳤다.

"토미! 우리 아빠 찰리예요, 토미." 그녀가 소리쳤다. "그런데 마마보이래요."

흰 앞치마를 두른 톰은 술을 제조하다가 흰 이를 드러내고 주변 사람들과 같이 웃었다. 바의 뒤쪽에 있는 불빛이 반들반들하고 까만 그의 머리를 비췄다.

여자가 남자의 머리를 문질렀다. 그는 이를 드러내고 웃으면서 술을 계속 마셨다. 그러나 여자가 자신을 쓰다듬고 안아 주는 것이 좋은 모양이었다. 그녀에게서 향수 냄새가 짙게 났다.

"토미, 이 사람 귀엽지 않아요?" 그녀가 소리쳤다.

토미는 바빴다.

"토미! 토미 달링! 우리 베이비 귀엽지 않아요?"

"그래, 베이비." 톰이 웃었다. "딸기는 검을수록 더 달지."

덩치 큰 남자는 큰 고양이처럼 그녀에게 붙어 있었다.

*　*　*

"저 머저리 좀 봐." 조가 문 쪽을 가리키며 말했다.

"저 친구, 뭔가를 갖고 있는데." 내가 말했다.

바에 있던 사람들은 그 남자가 밝은 실내로 들어오자 껄껄 거리며 웃었다. 그는 불빛에 눈을 깜빡이고 몸을 흔들며 서 있었다.

"너희 개새끼들 중 누구도 나나 내 가족 건들지 마." 그가 말했다.

그가 몸을 흔들며 실내를 둘러보았다.

"분명히 말했어." 그가 말했다. "내 친척도 건들지 마."

눈 속에 넘어졌는지 그의 무릎 근처가 하얬다.

"잭이 만반의 준비를 하고 있군." 누군가가 말했다.

"정말이야!" 그 친구가 아직도 몸을 흔들며 말했다.

그는 도발에 준비가 되어 있었다. 사람들은 그에게 도전하지 못했다. 그러자 그는 바를 향해 걸어갔다.

"내가 술 마실 때 누구도 나 건들지 마." 그가 말했다. "나의 보스도 날 안 건드리니까."

다른 사람들은 그들의 술로 관심을 돌렸다.

"야, 브라운 아주머니 집에 가자." 조가 말했다. "빅 아이크 가 여기 와서 난리를 치기 전에 말이야. 그와 졸개들이 저 계집을 보면 백인이라고 생각하고 생난리를 칠 거야."

빅 아이크는 그 지역의 모든 클럽을 다스리고 있었다.

"아이크는 신경 쓰지 않을 거야." 내가 말했다.

"야, 이 개새끼야, 우리, 여기서 나가야 해."

"알았어. 여하튼 나도 이걸로 충분해."

우리가 바를 떠나려고 돌아섰을 때, 빅 아이크와 그의 졸개들이 문을 밀고 들어왔다. 우리가 문 옆에 있는 그들을 지나치는데 술 냄새가 짙게 났다.

"너무 서둘러 가지 마, 얘들아." 톰이 소리쳤다.

"아니에요." 조가 큰 소리로 응수했다. "들어가려고요. 힘든 하루였어요."

"그렇다면 얘들아, 굿 나이트." 톰이 말했다.

"굿 나이트, 얘들아." 여자가 소리쳤다.

바 주변에 있던 사람들이 「굿 나이트, 레이디스」를 부르기 시작했다. 그런데 아이크의 부하가 축음기에 동전을 넣자 그들은 갑자기 노래를 멈췄다.

나는 문가에서 그녀를 돌아보았다. 그녀는 무척 아름다웠다. 청색과 백색으로 차려입은 그녀의 미소는 술에 취했음에도 여전히 근사했다. 그런데 그 친구가 일어났을 때 보니 그들은 멋져 보였다. 그 친구는 한쪽 손등으로 입을 닦고 다른 손으로 의자 뒤를 잡고 비틀거렸지만, 그가 아주 잘생긴 짐승이라는 것은 분명해 보였다. 남부에서는 그들을 "벅 니거"[2]라고 부른다. 그는 그들이 번식용으로 잡아 두었던 그런 종자였다.

---

2) 덩치 큰 흑인을 가리킨다.

나는 조와 함께 브라운 아주머니의 집으로 가면서 그들이 우리 같은 사람들에게 무슨 짓을 했을지 궁금했다. 그렇게 큰 녀석은 남부에 많았다. 그런데 그들은 나머지 사람들처럼 취급당했다. 그들은 난폭한 사냥개를 길들였듯이 노예제 속에서 우리를 길들였던 게 틀림없었다. 우리는 어느 시점까지는 뭔가를 갖고 있었고, 그 후로는 그것이 무엇이든 더 이상 갖고 있지 않았다. 우리는 모두 혼자서 싸우려고 하는 외로운 늑대들이다. 혼자서 경찰 전체에 맞섰던 버밍엄의 그 친구처럼 말이다. 언젠가 나는 혼자서 백인 갱들과 싸운 적이 있었다. 그때 나는 수영을 하러 가던 길이었는데 과수원 울타리에 앉아 있던 백인 애를 지나치게 되었다.

"야, 검둥이.[3] 검둥이. 검둥이! 검둥이, 네 이름은 래스터스일 것 같구나." 그가 소리를 질렀다. 그는 몸집이 나만 하고 내 것과 비슷한 작업복을 입고 있었다. 나는 그를 그냥 지나쳤다. 그런데 그가 자꾸 소리를 질렀다. "검둥이, 검둥이, 저 검둥이 좀 봐." 그래서 나는 이렇게 말했다. "저 백인 새끼가 싸움을 하자는 거네." 나는 방향을 돌려 돌아갔다. 그 자식은 계속 소리를 질렀다. 그는 내가 가자 웃기 시작했다. 나는 그때쯤 엄청 화가 나 있었다. 나는 그에게 한마디도 하지 않았다. 나는 그를 울타리에서 끌어 내려 입을 한 대 쳤다. 그가 소리를 질렀다……. 조와 나는 이제 브라운 아주머니의 집에 도착해 2층에 있는 우리 방으로 가려고 계단을 오르고 있었다. 계단이 휘어지는 곳에 탁자가 있고 벽에는 소년 합창단 포스터가 걸려 있었다. 나는 고등학교 때

---

3) 원문의 coon은 nigger와 비슷하게 흑인을 비하하는 말이다.

그들에 대해 읽은 적이 있었다. ……여하튼 그 백인 녀석이 소리를 질렀다. "얘들아, 지금이야." 나무에서 내 머리 위로 돌이 날아오기 시작했다. 그가 손을 뻗어 나를 움켜쥐었다. 나는 총소리가 났을 때 그때 일을 생각하고 있었다. 처음에는 한 방, 다음에는 네 방의 연속적인 총소리가 아주머니의 집과 아주 가까운 곳에서 들렸다.

"아이크가 틀림없어." 조가 말했다.

"빨리 와. 내 방 창문으로 톰의 가게를 볼 수 있잖아."

"나는 그가 그 덩치 큰 녀석과 그 계집이 같이 있는 것을 싫어할 줄 알았어." 그가 말했다.

우리는 계단을 뛰어올라 창밖을 내다보았다. 거리 아래쪽으로 아이크와 그의 졸개들이 보였다. 그들은 톰의 가게 앞에 나와 있었다. 총알 하나가 쌩하니 날아가 브라운 아주머니의 집 앞에 있는 전봇대의 절연체를 박살 냈다. 나는 총이 연거푸 발사되는 소리를 들을 수 있었다. 대략 일곱 명쯤 되었다. 모두가 총을 쏘고 있었다.

그때 우리는 덩치 큰 친구를 보았다. 그는 우리 쪽을 향하고 있었는데 릴레이 경주의 마지막 주자처럼 달리고 있었다. 그가 불빛을 지날 때 보니 맨몸이었다. 그의 몸 앞쪽이 빨갰다. 그의 몸이 불빛 속에서 출렁이며 빛났다. 조가 창문을 열었다. 덩치 큰 친구가 큰 걸음으로 내달리며 지나갈 때, 우리는 그가 혼자서 뭘 세는 것처럼 입술을 달싹이는 모습을 볼 수 있었다. 그가 그렇게 술을 많이 마시고도 그렇게 부드럽게 달릴 수 있다는 게 우스웠다. 눈 속에서 그의 검은 피부가 빛나고 있었다. 그는 폴 로브슨보다도 더 커 보였다.

아이크와 그의 졸개들은 사격을 멈추고 미친 듯이 소리를 지르기 시작했다. 나는 조에게 무슨 말인가를 하려고 했는데, 그는 고함을 지르며 욕을 하고 기관총이 있으면 좋겠다고 했다. 그는 너무 흥분해서 나뭇잎처럼 몸을 떨고 있었다.

그때 사이렌이 울리기 시작했다. 아이크와 졸개들은 그들의 차에 올라타고 급하게 출발했다. 두 바퀴가 땅에 닿지도 않은 채로 구석을 돌아 사라졌다. 창문들이 열리기 시작하고 거리 위쪽의 문들이 열리고 있었다. 조가 나한테 빨리 가 보자고 소리를 질렀다. 내가 막 창문 옆을 떠나려 할 때, 덩치 큰 친구가 톰의 가게가 있는 모퉁이를 도는 모습이 보였다. 그는 이제 천천히 달리고 있었다. 그가 모퉁이를 돌아 문 앞에 서 있던 사람들 속으로 고꾸라졌다.

나는 조가 몹시 흥분하여 혼자서 가 버릴 까봐 그를 따라 잡으려고 달렸다. 나는 깊은 눈에 발을 디뎠다가, 증기를 건물 안으로 운반하는 뜨거운 관 때문에 생긴, 연석 부근의 진창에 빠졌다. 나는 생각했다. 큰일이다. 가엾은 그 친구가 엄청 다쳤겠네. 그렇게 술까지 마시고 너무 당황해서 어디로 도망갈지도 몰랐던 거야. 나는 조가 거기에 닿기 전에 그를 따라잡았다. 우리가 안으로 들어가려 할 때, 사이렌 소리가 희미해지며 순찰차가 멈췄다. 경찰관들이 정신없이 안으로 들어갔고 우리도 뒤따라 들어갔다.

덩치 큰 친구는 짧은 바지만 입고 그들이 실내 뒤쪽에 붙여 놓은 탁자들 위에 누워 있었다. 작은 계집이 병에서 나온 뭔가를 그의 몸에 문지르고 있었다. 그녀는 웃고 있었다.

못된 년이네. 나는 생각했다. 빌어먹을 못된 년이네.

나는 톰을 바라보았다. 그는 깨끗한 앞치마 밑의 뱃살을 흔들며 웃고 있었다. 문에 있던 사람들도 웃고 있었다. 손에 김이 모락모락 나는 음식이 담긴 그릇을 들고 부엌에서 나오던 웨이터도 웃고 있었다. 조와 경찰과 나를 제외하고 모두가 웃고 있었다. 우리는 가만히 서 있었다. 나는 조를 바라보았다. 조가 나를 바라보았다. 경찰관이 소리쳤다. "도대체 무슨 일이죠?" 조가 소리쳤다. "누가 저 사람에게 총을 쏘았나요?"

조는 눈알이 머리에서 튀어나올 것 같은 모습이었다. 그의 얼굴에서 땀이 비 오듯 흘러내렸다. 경찰관이 덩치 큰 친구에게 총을 쏜 사람이 누구냐고 묻자 사람들은 더 크게 웃었다. 그러자 경찰관이 그 친구를 잡고 곤봉으로 진정시켰다. 다른 사람들은 뒷걸음질을 쳤지만 일부는 여전히 웃고 있었다. 톰이 숨을 가다듬고 경찰관들에게 상황을 설명하려고 했다.

"얘들아, 괜찮아." 그가 말했다.

"그래, 괜찮고말고." 누군가 다른 사람이 말했다.

톰은 숨을 가다듬으려고 열심히 노력하고 있었다. 경찰관들은 괜찮다는 말이 믿기지 않는 모양이었다.

"대체 무슨 일이 있었나요?" 내가 말했다.

작은 계집은 여전히 술에 취한 채 계속 웃고만 있었다.

"저 계집 입 좀 닥치게 해." 누군가가 소리쳤다.

"얘들아, 내기였단다." 톰이 웃었다.

그는 계속 숨을 고르려고 바에 기대다가 유리잔을 넘어뜨렸다.

"무슨 빌어먹을 내기란 말인가요?"

"그냥 내기라니까. 하하하."

"저 사람 많이 다친 거요?" 방금 들어온 누군가가 물었다.

"알, 저것 보이니? 이게 네가 좋아하는 염병할 시카고야. 여기에서는 내기로 사람에게 총을 쏘는 거야." 조가 소리를 질렀다.

그는 목청껏 소리를 지르고 있었다.

"하하, 젠장, 얘들아, 진정해. 그냥 내기였단다." 톰이 웃었다.

마침내 그가 숨을 가다듬고 말을 하기 시작했다. 뒤에 있던 덩치 큰 친구는 이제 더 편하게 숨을 쉬고 있었다. 아직도 웃고 있는 남자는 수건으로 그의 몸을 문지르고 있었다.

"아이크는 개야." 누군가가 말했다.

"아니지." 누군가 다른 사람이 말했다. "아이크는 아무것도 신경 안 쓰지."

"그래, 신경 안 쓰지. 그런데 그도 스포츠는 좋아해."

"여러분도 알다시피," 톰이 말했다. "여기에 있는 찰리는 어렸을 때부터 아이크 씨를 알고 지냈어요. 찰리는 그가 들어오는 것을 보고 그를 알아보고 술을 한잔 사 주려고 했던 거요."

누군가가 다시 웃기 시작했다.

"맞아요." 어떤 사람이 말했다.

톰의 말이 이어졌다. "찰리는 아이크 씨한테 싱가포르 슬링 칵테일을 사 주고 싶어 했는데 아이크 씨가 그것은 너무 달아서 마시기에 안 좋다고 했어요."

"톰, 계속 해 봐요. 마저 끝냅시다." 경찰관이 말했다.

보조를 맞추느라 힘들었다

"그러자 찰리가 아이크 씨한테 틀렸다고 했어요. 설탕은 활력을 주니 좋다면서요. 그는 자기가 미식축구 선수여서 경기 시작 전에 늘 캔디를 먹었기 때문에 그걸 알고 있다고 했어요."

"아주 웃겼어요." 누군가가 말했다.

"입 닥쳐." 경찰관이 말했다.

톰의 말이 이어졌다.

"아이크 씨는 찰리가 거짓말을 한다며 술에 취한 것 같다고 했어요. 그는 찰리에게 새벽 시간에 여자들과 노닥거리며 허튼소리 하지 말라고 했어요. 그러자 찰리가 아이크 씨에게 슬링 칵테일을 한 잔 마시고 발가벗은 채로 블록을 한 바퀴 돌아도 춥지 않을 거라고 했어요. 아이크 씨가 그 말을 듣더니 그러면 그렇게 해 보라고 한 거죠."

"알았어요, 알았어. 그러니까 그가 달려 나가다가 총에 맞았다는 말이군." 경찰관이 말했다.

"아뇨. 그건 피가 아니었어요. 그가 출발할 때 저기에 있는 플로 양이 케첩을 뿌렸어요. 총소리는 아이크 씨가 찰리에게 출발하라고 쏜 신호였고요."

"젠장, 창피한 줄도 모르고." 늦게 들어온 사람이 말했다. 문 쪽에 있던 사람들이 흩어지기 시작했다. 경찰들은 빅 아이크를 찾으러 갔다.

"젠장, 여기서 나가자." 조가 말했다.

우리가 나갔을 때, 거리를 따라 켜져 있던 불이 꺼지기 시작했다. 우유를 실은 트럭이 눈에 새로운 바퀴 자국을 내고 있었다. 나는 걸으면서 조를 바라보고 씩 웃었다.

"너는 머저리야." 그가 말했다.

우리 두 사람은 다행이다 싶었다. 나는 너무너무 다행이다 싶었다.

검은 공

　나는 아침 시간을 정신없이 보냈다. 로비를 걸레로 닦고 긴 녹색 항아리에 모래를 새로 채우고, 홀을 쓸고 닦고, 나중에 태울 수 있게 쓰레기를 소각장에 버렸다. 내가 일을 하다가 딱 한 번 멈춘 것은 아이를 막 낳았고 내 아들한테 늘 잘해 주는 존슨 부인을 위해 분유 한 통을 구하러 갔을 때였다. 나는 6시에 일을 시작했고 8시쯤 우리가 살고 있는 차고 위의 숙소로 가서 아이에게 옷을 입히고 과일과 시리얼을 줬다. 아이는 높은 의자에 앉아서 뭔가를 골똘히 생각하는 것 같았다. 그는 토스트를 먹을 때, 숟가락을 입으로 가져가다가 도중에 여러 차례 멈추고 나를 바라보았다.

　"아들, 왜 그래?"

　"아빠, 제가 검은가요?"

"당연히 안 그렇지. 너는 갈색이야. 네가 검지 않다는 것은 너도 알잖니."

"그런데 어저께 재키가 저한테 너무 검다고 했어요."

"그냥 농담한 거야. 아들아, 너는 그 애들이 너를 놀리게 놔두면 안 돼."

"아빠, 갈색이 흰색보다 훨씬 더 좋은 거죠?"

(그는 청색 롬퍼스를 입은 네 살배기 갈색 사내아이였다. 상상 속의 친구들과 얘기를 하며 웃을 때면 그의 목소리는 대부분의 흑인들처럼 부드럽고 둥글었다.)

"그렇게 생각하는 사람들도 있지. 그러나 미국인이라는 것이 둘보다 더 좋은 거란다, 아들아."

"정말 그래요, 아빠?"

"그렇고말고. 이제 네가 검다는 얘기는 잊어버려라. 아빠는 일 끝내자마자 돌아오마."

나는 내가 돌아올 때까지 아이가 장난감과 그림책을 갖고 놀도록 해 줬다. 그는 보통 얌전한 아이였다. 내가 공부해야 하는 오후 시간에는 얌전하게 행동하다가 그에 대한 보상으로 사탕이나 만화 영화를 기대했다. 나는 아파트에서 일하는 동안 종종 그를 혼자 있게 놔뒀다.

나는 돌아가서 앞문의 놋쇠를 닦기 시작했다. 그때 어떤 사람이 오더니 나를 지켜보며 거리에 서 있었다. 야윈 사람이었다. 어떤 음식들을 오랫동안 먹어서인지 얼굴에는 붉은색이 돌았다. 남부 오지에서는 그런 모습을 자주 볼 수 있다. 이곳 남서부에서도 드문 일은 아니다. 그는 그곳에 서서 지켜보고 있었다. 나는 놋쇠를 닦으면서도 그의 시선을 등으로 느낄 수 있었다.

나는 놋쇠에 세심한 신경을 썼다. 매니저인 베리에게는 놋쇠 틀과 손잡이의 광택이 나의 모든 근면성을 측정하는 잣대였다. 그가 올 시간이 가까워지고 있었다.

"굿 모닝, 존." 그는 내가 아니라 놋쇠를 바라보며 말했다.

"굿 모닝, 서(Sir)." 나는 그가 아니라 놋쇠를 바라보며 말했다. 보통 그의 얼굴이 거기에 비쳤다. 그의 입장에서 보면 내 모습이 거기에 비쳤다. 그는 놋쇠, 돈, 사무실에 있는 대여섯 개의 식물 말고는 다른 것에 관심이 없는 것 같았다.

오늘 아침에도 아무 결점이 없었다. 길 건너편 건물에서 일하는 두 친구는 이미 잘린 상태였다. 백인들이 그 자리를 달라고 했기 때문이었다. 나한테는 특별한 음식이 필요한 연령대의 아이가 있었고, 또 나는 다음 학기에 다시 입학할 계획을 세우고 있었던 터라, 인도에 있는 누군가가 나의 기회를 망치게 놔둘 수는 없었다. 특히 베리가 그 건물에서 일하는 내 친구들 중 하나에게 "염병할 지식층 검둥이"를 좋아하지 않는다고 말한 후로 쭉 그랬다.

나는 놋쇠에 온 신경을 쏟고 있었기 때문에 그 친구가 말을 걸었을 때 놀라서 펄쩍 뛰었다.

"안녕하세요." 그가 말했다. 예상했던 것처럼 느릿느릿한 화법이었다. 그런데 뭔가가, 보통 느릿느릿함 뒤에 있는 뭔가가 빠져 있었다.

"굿 모닝."

"놋쇠를 닦느라 엄청 애쓰시네요."

"밤사이에 아주 더러워지거든요."

그 부분은 빠지지 않았다. 그들은 우리에게 뭔가 해야 할 말이 있을 때 늘 친숙하게 대했다.

"여기에서 오래 일하셨나요?" 그는 팔꿈치를 기둥에 대고 기대며 물었다.

"두 달 됐습니다."

나는 그에게 등을 돌리고 일을 계속했다.

"여기서 일하는 다른 흑인은 없나요?"

"저만 일해요." 나는 거짓말을 했다. 두 명이 더 있었다. 여하튼 그것은 그가 상관할 게 아니었다.

"해야 하는 일이 많나요?"

"충분히 있죠." 나는 생각했다. 그는 왜 안으로 들어가서 일자리가 있는지 물어보지 않는 걸까? 왜 나를 귀찮게 하는 걸까? 왜 자기를 자극하도록 나를 유혹하는 걸까? 그는 우리가 이런 식으로 자기 같은 사람들과 싸우는 걸 두려워하지 않는다는 것을 모르는 걸까?

내가 돌아서서 병을 들어 걸레에 광약을 더 부을 때, 그는 낡은 청색 코트 주머니에서 담배 주머니를 꺼냈다. 나는 그의 손에 화상을 입은 듯한 상처가 있는 것을 보았다.

"더럼 피워 본 적 있나요?" 그가 물었다.

"고맙지만 사양하겠습니다." 내가 말했다.

그가 웃었다.

"이런 것에 익숙하지 않은 거죠?"

"뭐에 익숙하지 않다는 말인가요?"

나는 이 사람이 조금만 더 자극하면 짜증이 날 것 같았다.

"나 같은 사람이 당신 같은 사람에게 밧줄 말고 다른 것을 주는 것 말이죠."

나는 일을 멈추고 그를 바라보았다. 그는 담배 주머니를 쥔 손을 내밀고 웃으며 거기에 서 있었다. 그의 눈 주변에는 주름살이 많았다. 나는 미소를 지어야 했다. 그러고 싶지 않아도 미소를 지어야 했다.

"더럼 정말 안 피우시겠습니까?"

"고맙지만 사양하겠습니다." 내가 말했다.

그는 그 미소에 속았다. 미소를 짓는다고 나 같은 부류와 그 같은 부류 사이의 일들이 바뀔 수는 없었다.

"별거 아니라는 거 나도 인정합니다." 그가 말했다. "그렇지만 상당히 다른 거예요."

나는 그가 무슨 말을 하는지 보려고 걸레질을 다시 멈췄다.

"하지만 말이죠," 그가 말했다. "나한테는 정말로 가치가 있는 게 있어요. 당신이 관심을 보인다면 말이죠."

"들어 봅시다." 내가 말했다.

나는 그가 이 지점에서 나를 속이려 할 거라고 생각했다.

"나는 노조에서 나왔습니다. 우리는 이 지역에 있는 모든 건물 관리인들의 단체를 조직하려고 합니다. 당신도 신문에서 이것에 관해 읽은 적이 있을지 모르겠네요."

"읽은 적이 있지만 그게 나와 무슨 상관입니까?"

"우선 우리는 일의 부담을 덜어 줄 겁니다. 즉 더 적은 시간을 일하고 더 많은 급료를 받고 전반적으로 더 좋은 조건에서 일하게 되는 거죠."

"당신이 진짜 원하는 것은 여기에 들어와서 나를 쫓아내는 거잖아요. 흑인을 노조원으로 받아 주지 않잖아요."

"어떤 노조들은 그러겠죠. 전에는 그런 식이었죠. 그러나 이제는 상황이 달라졌어요."

"이보세요. 당신은 당신의 시간과 나의 시간을 허비하고 있어요. 당신네 염병할 노조들은 이 나라의 다른 것들과 똑같아요. 백인만을 위한 것이라고요. 무슨 일이 있었기에 흑인에 대해 신경 쓰려고 하는 거죠? 왜 흑인들을 규합해 노조를 만들려는 거죠?"

그의 얼굴이 약간 하얘졌다.

"이 손 보여요?"

그가 손을 내밀었다.

"그래요." 나는 그의 손이 아니라 그의 얼굴이 창백해지는 것을 바라보며 말했다.

"앨라배마의 메이컨 카운티에서 생긴 상처요. 나의 흑인 친구가 여자를 강간했다는 혐의를 받았을 때, 그가 다른 곳에 있었다고 증언한 대가요. 그날 나는 그와 함께 있었거든요. 나와 그는 그 일이 있었을 때, 아니 그 일이 실제로 있었다면, 그곳으로부터 80킬로미터 떨어진 곳에서 무슨 종자를 빌리려 하고 있었어요. 그들은 가솔린 토치로 내 손을 지지고 나를 카운티 밖으로 쫓아냈어요. 내가 백인 여자를 거짓말쟁이로 만들었다는 거였죠. 그날 밤 그들은 린치를 가해 그를 죽였고 그의 집을 불살라 버렸어요. 그들은 그에게는 그렇게 했고 나에게는 이렇게 했어요. 우리 두 사람 다 80킬로미터 떨어진 곳에 있었는데 말이죠."

그는 자신의 내민 손을 내려다보면서 얘기했다.

"맙소사." 이것이 내가 말할 수 있는 전부였다. 나는 그의 손을 처음으로 자세하게 바라보면서 끔찍한 기분이 들었다. 지옥 같았을 게 틀림없었다. 피부가 오므라들어 쭈글쭈글해져서 마치 튀긴 것 같았다. 튀긴 손.

"그 이후로 나는 깨달은 게 많아요." 그가 말했다. "나는 이런 일에 매달렸어요. 처음에는 소작인들을 대상으로 했어요. 그들이 나를 알게 되고 나를 심하게 몰아치면서 결국 나는 시골을 떠나 도시로 왔어요. 처음에는 아칸소에서 했고 지금은 여기서 하고 있어요. 더 많이 돌아다닐수록 더 많은 것을 보게 되죠. 더 많이 볼수록 더 많이 일하게 되고요."

그가 내 얼굴을 들여다보았다. 그는 푸른 눈에 불그스름한 피부였다. 그는 아주 진지해 보였다. 나는 아무 말도 하지 않았다. 나는 무슨 말을 해야 할지 알지 못했다. 어쩌면 그는 진실을 말하고 있었다. 나는 알 수 없었다. 그가 다시 미소를 지었다.

"잘 들어 보세요." 그가 말했다. "지금 당장 이해하려고 하지 마세요. 오늘 밤부터 이 주소에서 여러 차례 모임이 있을 거예요. 당신을 거기에서 보면 참 좋을 것 같아요. 원하는 친구들을 데리고 와도 되고요."

그는 주소와 오후 8시 정각이라고 쓰인 카드를 나한테 주었다. 그는 내가 카드를 받자 미소를 지으며 나와 악수하려고 하다가 그냥 돌아서서 거리로 통하는 계단을 내려갔다. 나는 그가 떠날 때 다리를 절룩거리는 것을 보았다.

"굿 모닝, 존." 베리 씨가 말했다. 나는 몸을 돌렸다. 둥근 테가 달린 중산모자에 기다란 검정 코트를 입고 지팡이를 짚고 코안경을 쓴 그가 거기에 서 있었다. 그는 내 아들이 너무너무 좋아하는 이야기 속에서 사악한 여왕이 거울을 들여다보듯 놋쇠를 골똘히 쳐다보며 서 있었다.

"굿 모닝, 서." 내가 말했다.

나는 진즉 일을 마무리했어야 했다.

"존, 방금 떠난 사람이 나를 보자고 하던가?"

"아, 아닙니다, 서. 헌옷을 사고 싶다고 했을 뿐입니다."

그는 내가 한 일에 만족하며 안으로 들어갔다. 나는 아들을 보러 숙소로 갔다. 12시가 다 되어 있었다.

아들은 내가 서재로 사용하는 작은 방의 의자 밑으로 장난감을 밀었다 뺐다 하면서 놀고 있었다.

"안녕, 아빠." 그가 소리쳤다.

"안녕, 아들." 내가 소리쳤다. "지금 뭐 하는 거니?"

"아, 트럭 놀이 하고 있어요."

"트럭을 몰려면 일어서야지."

"그런 게 아니고요, 아빠. 이런 거요."

아이가 장난감을 들어 올렸다.

"아, 그런 거였구나."

"아빠는 자꾸 저를 놀려요. 아빠는 늘 저를 놀리는 거죠?"

"아냐. 네가 못되게 굴 때는 내가 놀리지 않잖아."

"그런 것 같아요."

사실 그는 못되게 구는 게 아니었다. 그러니 내가 걱정할 필요가 없었다.

그는 곧 트럭 놀이에 빠져들었다. 나는 그의 점심을 챙기고 내가 마실 커피를 데우려고 다시 부엌으로 갔다.

아이는 먹성이 좋았다. 그래서 먹으라고 강요할 필요가 없었다. 나는 그에게 음식을 챙겨 주고 나서 공부하려고 의자에 앉았다. 그런데 집중이 되지 않았다. 그래서 일어나서 파이프에 담배를 채웠다. 그게 도움이 되기를 바랐지만 그렇지 못했다. 그래서 나는 책을 옆으로 밀치고 존슨 부인이 준 말로의 『인간의 조건』을 집어 들고 커피를 마시며 읽으려고 했다. 그러나 그것도 포기해야 했다. 그 사람의 손이 자꾸 머릿속에 아른거렸다. 그 친구를 잊을 수 없었다.

"아빠." 아이가 살며시 불렀다. 그는 내가 바쁠 때는 늘 그렇게 살며시 불렀다.

"그래, 아들아."

"저는 크면 트럭을 몰 생각이에요."

"그래?"

"네, 그렇게 되면 식료품점에 고기를 배달하는 남자들처럼 단추가 많이 달린 모자를 쓸 수 있겠죠. 아빠, 저는 오늘 모자 쓴 흑인을 보았어요. 창밖을 내다보니까 흑인이 트럭을 운전하는데, 단추가 두 개 달린 모자를 쓰고 있었어요. 제가 확실히 보았어요."

청색 멜빵바지를 입은 아이는 트럭 놀이를 그만두고 아직도 의자 옆에 무릎을 꿇은 채로 있었다. 나는 책을 덮고 아이를 오랫동안 바라보았다. 아이에게는 내가 이상하게 보였을 게 틀림없었다.

"아빠, 왜 그래요?" 그가 물었다. 나는 무슨 생각을 좀 하느라 그렇다고 말하고 일어나서 앞 창문으로 걸어가 밖을 내다보았다. 그는 한동안 조용히 있었다. 그리고 다시 트럭을 굴리기 시작했다.

그 집에서 유일하게 좋은 점은 높아서 전망이 좋다는 것이었다. 오후였다. 햇살에 눈이 부셨다. 옆쪽으로 난 진입로에서 사내아이와 여자아이가 테니스를 치고 있었다. 길 건너에서는 밝은 수영복을 입은 작은 아이들이 흰 석조 건물 앞으로 길게 뻗은 잔디 위에서 놀고 있었다. 그들의 유모가 무릎에 놓인 책 위로 몸을 구부리고 그림처럼 조용히 앉아 있었다. 고개를 들었을 때 보니 유모는 검은 안경을 쓰고 있었다. 그녀는 안경을 빼고는 온통 흰옷 차림이었다. 그들이 놀면서 지르는 소리가 바람에 실려 내가 있는 곳까지 들렸다. 내가 그들을 바라보고 있을 때, 비둘기 떼가 녹색 잔디 옆의 진입로에 내려앉았다가, 어떤 아이가 장난감을 끌고 진입로에서 달려오자 다시 날아올랐다. 아이들이 그를 보더니 떼를 지어 그를 향해 달려갔다. 유모가 고개를 들더니 그들을 소리쳐 불렀다. 그녀는 아이에게 무슨 말인가를 하고 그가 막 나왔던 차고가 있는 방향을 손으로 가리켰다. 나는 그가 서서히 돌아서서 독수리처럼 날개를 퍼덕이는 새 같은 장난감을 서서히 끌고 가는 모습을 보았다. 그가 걸음을 멈추고 진입로 옆의 수풀에서 한 송이 꽃을 따더니 유모를 후다닥 쳐다보고 진입로 아래로 다시 달려갔다. 그 아이는 길 건너에서 일하는 백인 정원사의 아들 재키였다.

고개를 돌리니 아들이 내 옆에 서 있었다.

"아빠, 뭘 보는 거예요?" 그가 말했다.

"그냥 세상을 내다보고 있었다."

그러자 아이가 밖에 나가서 공을 갖고 놀아도 되냐고 물었다. 나도 곧 내려가 잔디에 물을 줘야 해서 그러라고 했다. 그러나 그가 공을 찾지 못해 내가 찾아 줘야 했다.

"이제 됐다." 나는 그에게 말했다. "사람들 방해하지 말고 뒤에서 놀아라. 그리고 누구에게든 질문을 많이 하면 안 된다."

별 효과가 없었지만 나는 늘 질문하지 말라고 했다. 그는 계단을 달려 내려갔다. 그가 차고의 문에 대고 공을 튀기는 소리가 들리기 시작했다. 그러나 소리가 크지 않았기 때문에 그냥 됐다.

나는 책을 들고 다시 읽으려고 했다. 그런데 바로 잠이 든 게 틀림없었다. 깨어나 보니 잔디에 물을 줄 시간이 다 되어 있었다. 아래층에 내려가자 아이가 없었다. 불러도 대답이 없었다. 나는 차고 뒤의 골목으로 가서 아이가 거기에서 놀고 있는지 확인했다. 아이보다 나이가 많은 백인 아이들이 낡은 상자 더미 위에 앉아 얘기를 하고 있었다. 내가 나타나자 불안

186

해 하는 것 같았다. 나는 작은 흑인 꼬마를 보았느냐고 그들에게 물었다. 그들은 보지 못했다고 했다. 나는 올라온 트럭들이 주차된 식료품점 뒤의 골목 아래쪽으로 내려가 거기에서 일하고 있던 사람에게 내 아들을 본 적이 있느냐고 물었다. 그는 오후 내내 거기에서 일했어도 아이를 본 적이 없다고 했다. 그곳을 떠나려 할 때, 4시를 알리는 호루라기 소리가 들렸다. 나는 잔디에 물을 주러 가야 했다. 나는 아이가 어디로 갔는지 궁금했다. 나는 골목길을 올라오면서 불안해지고 있었다. 그러지 말라고 경고했음에도 아이가 앞쪽으로 나갔을지 모른다는 생각이 문득 들었다. 아이가 앞으로 가서 잔디 위에 앉아 있을 것 같았다. 괜히 불안해했다는 생각이 들어 나는 속으로 웃었다. 베리는 아이가 혼자서 앞에 있으면 안 된다고 했지만, 나는 아이를 혼내지 말아야겠다고 다짐했다. 그 나이 또래의 아이는 흔히 그렇게 반응하게 만든다.

키가 큰 새 상록수들을 지나 건물을 돌 때, 아이의 것이라고는 할 수 없는 울음소리가 들렸다. 내가 건물을 완전히 돌았을 때, 아들이 울면서 유리창을 올려다보며 서 있는 모습이 보였다.

"무슨 일이니, 아들아?" 내가 물었다. "무슨 일 있니?"

"아빠, 제 공, 제 공. 제 공." 그가 창문을 올려다보며 울었다.

"그래, 아들아. 공이 어쨌다는 거냐?"

"그가 창문 안에 그것을 던졌어요."

"누가 그랬다고? 누가 공을 던졌다는 거냐? 울지 말고 아빠한테 얘기해 봐."

그는 손등으로 눈물을 닦으며 울음을 그치려고 노력했다.

"키가 큰 백인 아이가 자기한테 공을 던지라고 하더니 저 유리창 안에 공을 던지고 달아났어요." 그가 손가락으로 가리키며 말했다.

내가 올려다보는 순간, 베리의 모습이 창가에 나타났다. 공은 그의 사무실로 들어간 것이었다.

"존, 그 아이가 자네 아들이야?" 그가 날카롭게 물었다.

그의 얼굴이 붉으락푸르락했다.

"예스 서, 그런데 — "

"그 아이가 빌어먹을 공으로 내가 키우는 식물을 망쳤네."

"예스 서."

"아이가 앞에서 놀면 안 된다는 건 자네도 알지?"

"네!"

"내가 다시 한번 아이를 이 근방에서 보게 되면 자네는 검은 공 뒤에 있게 될 거야.1) 아이는 뒤로 보내고 자네는 여기로 와서 아이가 망쳐 놓은 것들을 치우게."

나는 그를 길게 한번 쳐다보다가 아이의 손을 잡고 숙소로 데려갔다. 나는 아이와 걸어갈 때 앞이 제대로 보이지 않았다. 건물을 돌아가다가 소나무에 부딪혀 몸에 상처까지 났다.

아이는 이제 울지 않았다. 그를 내려다보는데 손이 아팠다.

---

1) 포켓볼 경기에서 장애물을 의미하는 검은 공을 빗댄 상징적 표현으로 '자네가 곤란해질 거야.'라는 의미다. 흰 공을 갖고 놀았던 아이가 그것을 이해할 리가 없다. 이후에 아이가 검은 공과 관련한 표현이 무슨 뜻이냐고 아버지에게 묻는 이유다.

그래서 보니 내 손에서 피가 나고 있었다. 우리는 위층으로 올라갔다. 나는 아이를 의자에 앉히고 내 손에 바를 소독약을 찾으러 갔다.

"어이, 젊은이. 얼굴 좀 깨끗이 씻어야겠어."

그는 바로 대답하지 않았지만, 내가 욕실에서 나오자 얘기를 더 하려는 것 같았다.

"아빠, 그분이 한 말이 무슨 뜻이에요?"

"무슨 말이니?"

"검은 공 말이에요. 아빠도 알면서."

"아, 그거."

"아빠도 알면서 그러네요. 그 사람이 뭐라고 한 거예요?"

"얘야, 네 공이 다시 그의 사무실로 들어가면, 아빠가 검은 공을 직접 찾으러 가야 한다는 뜻이었다."

"아." 그는 다시 생각에 잠겼다. 얼마 후에 그가 말했다. "아빠, 백인은 시력이 안 좋은가 봐요."

"왜 그렇게 말하는 거니?"

"아빠," 그가 조급하게 말했다. "누가 보더라도 제 공은 흰색이니까요."

나는 그날 두 번째로 그를 오랫동안 쳐다보았다.

"그래, 아들아." 내가 말했다. "네 공은 흰색이지." 여하튼 대부분 흰색이지. 나는 그렇게 생각했다.

"아빠, 제가 검은 공을 갖고 놀게 될까요?"

"때가 되면 그렇겠지, 아들아." 내가 말했다. "때가 되면."

그는 이미 공을 갖고 놀았다. 그는 그것을 나중에 알게 될 터였다. 그는 벌써 게임의 규칙을 배우고 있었지만 그렇다는 것을 알지는 못했다. 그래, 그는 공을 갖고 놀 것이었다. 가엾은 아이는 질릴 때까지 놀게 될 것이었다. 그래, 오래된 공놀이. 그러나 나는 나중에 그에게 규칙들에 대해 말해 주기 시작할 터였다.

나는 잔디에 물을 주려고 호스를 끌고 갔다. 긁힌 손이 아직도 화끈거렸다. 나는 소독약 자국을 내려다보며 그 친구의 그은 손을 생각했다. 그가 나한테 준 카드가 아직도 호주머니에 있는 게 느껴졌다. 어쩌면 옛날 공에는 흰색과는 다른 색깔이 있었을지 모른다.

빙고 게임의 왕[1]

그는 앞에 있는 여자가 먹고 있는 볶음 땅콩 냄새가 너무 좋아 배고픔을 거의 억누를 수 없었다. 잠을 잘 수조차 없었다. 빙고 게임이나 빨리 시작했으면 싶었다. 그의 오른쪽에 있는 두 사람은 종이 봉지에 넣은 병 속 와인을 마시고 있었다. 부드럽게 콸콸거리는 소리가 어둠 속에서 들렸다. 그의 배에서 꼬르륵 소리가 작게 났다. 그는 생각했다. 여기가 남부라면 몸을 기울이고 "부인, 땅콩 좀 주세요."라고 말하면 될 것이었다. 그러면 여자는 대수롭지 않게 생각하고 땅콩 봉지를 그에게 건넬 것이었다. 혹은 옆에 있는 사람들에게 같은 식으로 술을 좀 달라고 할 수도 있을 것이었다. 남부 사람들은 그런 식

---

1) 《내일(Tomorrow)》, 1944년 11월.

으로 어울렸다. 서로를 알 필요조차 없었다. 그런데 여기 위쪽은 달랐다. 뭘 달라고 하면 미쳤다고 생각할 것이다. 그런데 나는 미치지 않았다. 그저 빈털터리일 뿐이다. 출생증명서가 없어 일자리를 구할 수도 없다. 의사를 부를 돈이 없어서 로라는 죽어 가고 있다. 그러나 나는 미치지 않았다. 그런데 그는 스크린을 흘깃 보고 주인공이 컴컴한 실내로 슬며시 들어오고 손전등 불빛이 책장이 늘어선 벽을 따라 비추는 것을 보자 약간 의심이 들었다. 그가 기억하기로 주인공이 작은 문을 찾아내게 되는 건 저 지점이었다. 남자는 벽을 후다닥 지나고, 옷이 갈기갈기 찢어지고 팔다리를 벌린 채 침대에 묶여 있는 여자의 모습을 발견하겠지. 그는 속으로 조용히 웃었다. 그는 영화를 세 번이나 보았다. 여기가 최고의 장면 중 하나였다.

그의 오른쪽에 있는 사람이 눈이 둥그레지며 자기 동료에게 속삭였다. "야, 저기 좀 봐!"

"젠장!"

"나도 저렇게 여자를 묶어 놓고……."

"헤이! 저 머저리가 여자를 풀어 주고 있어!"

"사랑해서 그러는 거잖아."

"사랑이든 뭐든 그게 무슨 상관이야!"

그 남자는 그의 옆에서 조급하게 움직였다. 그는 그 장면에 집중하려고 노력했다. 그러나 로라가 그의 마음을 떠나지 않았다. 영화를 보는 것에 곧 싫증이 난 그는 고개를 돌려 발코니 위의 영사실로부터 흰 광선이 나오는 것을 바라보았다. 그것은 작게 시작해 점점 더 커졌다. 그것이 스크린에 도달할 때 먼지들이 하얀빛 속에서 춤을 추었다. 어쩌면 그렇게 한결같이 빛이 엉망이 되지도 않고 다른 곳으로 가지도 않고 스크린에 도달하는지 너무 신기했다. 그러나 그들은 모든 것을 그렇게 고정해 놓았다. 모든 것이 고정되어 있었다. 그들이 드레스가 찢어진 여자를 보여 줄 때 여자가 나머지 옷을 벗기 시작한다고 상상해 보라. 남자가 들어와서 그녀를 풀어 주는 게 아니라 그녀를 그대로 두고 스스로 자기 옷을 벗는다고 상상해 보라. 볼만한 구경거리일 것이었다. 만약 영화가 그런 식으로 감당할 수 없게 되면 위에 있는 사람들은 돌아 버릴 것이었다. 그렇다. 사람들이 너무 많아 아홉 달 동안 자리를 찾기가 힘들 것이었다. 그의 피부에 뭔가 이상한 느낌이 들었다. 소름이 돋았다. 어제 그들이 밝은 거리로 나갈 때 그는 여자의 목에 빈대 한 마리가 붙어 있는 것을 보았다. 그러나 호주머니에 난 구멍을 통해 허벅지를 만져보니 만져지는 건 소름과 오래된 흉터뿐이었다.

술병에서 다시 콸콸 소리가 났다. 그는 눈을 감았다. 이제 영화에서는 몽상적인 음악이 흐르고 있었다. 멀리서 기차 경적이 울렸다. 그는 남부의 철교 위를 걷는 소년으로 돌아가 있었다. 기차가 다가오고 있었다. 그는 최대한 빨리 뒤쪽으로 달렸다. 그는 경적이 울리는 소리를 듣고 시간에 맞춰 땅으로 뛰어내렸다. 발밑의 땅이 흔들렸다. 그는 재가 뿌려진 둑을 달려 고속도로로 내려가며 안도감을 느꼈다. 그런데 고개를 돌리자 기차가 철로를 벗어나 길 한가운데까지 무섭게 그를 따라오고 있었다. 백인들이 그가 비명을 지르며 달려가는 모습을 보고 웃었다…….

"어이 친구, 일어나! 왜 그렇게 소리를 지르고 난리야? 우리가 이 영화를 즐기려고 하는 거 안 보여?"

그는 감사한 마음으로 그 남자를 바라보았다.

"미안해요." 그가 말했다. "내가 꿈을 꾸고 있었나 봐요."

"자, 한 모금 하시오. 젠장, 다시는 그렇게 소리 지르지 마시오."

고개를 기울여 술을 마시는데 손이 덜덜 떨렸다. 와인이 아니라 위스키였다. 차가운 호밀 위스키였다. 그는 한 모금을 깊게 마시고, 더 이상 마시지 않는 게 좋겠다고 생각하며 병을 주인에게 건넸다.

"고맙습니다." 그가 말했다.

이제 그는 차가운 위스키가 그의 몸 한가운데를 관통해 따뜻한 통로를 만들고 점점 더 뜨겁고 날카롭게 이동하고 있는 것을 느꼈다. 그는 하루 종일 아무것도 먹지 못한 상태였다. 위스키가 그를 어질어질하게 만들었다. 땅콩 냄새가 칼처럼 그를 찔렀다. 그는 일어나서 가운데 통로에 있는 자리로 가서 앉았다. 그러나 자리에 앉자마자 젊은 여자들이 진지한 표정으로 한 줄로 앉아 있는 것을 보고 다시 일어나며 생각했다. 이 여자들은 어딘가에서 춤을 추고 온 게 틀림없어. 그는 여러 줄 앞으로 자리를 옮겼다. 불이 들어왔다. 적색과 금색이 섞인 짙은 커튼 뒤로 스크린이 사라졌다. 그리고 커튼이 올라가며 마이크를 든 남자와 제복을 입은 안내원이 무대로 올라왔다.

그는 자신의 빙고 카드를 만지작거리며 미소를 지었다. 그가 카드를 다섯 장 갖고 있다는 것을 알면 문지기는 좋아하지 않을 것이었다. 어차피 모두가 빙고 게임을 하는 것은 아니었고, 다섯 장을 갖고 있어도 가능성이 없긴 마찬가지였다. 그러나 그는 로라를 위하여 믿음을 가져야 했다. 그는 카드들을 살펴보았다. 카드마다 다른 번호가 있었다. 그는 카드의 가운데에 구멍을 뚫고 그것들을 무릎 위에 반듯하게 펼쳐 놓았다. 불빛이 희미해지자, 그는 눈을 빠르게 움직이는 것만으로 카드와 원판을 모두 볼 수 있도록 웅크리고 앉았다.

앞쪽, 어둠의 끝에서 마이크를 든 남자가 긴 줄로 연결된 단추를 누르고 원판을 돌리며, 원판이 멈출 때마다 큰 소리로 번호를 외쳤다. 목소리가 들릴 때마다 그의 손가락은 번호를 찾아 카드 위로 움직였다. 카드가 다섯 장이라 빨리 움직여야 했다. 그는 불안했다. 긁는 듯한 목소리를 가진 남자가 숫자를 너무 빨리 발음했다. 하나만 고르고 나머지 카드는 버려야 할지 모르겠다 싶었다. 그러나 그는 두려웠다. 몸에 따뜻한 기운이 돌았다. 로라를 의사에게 데려가면 비용이 얼마나 들지 궁금했다. 젠장, 카드나 보자! 남자가 연속해서 세 개의 번호를 불렀지만 실망스럽게도 그가 가진 다섯 개의 카드에는 없는 번호였다. 이렇게 가다간 당첨이 안 되겠구나…….

그는 세 번째 카드에 구멍이 연속적으로 뚫리는 것을 보면서 멍하니 앉아 있었다. 그 남자가 세 개의 번호를 더 불렀다. 그는 앞으로 비틀거리며 소리를 질렀다. "빙고! 빙고!"

"저 머저리 올려 보내." 누군가가 소리쳤다.

"저기로 올라가요!"

그는 비틀거리며 통로를 걸어갔다. 그리고 계단을 올라 휘황한 불빛이 쏟아지는 무대로 올라갔다. 너무 눈이 부셔 잠시 앞이 안 보였다. 이상하고 신비로운 힘의 마력 속으로 들어간 것만 같았다. 그러나 그것은 태양만큼이나 낯익었다. 그는 그것이 완벽하게 낯익은 빙고라는 것을 알았다.

그가 카드를 내밀자, 마이크를 든 남자가 청중에게 무슨 말인가를 했다. 카드가 그 남자의 손을 떠날 때 손가락에서 차가운 빛이 반짝였다. 그는 다리가 후들거렸다. 그 남자가 더 가까이 다가와 분필로 판에 쓰인 숫자들과 그의 카드를 대조했다. 그가 실수한 것이라면 어쩌지? 그는 그 남자의 머리에 발린 포마드 냄새에 현기증이 일었다. 그는 뒤로 물러났다. 그러나 그 남자는 이제 마이크에 대고 카드를 대조하고 있었다. 그래서 그는 그대로 있어야 했다. 그는 긴장하고 서서 귀를 기울였다.

그 남자가 소리쳤다. "O에 44, I에 7, G에 3, B에 96, N에 13!"

그는 그 남자가 청중을 향해 미소를 짓자 숨 쉬는 것이 더 편해졌다.

"맞습니다, 신사 숙녀 여러분, 이분은 선택된 사람 중 한 분입니다!"

청중의 웃음과 박수 소리가 물결을 쳤다.

"무대 앞으로 나오십시오." 그는 불빛이 너무 밝지 않았으면 좋겠다고 생각하며 천천히 앞으로 이동했다.

"오늘 밤 36.9달러 잭팟을 터뜨리기 위해서는 원판이 00에서 멈춰야 합니다. 아시겠죠?"

그는 고개를 끄덕였다. 그것은 당첨자들이 무대를 가로질러 원판을 제어하는 버튼을 눌러서 상금을 타는 것을 밤낮으로 수없이 보았기 때문에 잘 알고 있는 사실이었다. 그는 마치 자신이 상금을 타기 위해서 수백만 번이나 미끄러운 무대를 그렇게 걸어가기라도 했던 것처럼 지시를 따랐다.

그 남자가 무슨 농담을 하자 그는 멍하게 고개를 끄덕였다. 그는 너무 긴장해서 갑자기 울고 싶어졌다. 어서 끝내고 싶었다. 그는 자신의 온 인생이 빙고 바퀴에 의해 결정된다는 것을 희미하게 느꼈다. 그것 앞에 마침내 서 있는 지금, 앞으로 일어나는 일만이 아니라 그가 태어나고 그의 어머니가 태어나고 그의 아버지가 태어난 일에 이르기까지 전에 있었던 모든 것이 그것에 달려 있었다. 그는 그것을 알지 못하고 있었지만, 그것은 늘 거기에 있으면서 안 맞는 카드와 숫자를 그에게 건넸었다. 그러한 감정이 지속되었다. 그는 재빨리 물러서기 시작했다. 그는 생각했다. 나 자신을 웃음거리로 만들기 전에 내려가는 게 좋겠다.

"이봐요." 그 남자가 소리쳤다. "당신은 아직 시작도 안 했어요."

그가 머뭇거리며 돌아가자 누군가가 웃었다.

"괜찮아요?"

그는 그 남자의 속어에 씩 웃었지만 아무 말도 하지 못했다. 그는 자신의 웃음에 설득력이 없다는 사실을 알았다. 엄청나게 당황스러운 상황이라는 것을 갑자기 깨달았기 때문이었다.

"어디에서 왔습니까?" 그 남자가 물었다.

"아래 남부에서요."

"신사 숙녀 여러분, 이 친구는 남부에서 왔답니다." 남자가 말했다. "구체적으로 어디에서 왔나요? 마이크에 바로 대고 얘기해 주세요."

"로키산맥." 그가 말했다. "노스캐롤라이나의 로키산맥요."

"그러니까 산맥에서 미국으로 내려오기로 했다는 말이군요." 남자가 웃었다. 그는 남자가 자신을 놀리고 있다고 느꼈다. 그때 뭔가 차가운 것이 그의 손에 놓였다. 불빛은 더 이상 그의 뒤에 있지 않았다.

원판 앞에 서자 외로웠다. 그러나 어찌 됐든 상관없었다. 그는 자신이 하려던 것을 떠올렸다. 그는 원판이 짧고 빠르게 돌아가게 할 참이었다. 버튼을 살짝 누르기만 할 것이었다. 그는 전에 그것을 수없이 지켜보았다. 짧고 빠르게 하면 그것은 늘 00에서 멈췄다. 그는 굳게 결심했다. 두려움은 사라지고 없었다. 그는 틀림없이 성공할 것이라고 믿었다. 그가 평생 겪어야 했던 모든 것들에 대한 보상을 받게 될 것 같았다. 그는 떨면서 버튼을 눌렀다. 불빛이 빙빙 돌았다. 그런데 별안간 그는 자신이 멈추고 싶어도 멈출 수 없다는 것을 깨달았다. 마치 맨손에 고압선을 쥐고 있는 것 같았다. 그의 신경이 곤두섰다. 원판이 돌아가는 속도가 빨라지면서 그를 그것의 힘 속으로 점점 더 잡아당기는 것 같았다. 그것이 그의 운명을 쥐고 있는 것 같았다. 그는 그것에 복종하고 싶고, 돌고 싶고, 빙글빙글 도는 색깔에 푹 빠지고 싶은 깊은 충동을 느꼈다. 그는 자신이 이제 그것을 멈출 수 없다는 것을 알았다. 그래, 돌게 놔두자.

버튼은 그 남자가 놓아준 대로 그의 손바닥에 편안히 놓여 있었다. 이제 그는 그 옆에 있는 남자가 마이크에 대고 무슨 말을 하고 있다는 것을 의식했다. 뒤에서는 그림자 같은 청중들이 웅성거리는 소리가 들렸다. 그는 발을 움직였다. 아직도 그의 내부에는 무력감이 있었다. 잭팟이 그의 손에 쥐어져 있는 지금도 그랬다. 그래서 돌아서고 싶은 마음이 조금은 있었다. 그는 주먹이 아플 때까지 버튼을 쥐었다. 그때 지하철에서 갑자기 들리는 호루라기 소리처럼 의심이 엄습했다. 그가 원판을 충분히 오래 돌게 하지 않았으면 어쩌지? 그가 뭘 할 수 있고, 어떻게 그걸 알 수 있지? 그러한 의심이 들면서도 그는 자신이 버튼을 누르고 있는 한 잭팟을 통제할 수 있다는 것을 알았다. 그것이 그의 것일지 아닐지는 오직 그만이 결정할 수 있었다. 마이크를 들고 있는 그 남자마저도 지금은 그것에 대해 아무것도 할 수 없었다. 그는 취한 것 같았다. 그는 높은 언덕에서 사람들로 가득한 계곡으로 내려오기라도 하듯, 사람들이 지르는 소리를 들었다.

"얼빠진 인간아, 거기에서 내려와!"

"다른 사람에게도 기회를 줘야지……"

"저 친구는 자기가 무지개의 끝이라도 찾았다고 생각하는 모양이야."

마지막으로 얘기한 사람의 목소리는 불친절하지 않았다. 그는 소리를 지르는 사람들을 향해 돌아서서 몽롱한 미소를 지어 보였다. 그리고 다시 그들에게 등을 돌렸다.

"너무 오래 끌지 마요." 누군가가 말했다.

그는 고개를 끄덕였다. 그들이 그의 뒤에서 소리를 지르고 있었다. 그 사람들은 그에게 무슨 일이 있었는지 알지 못했다. 그들은 집세나 햄버거를 사 먹을 돈을 벌려고 수년 동안 밤낮으로 빙고 게임을 한 사람들이었다. 그러나 그런 것을 잘 아는 사람들 중 누구도 이 놀라운 것을 발견하지는 못했다. 그는 원판이 숫자들을 넘어 돌아가는 모습을 바라보면서 의기양양해졌다. 이것은 신이다! 정말이지 이게 진정한 신이다! 그는 큰 소리로 말했다. "이게 신이다!"

너무 절대적인 확신을 갖고 그렇게 말해서 그는 자신이 무대 위에서 기절하여 넘어지지 않을까 두려웠다. 그러나 청중이 고함치는 소리가 너무 커서 그들은 그가 무슨 말을 하는지 알아듣지 못했다. 머저리들 같으니라고. 그는 생각했다. 나는 지금 세상에서 가장 놀라운 비밀을 그들에게 얘기해 주려하는데, 그들은 미친 듯이 소리만 지르고 있다. 그의 어깨에 누군가의 손이 닿았다.

"이제 선택해야 해요. 당신은 너무 오래 잡고 있었어요."

그는 그 손을 거칠게 밀쳐 냈다.

"건들지 마세요. 내가 뭘 하는지는 내가 아니까!"

그 남자는 놀란 표정으로 넘어지지 않으려고 마이크를 꼭 붙들었다. 그는 그 남자에게 상처를 주고 싶지 않아서 웃어 보였다. 그는 자기가 왜 버튼을 계속 누르고 거기에 서 있어야 하는지 설명할 방법이 없다는 것을 고통스럽게 깨달았다.

"이리 와 보세요." 그가 피곤한 목소리로 말했다.

그 남자가 무거운 마이크를 끌고 다가왔다.

"이 빙고 게임은 누구든 할 수 있는 거죠?" 그가 말했다.

"맞아요, 그렇지만······."

그는 푸른 스포츠 셔츠에 맵시 있는 개버딘 양복을 입은 미끈한 백인 남자한테 조급하게 굴지 않아야겠다고 생각하며 미소를 지었다.

"나도 그렇게 생각했어요." 그가 말했다. "행운의 번호를 갖고 있으면 누구든 잭팟을 터뜨릴 수 있는 게 맞죠?"

"그게 규칙이지만 결국······."

"나도 그렇게 생각했어요." 그가 말했다. "상금은 그것을 타는 방법을 아는 사람한테 가는 거죠?"

그 남자는 말없이 고개를 끄덕였다.

"그렇다면 저쪽으로 가서 내가 원하는 방식으로 이기는 모습을 보고 있어요. 내가 누구를 해치려는 게 아니잖아요." 그가 말했다. "나는 어떻게 이기는지를 보여 줄 거요. 그것을 어떻게 하는지 온 세상에 보여 주겠다는 말이요."

그것을 이해하고 그는 다시 미소를 지었다. 그 남자가 백인이고 서두른다는 이유로 무슨 감정이 있는 게 아니라는 걸 알게 하기 위해서였다. 그는 그 남자를 보지 않고 버튼을 누르며 서 있었다. 청중의 목소리가 먼 거리에서 들려오는 소리 같았다. 소리를 지르려면 지르라지. 아래쪽에 있는 모든 흑인들은 그가 그들처럼 흑인이라는 이유만으로 창피해했다. 그는 상황이 어떠한지 알고 속으로 미소를 지었다. 대부분, 그도 흑인들이 하는 짓을 부끄럽게 생각했다. 이번에는 그들이 구체적인 뭔가에 부끄러움을 느끼도록 놔두자. 그처럼 말이다. 그는 빙고 원판 주변에 늘어지고 감긴 가느다랗고 긴 검은 전선 같았다. 비명을 지르고 싶을 만큼 칭칭 감긴 전선. 감겨 있지만 이번에는 감는 것과 슬픔과 치욕을 통제하는 것은 그 자신이었다. 그렇게 되면 로라는 괜찮아질 것이었다. 갑자기 불빛이 깜빡였다. 그는 뒤쪽으로 비틀거렸다. 무슨 문제가 생겼나? 이게 다 무슨 소리지? 그들은 그가 원판을 통제하고 있지만 원판도 그를 통제하고 있으며, 그가 영원히, 정말이지 영원히 버튼을 누르고 있지 않으면, 원판이 멈추고 이 험난하고 높고 미끄러운 언덕에 그를 남겨 두고 결국에는 로라가 죽게 될 것이라는 사실을 알지 못하는 걸까? 기회는 딱 한 번뿐이었다. 그는 원판이 요구하는 것이 무엇이든 해야만 했다. 그는 절망감 속에서 버튼을 붙잡고 있었다. 그런데 놀랍게도 그것이 불안한 에너지를 주고 있다는 것을 깨달았다. 등에 소름이 돋았다. 그는 어떤 힘을 느꼈다.

그는 분노한 청중을 도전적으로 쳐다보았다. 그들이 지르는 소리가 주크박스에서 터져 나오는 트럼펫 소리처럼 그의 고막을 진동시키고 있었다. 빙고 불빛 속에서 반짝이는 희미한 얼굴들이 그가 전에는 알지 못했던 자신감을 그에게 줬다. 원 세상에! 쇼를 진행하고 있는 것은 그였다. 그들은 그가 그들의 운이기 때문에 그에게 반응해야 했다. 그는 생각했다. 이게 바로 나야! 개새끼들은 소리 지르라고 놔두자. 그때 누군가가 그의 내부에서 웃고 있었다. 그는 어찌 된 일인지 자신의 이름을 잊어버렸다는 것을 깨달았다. 이름을 잃다니 슬프고 난감했다. 미친 짓이었다. 그 이름은 오래전 남부에서 그의 할아버지를 소유했던 백인이 그에게 붙여 준 이름이었다. 그러나 저 사람들은 그의 이름을 알지도 모른다.

"내가 누구죠?" 그가 소리쳤다.

"빨리 빙고나 해, 이 미친놈아!"

그들도 모르는구나. 그는 슬펐다. 그들은 자기들의 이름조차 몰랐다. 그들은 모두 이름도 없는 불쌍한 개자식들이었다. 하기야 그는 옛 이름이 필요 없었다. 그는 새로 태어났다. 그가 버튼을 누르고 있는 한, 그는 버튼을 누르고 상금을 거머쥔 빙고의 왕이었다. 그래야 했다. 아무도 이해하지 못하겠지만, 로라마저도 이해하지 못하겠지만, 그는 버튼을 누르고 있어야 했다.

"살아 줘!" 그가 소리쳤다.

청중이 거대한 선풍기가 꺼진 것처럼 조용해졌다.

"로라, 살아 줘. 내가 이제 이것을 잡았어. 여보, 살아 줘!"

그는 소리를 질렀다. 그의 얼굴로 눈물이 흘러내렸다. "당신 말고는 나한테 아무도 없어!"

소리는 그의 오장육부에서 터져 나왔다. 머리에 몰린 피가 경찰의 곤봉에 맞은 머리처럼, 야구공 솔기가 터지듯 방울방울 터져 나올 것만 같았다. 몸을 구부리자 신발의 발가락 부분에 한 방울의 피가 떨어졌다. 그는 한 손으로 머리를 만져 보았다. 그의 코였다. 젠장, 왜 이러는 거지? 모든 청중이 안으로 들어와 그의 배 속에서 발을 구르는 것 같았다. 그는 그들을 쫓아낼 수 없을 것 같았다. 그들이 원하는 것은 상금이었다. 바로 그것이었다. 그들은 비밀을 알고 싶어 했다. 그러나 그들은 결코 비밀을 알지 못할 것이었다. 그는 빙고 원판을 계속 돌릴 것이었다. 로라는 원판 속에서 안전할 것이었다. 그러나 정말 그럴까? 그래야 했다. 그녀가 안전하지 않으면 원판은 돌아가지 않을 것이었다. 계속 돌아갈 수 없을 것이었다. 그는 어디론가 가야 했다. 모든 것을 토해 내야 했다. 그는 자신이 로라를 품에 안고 A 열차 바로 앞에서 지하철 선로를 따라 구토감을 느끼며 필사적으로 달아나는 모습을 상상해 보았다. 사람들은 그에게 나오라고 소리를 치지만 그는 선로를 떠날 방법을 알지 못했다. 멈추게 되면 기차가 그를 덮칠 것이었다. 다른 선로로 옮기려고 시도하는 것은 허리 높이의 또 다른 뜨거운 선로로, 앞을 거의 볼 수 없을 때까지 푸른 불꽃을 튀기는 뜨거운 선로로 옮겨 간다는 의미였다.

노랫소리가 들렸다. 청중이 박수를 치고 있었다.

짐에게 술을 줘!

짝 짝 짝

경찰을 불러

저 친구 꼭지가 돌았잖아!

짐에게 술을 줘!

그 노래를 듣자 그는 분노가 치밀었다. 그들은 내가 미쳤다고 생각하는구나. 웃으라지. 나는 내가 해야 할 일을 할 테다.

그는 그들의 노래를 골똘히 들으며 서 있었다. 그들이 그의 뒤쪽에 있는 뭔가를 보는 것 같았다. 그는 힘이 쑥 빠졌다. 그러나 돌아서자 아무도 없었다. 엄지손가락이 아프지 않았으면 싶었다. 이제 그들은 박수를 치고 있었다. 순간, 그는 원판이 멈췄다고 생각했다. 그러나 불가능한 일이었다. 그의 엄지손가락은 아직도 버튼을 누르고 있었다. 그때 그는 그들을 보았다. 제복을 입은 두 남자가 무대 끝에서 손짓을 했다. 그들이 그를 향해 세 번째 앙코르를 위해 무대로 나오는 탭 댄스 팀처럼 자박자박 천천히 걸어오고 있었다. 그러나 그들의 어깨가 움직이는 속도가 빨라졌다. 그는 뒤로 물러서며 거칠게 주변을 둘러보았다. 갖고 싸울 만한 게 없었다. 어딘가 뒤에 있는 플러그에 연결된 기다란 검은 전선밖에 없었다. 그렇다고 그것을 사용할 수는 없었다. 그것은 빙고 원판을 돌리는 데 필요한 것이었다. 그는 천천히 뒤로 물러나며 사람들을 응시했다. 이가 드러난 그의 입술에는 굳은 미소가 어려 있었다. 그는 무대의 끝을 향해 움직이다가 갑자기 줄이 팽팽해지자 더 이상 갈 수 없다는 것을 깨달았다. 그렇다고 줄이 끊어지게 할 수도 없었다. 뭔가를 해야만 했다. 청중이 아우성을 치고 있었다. 그는 남자들이 멈추는 것을 보고 갑자기 멈췄다. 그들의 발이 슬로 모션 댄스에서 중단된 스텝처럼 올라갔다. 다른 방향으로 달아나는 것 외에는 달리 할 게 없었다. 그는 미끄러지며 앞으로 달려갔다. 그 남자들이 놀라며 뒤로 물러섰다. 그가 맹렬하게 그들을 지나쳤다.

"잡아!"

그는 달렸다. 그러나 전기 코드가 너무나 갑자기 팽팽해지면서 따라오지 않았다. 그는 돌아서서 다시 달렸다. 이번에는 그가 그들을 넘어뜨렸다. 그는 원판 앞에서 원을 그리며 달려서 전기 코드가 팽팽해지지 않게 할 수 있었다. 그러나 그는 남자들이 가까이 오지 못하도록 팔을 심하게 내둘러야 했다. 그들은 왜 나를 가만두지 않는 거지? 그는 빙글빙글 돌았다.

"커튼 내려." 누군가가 소리쳤다. 그러나 그들은 그렇게 할 수 없었다. 만약 그들이 그렇게 하면 영사실에서 비추는 원판이 보이지 않게 될 것이었다. 그러나 그가 그들에게 그렇게 얘기하기 전에 그들이 그를 잡아 그의 주먹을 펴려고 했다. 그는 몸부림을 치고 무릎을 굽히면서 저항하며 버튼을 잡고 있으려 했다. 버튼은 그의 삶이었다. 이제 그는 바닥에 넘어졌다. 누군가가 그의 팔목을 잔인하게 밟았다. 원판이 위에서 평화롭게 돌아가는 모습이 그의 눈에 들어왔다.

"나는 포기할 수 없어." 그가 소리를 질렀다. 그리고 조용히, 비밀을 얘기하듯 말했다. "정말로 나는 포기 못 해."

뭔가가 그의 머리에 세게 부딪쳤다. 멍해진 순간, 그들이 그것을 그에게서 이제는 완전하게 빼앗았다. 그는 그들이 무대에서 그를 끌어 내리는 것에 저항했다. 그때 원판이 서서히 멈추는 모습이 눈에 들어왔다. 그는 그것이 00에 멈추는 것을 놀라지 않고 보았다.

"저것 봐요." 그가 비통하게 말했다.

"그래, 괜찮네." 남자들 중 하나가 미소를 지으며 말했다.

그는 보이지 않는 누군가에게 그 남자가 머리를 숙이는 것을 보면서 너무너무 행복했다. 그는 모든 당첨자들이 받았던 것을 받게 될 것이었다.

그러나 그는 그 남자의 굳은 미소에 마음이 훈훈해질 때, 그 남자가 천천히 윙크를 하는 것을 보지 못했다. 또한 그의 뒤에 있던 안짱다리의 남자가 빠르게 내려오는 커튼을 피하더니 그를 때리려고 하는 것도 보지 못했다. 머리에서 둔탁한 고통이 폭발하는 것을 느낄 따름이었다. 그는 행운이 자신에게서 빠져나갈 때, 자신의 행운이 무대 위에서 이미 끝났다는 것을 알았다.

이상한 나라에서[1]

술집에서 그의 눈이 감기기 시작했다. 검은 반점들이 눈앞에서 춤을 췄다. 캐티 씨를 보기 위해서는 손으로 눈을 가려야 했다. 캐티 씨는 이제 술을 마시고 있었다. 술잔 바닥이 내려와 탁자에 닿을 때, 그는 캐티 씨의 뾰족한 코와 창백한 얼굴을 들여다보며 미소를 지었다. 캐티 씨는 아주 친절했다. 그는 유쾌해지려고 노력하고 있었다.

"배에서는 이런 게 그립죠." 그는 술잔을 비우며 말했다.

"우리 웨일스 에일을 좋아하세요?"

"아주 좋아합니다."

"전쟁 전처럼 좋지는 않답니다." 캐티 씨가 슬픈 어조로 말

1) 《내일(Tomorrow)》, 1944년 7월.

했다.

"엄청 좋았던 모양입니다." 그가 말했다.

그는 푸른 앞치마를 두른 예쁜 여급을 조심스럽게 쳐다보았다. 그가 영국 영화에서 보았던 것처럼 그녀가 펌프질로 맥주를 받을 때 그녀의 검은 머리칼이 한가롭게 앞으로 쏠리고 있었다. 눈을 가리자 사물이 훨씬 더 잘 보였다. 저쪽에 있는 벽난로에서는 석탄불이 활활 타오르고 있었다. 두 남자가 미니 볼링에서 누가 이기는지 난로 근처에서 지켜보고 있었다.

"웨일스에 온 지는 얼마나 됐나요?"

"사십오 분쯤 됐습니다." 그가 말했다.

"그럼 볼 것이 많겠네요." 캐티 씨는 이렇게 말하면서 술잔을 다시 채우려고 술잔들을 들고 판매대로 갔다.

그렇지 않아요. 그는 "당신의 건강에 좋은 기네스"라는 광고 문구를 바라보며 생각했다. 나는 이미 충분히 보았답니다. 그는 배에서 내렸을 때 이상한 나라에 들어갈 때 예상되는 흥분을 느꼈었다. 어둠 속의 길을 따라 걸으며 밤새 해변에 있을 계획이었다. 그리고 아침에 새로운 눈으로 그 나라를 보고 싶었다. 순례자들이 신세계를 보았던 그런 눈으로 말이다. 그다지 어리석은 생각 같지는 않았다. 연석에 무리를 지어 있던 군인들이 어둠 속에서 튀어나오듯 나타날 때까지는 그랬다. 누군가가 소리를 질렀다. "젠장." 그는 그 말을 한 사람이 고향 사람이라고 생각하고 씩 웃으면서 그들이 그의 눈에 비춘 불빛에 대고 미안하다고 말했다. 그는 그들이 "염병할 검둥이네."라고 소리를 질렀을 때 주먹이 날아드는 것을 느꼈다. 여하튼 주먹이 날아들었다. 캐티 씨의 동료들이 끼어들었을 때 그는 그렇게 맞고 있었다. 캐티 씨는 그를 술집으로 이끌었다. 그들은 에일을 여러 잔 마시고 나서 자기소개를 했다. 그리고 그의 눈에 관한 언급을 사려 깊게 피했다. 그는 웨일스 역사에 관한 얘기를 애써 집중해 들으면서, 천 모자와 챙이 좁은 모자를 쓴 남자들이 술을 마시며 아주 조용히 얘기하는 모습에 적응하고 있었다.

그는 처음에는 그들을 향해서도 맹목적인 분노를 느꼈다. 그러나 그들이 너무나 생색내지 않고 너무나 순수하게 정중해서 마음이 누그러졌다. 분노와 적개심이 서서히 없어졌다. 스스로에 대한 분노와 무력감만 남았다. 그들은 도와줬을 뿐인데 왜 그들을 비난해야 하지? 미국인의 목소리를 듣고 너무 좋아했던 것은 자신이 아니었던가. 그것을 그들에게 뒤집어씌울 수는 없는 노릇이다. 그들은 다른 사람들이다. 영국인들과도 다르다. 그는 돌아오는 캐티 씨를 보며, 바로 그것이 그가 자기에게 한 말이라고 생각했다. 캐티 씨는 자신의 담배에서 나오는 연기를 피하려고 고개를 한쪽으로 돌리고, 잔 위로 거품이 올라온 잔들을 손으로 감싸 가져오고 있었다.

"파커 씨, 그런 짓은 우리 나라에 먹칠을 하는 것입니다!" 캐티 씨가 흥분해서 말했다. "눈은 어떻습니까?"

"나아졌습니다. 감사합니다." 그가 환해진 얼굴로 말했다. "걱정하지 마세요. 일종의 집안싸움이니까요. 웨일스에 나 같은 사람들이 많나요?"

"아, 그럼요! 양키들은 어디에나 있죠. 흑인 양키, 백인 양키."

"흑인 양키라고요?" 그는 웃고 싶었다.

"맞아요. 괜찮은 젊은이들이 많죠."

캐티 씨가 손목시계를 바라보았다.

"아이구, 이걸 어쩌나! 미안합니다만 내 콘서트에 갈 시간이 됐네요. 같이 갈래요? 우리 클럽의 애들이 노래를 하거든요. 프로는 아니지만 목소리들이 아주 좋아요."

"아니…… 아니, 나는 안 가는 게 좋겠어요." 이렇게 말했지만 그는 모든 음악을 다 좋아했다. 흥미가 당겼다.

"사적인 클럽이에요." 캐티 씨가 다짐하듯 말했다. "회원들에게만 개방하죠. 물론 우리의 손님들에게는 당연히 개방하죠. 당신이 가면 아주 좋아할 거요. 그 친구들이 당신네 영가를 부를지도 모르죠."

"오! 당신들이 우리 음악도 알아요?"

"아주 잘 알죠." 캐티 씨가 말했다. "당신들이 여기에 머물게 되면서부터 우리처럼 당신들도 음악을 좋아한다는 것을 알게 됐어요."

"나도 가고 싶군요." 그는 자리에서 일어나 선원 외투를 입으며 말했다. "당신이 길을 안내해 줘야 할 것 같군요."

"좋아요. 멀지 않아요. 스트레이트 스트리트 위로 조금만 올라가면 돼요."

흐릿한 손전등 불빛으로 보니 인도에는 돌이 깔려 있었다. 축축한 어둠 속 어딘가에서 사춘기 소녀들이 향수를 자극하는 틴 팬 앨리[2] 노래를 부르고 있었다. 또 그러네. 그는 이렇

---

[2] Tin Pan Alley. 음반 회사와 작곡가들로 유명한 뉴욕 지역.

게 생각했다. 어둠 속에서 뭐가 뛰쳐나올지 모르니 배로 돌아가는 게 좋겠어. 2번가 고가 철도 얘기도 나오고 누군가가 다른 양키를 데려올지도 모르잖아. 분위기를 왜 깨야 하지? 젠장, 그놈보고 나가라고 하지 뭐…….

캐티 씨는 그를 문간으로 데리고 가서 부드러운 말소리가 들리는 곳으로 향했다. 그는 어쩌면 흑인 영가의 고전인 「차가운 마조히즘 속의 마사」3)를 듣게 될지도 모른다고 생각했다.

불빛이 다친 눈에 닿자, 보이지 않는 손에 의해 껍질이 벗겨지는 것 같은 느낌이 들었다. 그는 관심을 끌지 않도록 하려면 그것을 가려야 할지, 아니면 그대로 둬야 할지 알지 못했다. 그런다고 무슨 소용일까?

캐티 씨는 그들을 위해 바에 자리를 만들어 준 사람들에게 인사를 했다. 작은 탁자들과 접이식 의자들이 줄줄이 놓여 있는 실내를 둘러보다가, 그는 청색 양복을 입은 남자가 피아노 앞에 앉아 높은 음역의 밝은 아르페지오를 연주하는 소리를 들었다. 유쾌한 실내 분위기였다.

"위스키 두 잔 주게, 앨프." 캐티 씨가 바 뒤에 있는 남자에게 말했다.

"알았어! 굿 이브닝, 팀." 남자가 말했다.

"이분은 파커 씨라네, 앨프." 캐티 씨가 그를 소개했다. "파커 씨, 이분은 우리의 클럽 매니저 트리핏 씨요."

---

3) 마사(massa)는 흑인들이 백인을 가리킬 때 쓰는 은어다.

"반갑습니다." 그가 트리핏 씨와 악수를 하며 말했다.

"우리 클럽에 오신 것을 환영합니다." 트리핏 씨가 말했다. "당신은 미국인인가요?"

"네." 그가 이렇게 말하고 재미 삼아 이렇게 덧붙였다. "흑인 양키입니다."

"앨프, 파커 씨가 우리 콘서트를 좋아할 것 같아 데려왔네."

"잘 오셨습니다." 트리핏 씨가 말했다. "좋아하시게 될 겁니다, 파커 씨. 나는 우리 애들이…… 젠장, 어떻게 말해야 하지…… 아주 뛰어나다고 생각합니다."

"그러시겠죠." 그는 그가 그 문제로 싸우기라도 할 것처럼 행동한다고 생각하며 말했다.

"좋은 일만 있으시기를." 캐티 씨가 말했다.

"당신의 건강을 위하여." 트리핏 씨가 말했다.

"웨일스를 위하여." 파커 씨가 말했다. "두 분을 위하여."

"미국을 위하여, 신께서 미국을 축복해 주시길." 트리핏 씨가 말했다.

"그래요." 파커 씨가 말했다. "미국을 위하여."

트리핏 씨가 그의 눈에 대해 무슨 말인가를 하려는 것 같았다. 다행히 캐티 씨가 다른 곳으로 자리를 옮겼다.

"이리 오세요, 파커 씨. 자리를 잡는 게 좋겠어요."

그들은 무대 가까이에 앉았다. 가수들이 공연을 시작하려고 모이고 있었다. 술의 온기가 서서히 그의 몸에 퍼지고 있었다. 그는 첫 번째 연주곡이 아카펠라로 만들어진 웨일스 곡이라고 소개하는 소리를 점점 아득해지는 느낌으로 들었다. 조용한 화음이 멀리서 들렸다. 그는 남자들이 준비하는 모습과 지휘자가 손을 들었다가 내리고 귀에 들릴 정도로 빠르게 숨을 들이쉬는 소리를 내며 정확하게 지휘를 시작하는 모습을 바라보았다.

조화로운 목소리들이 예기치 않게 그를 사로잡았다. 그는 그 음악의 따뜻한 질감을 기분 좋게 놀라며 들었다. 낯선 웨일스 노랫말 밑으로 러시아 민요가 울리는 것 같은 평범한 노래의 울림이 있었다.

"훌륭합니다." 그가 캐티 씨의 의미심장한 미소를 보며 나직이 말했다.

그는 주변을 둘러보았다. 술을 조금씩 마시거나 파이프 담배나 보통 담배를 피우는 사람들은 하나같이 매료된 표정이었다. 홀은 우호적인 연기의 소용돌이로 서서히 가득해지고 있었다. 그들은 이제 다른 노래를 부르고 있었다. 그는 노랫말을 이해하지 못하면서도 그것이 가진 의미의 그물에 더 가까이 끌리는 듯한 느낌을 받았다. 그때 익숙하면서도 혐오스러운 소외감이 그의 목을 틀어쥐었다.

"저게 웨일스에 관한 노래였나요?" 그가 눈을 진정시키며 물었다.

"맞아요!" 캐티 씨가 소리쳤다. "다른 하나는 우리가 영국인들을 무찌른 전쟁에 관한 노래였고요. 마음속에 있는 것을 드러내는 덴 음악만 한 것이 없지요. 사실, 가사도 필요 없지요."

캐티 씨의 얼굴이 발그레해졌다. 그는 내가 이해하는 것이 좋은 모양이구나. 그는 이렇게 생각했다. 사람들이 낮은 음조로 노래할 때, 그는 자신이 그들에 대해 아는 게 별로 없다는 것을 더욱 의식했다. 그는 웨일스인들과 그들의 역사와 예술에 대해 더 알았어야 했다. 그는 그들이 가진 것의 일부를 우리도 갖고 있으면 얼마나 좋을까 싶었다. 그들은 우리보다 훨씬 더 작은 나라다. 그러나 나는 땅이나 나라에 대한 우리 노래를 아무것도 기억할 수 없다. 성서에 나오는 것 말고는 전투에 관한 노래도 없다. 그는 마음의 눈으로 러시아 농부가 무릎을 꿇고 땅에 입을 맞추고 눈물에 젖은 눈으로 일어나서 격렬한 환희의 함성을 지르며 전투에 임하는 모습을 상상해 보았다. 지금 그는 이 사람들 사이에서 그들의 목소리를 들으며 그러한 사랑의 고뇌와 환희를 알고 싶은 깊은 욕망이 치솟는 것을 느꼈다.

"얼굴이 붉은 저 친구 보이죠?" 캐티 씨가 물었다.

"네."

"우리의 선도적인 광산 소유주입니다."

"다른 사람들은요?"

"별별 사람들이 다 있죠. 끝에 있는 테너는 광부예요. 중앙에 있는 존스 씨는 정육점 주인이고요. 그 옆에 있는 까무잡잡한 남자는 노조 간부이고요."

"그들이 화음을 내는 것을 보면 그렇게 생각할 수 없을 것 같아요." 그가 미소를 지으며 말했다.

파커는 오직 잼 세션[4]에서만 느꼈던 확장성을 문득 의식

---

4) 39쪽 각주 4 참고.

하며 미소를 지었다. 우리가 잼을 하면 우리는 재모크라트[5]가 되는 거다! 그는 웨일스인들이 좋아졌다. 공통된 위험과 투쟁적인 노조로 인해 서로를 어느 정도 이해하게 되는 배 안에서조차, 그는 백인들에게 이토록 가깝게 접근한 적이 없었다.

저것이 화합의 경제학이다. 그는 속으로 이렇게 생각했다. 그리고 바로 이것이 화합의 음악이고 "본능적인 언어"이며 "사랑의 음식"이다. 계속해 봐, 이 바보야. 맞아서 눈도 새까매졌으니 아무도 눈치채지 못할 거야. 어디 마음대로 해 봐. 좋아, 해 보지 뭐. 웨일스인들이여, 여러분을 존경합니다. 나는 당신들의 아름다운 노래를 통해 드러나는 당신들의 자부심에 입맞춤을 하고 싶습니다. 이렇게 말하면 어때? 좋다. 은유가 살짝 섞이긴 했지만 나쁘지 않다. 조금 더 해 봐, 오셀로. 내가 오셀로라고? 그래, 참으로 이상하네. 그러나. 그래. 오, 나의 아름다운 전사의 나라여, 그대로 인해 나의 혼란이 다시 사라졌습니다. 또 그러는 거야? 파커, 사실만을 말해. 그리고 그들이 오셀로에게 무슨 짓을 했는지 생각해 봐. 아냐. 그는 그것을 스스로한테 한 거야. 자기 여자를 믿지도 못했고 자신을 믿지도 못했잖아. 나도 알아. 그래서 이아고가 반역자가 된 거잖아. 하지만 '당신'은 뭘 믿지? 오, 입 닥쳐. 나는 음악을 믿에! 그래세! 나는 오늘 밤 여기에서 일어나고 있는 일을 믿어. 나는 믿어…… 이 사람들을 믿고 싶어. 뭔가가 걷잡을 수 없어지고 있었다. 그는 뭔가를 경계하고 있었다. 그는 고향에서는 보이지 않는 냉소의 바다

---

5) 40쪽 각주 5 참고.

에 자신의 인간성을 빠뜨릴 수 있었다. 그리고 백인들은 그것을 결코 알아보지 못했다. 그러나 이 사람들은 이해할지 모른다. 그는 그들의 더 깊은 인간성의 밝은 불빛에 눈이 가려져 볼 수 없었지만, 자신이 오늘 저녁 내내 노출되어 있었으며, 그들이 그가 어떤 존재인지, 어떤 존재가 되어야 하는지 보고 있는 게 아닐까 하는 희미한 두려움을 느꼈다. 술이 깨는 것 같았다. 그는 이제 귀를 기울이며 생각했다. 네가 배에서 산다는 것을 기억해. 어둠 속의 스트레이트 스트리트. 그리고 고국에서 너는 할렘에서 산다. 그들의 술이, 그들의 환대조차도 너를 내동댕이치게 하지 마. 국가에 봉사를 좀 해라, 파커. 그들은 모를 거야. 그리고 이 사람들이 안다고 해도 상관없잖아. 오셀로, 저 불을 꺼. 아니면 너는 얻어맞는 것을 즐기니?

"눈은 좀 어때요?" 캐티 씨가 물었다.

"거의 안 보여요."

"너무 수치스러운 일이네요!"

"그러나 훌륭한 저녁 시간이었어요." 그가 말했다. "제가 보낸 가장 근사한 저녁 중 하나였어요."

"당신이 와서 기뻐요." 캐티 씨가 말했다. "저 친구들도 마찬가지예요. 저들도 당신이 음악을 좋아한다는 것을 느끼고 좋아하고 있어요."

"노래를 위하여 건배합시다." 그가 건배를 제안했다.

"노래를 위하여." 캐티 씨가 말했다.

"당신이 잘 돌아갈 수 있도록 내 손전등을 빌려줄게요. 나중에 히스 서점에 갖다 놓기만 해요. 그곳은 아무한테나 물어도 찾을 수 있어요."

"그런데 당신한테도 그것이 필요하잖아요."

캐티 씨는 손전등을 탁자 위에 놓았다. "걱정하지 말아요." 그가 말했다. "여기는 내 고향이잖아요. 나는 도시를 내 손바닥처럼 알아요."

"고마워요." 그는 울컥해져 말했다. "당신은 매우 친절하십니다."

첫 마디가 시작되자, 다른 사람들이 의자를 뒤로 밀치고 일어섰다. 그도 일어섰다. 캐티 씨가 낮은 소리로 속삭였다. "우리 국가랍니다."

음악과 그들이 고개를 이상하게 움직이는 방식에는 뭔가가 있었다. 그는 아주 작게 콧노래를 불렀다. 그것이 끝나자 가사의 의미가 무엇인지 묻고 싶었다.

그러나 마지막 활기찬 화음의 여운이 아직 남아 있는데, 피아노가 「국왕 폐하를 도우소서」[6]를 연주했다. 그것은 그렇게 감동적이진 않았다. 그들은 빠르게 음조를 바꿔 「인터내셔널」[7]로 옮겨 갔다. 노동자 군대에 관한 노래였다. 그는 남부에 온 악단 뒤를 따라 거리에서 행진하던 어렸을 때의 기억을 떠올렸다…….

캐티 씨가 팔꿈치로 그를 찔렀다. 그가 고개를 들자 지휘자

---

6) 영국 국가.
7) 노동자 혁명가.

가 그를 똑바로 바라보며 미소를 짓고 있었다. 그들 모두가 그를 바라보고 있었다. 나의 눈 때문에 그러는 걸까? 그들은 나를 놀리고 있었던 걸까? 갑자기 그는 그 곡이 무엇인지 알고 무릎이 후들거렸다. 마치 끔찍하고 불길한 꿈의 나라 속으로 떠밀린 것 같았다. 그들은 그를 꼬드겨 원치 않는 치욕적인 행위를 하게 유도하는 것 같았다. 가사를 기억하지 못하는 것만이 그를 구할 수 있을 것 같았다. 너무 비현실적이었다. 그러나 전에도 그런 일이 있었던 것만 같았다. 그런데 지금은 익숙한 노랫말과 어울리지 않는 넓고 새로운 의미가 그 멜로디에 있는 것 같았다. 그의 일부는 그것을 노래하고 싶었다. 그의 귀에는 불빛이 눈에 쏟아질 때 군인들이 질렀던 목소리들이 음악 너머로 계속 들렸다. 그는 노래를 부르는 사람들이 아직 자신을 쳐다보고 있는 것을 알았다. 그는 자신을 배반하기라도 하듯 자신의 목소리가 갑자기 커진 라디오 소리처럼 노래를 부르는 것을 의식했다.

……우리의 깃발이 밤새도록

거기에 있었다는 것이 증거라네……[8]

그것은 그가 통제할 수 없는 다른 사람의 목소리 같았다. 눈이 따끔거렸다. 죄의식의 물결이 그를 흔들었다. 뒤를 이어 안도의 감정이 터지듯 몰려왔다. 그는 몽롱한 놀라움을 느끼

---

8) 미국 국가 1절의 일부다.

며 생각했다. 내 인생에서 처음으로 노랫말에서 아이러니가 안 느껴지는구나. 그는 노래가 끝났을 때 그들에게 욕을 해야 할지, 아니면 그들의 친절한 미소에 응답해야 할지 알지 못하고, 혼란스러운 마음으로 서서 웨일스인들의 얼굴을 바라보았다. 그때 지휘자가 앞으로 다가왔다. 캐티 씨가 말했다. "파커 씨는 노래를 못하는 편이 아니군요. 그렇지 않나요, 모컨 씨?"

"그런데 이분이 웨일스에 있게 되면, 이 클럽에 합류할 때까지 내가 가만두지 않을 것 같아요." 모컨 씨가 말했다. "어때요, 파커 씨?"

그러나 파커 씨는 대답할 수 없었다. 그는 캐티 씨의 손전등을 곤봉처럼 잡고 그의 검은 눈이 눈물을 참아 내기를 바랐다.

거대한 폭설[1]

아침 내내 그는 잭 존슨[2]에 대한 생각만 했다. 짜증이 났다. 그래야 하는 이유가 없었기 때문이다. 그는 너무 어려서 잭 존슨이 싸우는 것을 보았을 리가 없었다. 여행 중에 그 이름을 언급한 사람은 아무도 없었다. 게다가 그는 그들이 생각하는 것이 불가능한 꿈이라는 것을 존에게 어떻게 얘기해야할지를 고려했어야 했다. 그러나 그가 생각하려고 할 때마다잭 존슨이 멀리서 치는 천둥 소리처럼 그의 생각 속으로 들어온다는 것을 어떻게 그녀에게 설명할 수 있겠는가?

그는 술집에 서서 선반에 줄줄이 놓인 각양각색의 병들을

---

1) 『뉴 가드(The New Guard)』, 2011.
2) Jack Johnson(1878~1946). 최초의 흑인 헤비급 복싱 챔피언.

슬프게 바라보았다. 이제 오후 중반이었다. 술집에는 아무도 없었다. 바텐더마저 없었다. 그는 곧 거리를 가로질러 적십자 클럽에 가서 그녀를 만날 예정이었다. 그는 빈 탁자 너머의 벽에 걸린 시계를 바라보다가, 누군가가 붉은 다트 과녁판에 한 세트의 다트를 두고 갔다는 것을 알았다. 그는 비가 내리는 밖을 바라보았다. 매끄러운 마루에 그의 발자국에서 나온 물기가 묻어 있었다. 갑자기 외롭다는 생각이 들었다. 그가 들어올 때 술집에서 나간 군인들이 지금도 있었으면 싶었다.

그는 고향에 가면 얘기할 사람이 있을 거라고 생각했다. 다양한 색상의 전구들이 안에 있는 주크박스도 있을 것이고, 5센트짜리 동전 하나만 넣으면 음악에 취할 수도 있을 것이었다. 어쩌면 몇몇 주정뱅이들도 주변에서 어슬렁거릴지 몰랐다. 혹은 몇몇 녀석들이 한잔하러 들어올 수도 있을 것이었다. 어쩌면 그들은 바로 옆에서 말다툼을 하거나 정치 얘기를 하거나 백인들을 골탕 먹일지 몰랐다. 거리 쪽으로는 이렇게 작은 창문이 아니라 큰 창문이 있을 것이었다. 엉덩이를 흔들며 천천히 걸어가면서 다른 문제들을 일으키는 갈색 피부의 여자들도 볼 수 있을 것이었다. 어쩌면 누군가가 안을 들여다보고 미소를 지으며 장난 삼아 윙크를 할지도 몰랐다.

그는 술잔을 든 채로 잠시 있으면서 멀리서 천둥 치는 소리가 들린다고 생각했다. 폭격기들이 뜰 날씨는 아니었다. 그렇다면 카디프에서 나는 총소리일 수는 없었다. 그때 그는 화물트럭이 쏜살같이 지나가는 모습을 빗방울이 뿌려진 창문으로 보았다. 뒤에 덮인 천이 요란스럽게 펄럭이고 있었다. 그는 맥주를 조금 마셨다. 그에게 전쟁은 이제 옛날이야기였다. 기습 공격에 관한 생각을 해도 아무런 흥분감이 느껴지지 않았다. 그러나 집에 대해 생각하면 기분이 더 좋아졌었다. 그는 그 기분을 되찾으려 했다.

그는 생각했다. 술집에서는 제일 빌어먹을 놈들을 만나는 거지.

프로 권투 선수들, 도보 경주 참가자들,

뚜쟁이들, 창녀 사냥꾼들,

허풍선이 도박꾼들,

새벽에 여자 침대에서 나오는 자들 한밤중에 어슬렁거리는 자들.

그 당시에 나는 스몰스에 들어가 아무도 신경 쓰지 않고 술을 주문하고 잭 존슨 옆에 서 있었다. 금니가 하나 있고 베레모를 쓴 거대한 남자는 그가 누구인지 알기 전에도 인상적인 사람이었다. 여자들이 있었음에도 그 남자는 두드러져 보였다. 조를 칭찬하듯 그들이 그를 칭찬한 건 아니었지만, 내가 좋아하는 것은 그가 원하는 곳에 가고 원하는 것을 했다는 것이다. 그들이 무슨 말을 하든 상관이 없었다. 남자라면 그렇게 해야 한다. 그는 외국을 돌아다니며 뭘 찾았을까? 그는 외로웠을 게 틀림없다. 스페인에서도 외로웠을 것이다……. 나는 다시는 배를 타지 않을 거다. 나 같은 사람이 혼자만 있는 배는 타지 않을 거다. 동료들은 괜찮다. 잭 존슨의 시대와는 다르니까. 선원들은 거친 미국 개자식들 중 가장 민주적인 부류다. 대학 총장들이나 정치인들처럼 촌스럽지는 않다. 세상의 소금이랄까……. 그런데 최고의 소금이 바다로 간다는 게 너무 안됐다. 그러나 그런 사람들하고 같이 있어도 혼자니까 뭔가가 빠져 있다. 사람은 자신이 살아온 것과 같은 삶을 살아온 사람들이 옆에 없으면 온전히 자신일 수는 없는 것처럼 보인다.

어떤 일에서 자신의 부류보다 너무 앞서 나가는 것은 좋지 않다. 그러나 어디를 가든 가볍게 여행할 일이다. 공손하진 않아도 되지만 가볍게. 그러나 그녀가 잭 옆에 붙어 있던 마지막 사람이 아니었던가? 뭣 때문에 붙어 있었던 거지? 명성도 사라지고 인기도 떨어진 사람이다. 그래도 붙어 있어? 존도 그럴 수 있을까? 잭 존슨한테는 조 루이스[3]가 갖지 못한 뭔가가 있어. 나도 그럴까? 존의 살갗 아래에 있는 개. 줄에 묶여 안에 있는 개. 링에 올라가면 조는 통제된 폭발이다. 자기를 억제하는 것에서 나오는 폭발. 조의 싸움은 기계이고, 잭의 싸움은 춤이었다. 그러한 무성 영화들. 아, 소박한 영웅들! 잭은 삶을 향해 손을 뻗었다. 바보라고 불리는 것을 두려워하지 않았다. 자신의 세계를 보여 줬다…… 자신만의 세계…… 하나의 세계! 그는 밤낮으로 그들과 싸웠다. 주먹으로 싸웠다, 웃음으로 싸웠다, 고성능 자동차로 싸웠다. 그는 다른 사람들처럼 인간이었을 따름이다. 누군들 그렇지 않으랴? "자기가 사랑하는 것을 파괴하는 거다!" 잭은 스페인에서 황소와도 싸웠다. 그러나 그것은 다소 단조로운 것이었다. 그는 황소를 탈출의 수단

---

3) Joe Louis(1914~1981). 헤비급 복싱 챔피언.

이나 재미로 삼았다. 그럼에도 황소를 자극했다. "이 백인 놈아, 다음에는 너의 턱을 날려 고향에 있는 너희 집안사람들을 놀라게 해 주겠다." 거대한 황소가 소리를 질렀다. "저 검둥이를 죽여!"…… 그들은 내가 황소와 싸우는 것마저도 놔두지 않았다. 이제 그는 강하다. 토로 프랑코, 토로 아돌프. 늙은 황소는 변한다. 그러나 황소는 황소다. 존이 그것을 이해할까?

그는 시계를 쳐다보며 마음속에서 돌아가는 독백을 멈추려고 했지만 허사였다. 잭이 그랬다면 어땠을까? 인간의 삶에는 모든 것이 너무 버거워져 더 이상 앞으로 나아갈 수 없는 중요한 순간이 있다. 게다가 그들은 모든 것을 제대로 대변하지 않았다. 그들은 잭을 끝까지 밀어붙였다. 그래, 그는 쿠바의 태양 속에 누워 있어도 가슴은 얼음으로 덮여 있었다. 그는 햇볕으로부터 눈을 가리지 않았다. 대신, 세상을 향해 코웃음을 쳤다……. 백인들 사이에서는 그것을 고뇌라고 했다. "가능성의 극단적 한계에 대한 의식," 그러나 그는 자기식으로 세상을 바라보았다 잭 존슨은 쓴 맥주를 개의치 않고 들이켰다. 잭 존슨은 그랬다! 적극적이었던 남자. 분노했던 남자. 분노 속의 남자!

그는 더 거세진 빗줄기를 바라보며 서 있었다. 그의 눈에 눈물이 고이며 앞이 흐릿해졌다. 유리창 너머로 보이는 하늘이 산산조각이 난 것만 같았다. 그렇다면 이제 가야 했다. 갈 시간이 되었다. 그녀가 기다리고 있을 터였다. 그는 나가다가 자신의 예기치 않은 행동에 깜짝 놀랐다. 그는 나가면서 갑자기 걸음을 멈추고 자신이 들어올 때 남긴 더러운 발자국을 일부러 밟았다.

거대한 폭설

그는 적십자 클럽에 앉아 벽난로에서 석탄이 타는 모습을 바라보았다. 클럽 안은 따뜻했다. 라운지에서 코를 골며 자는 군인을 제외하면 아무도 없었다. 누군가가 라디오 볼륨을 낮춰 놓았는지 정겹고 향수를 자극하는 따뜻한 멜로디가 희미하게 들렸다. 그러나 의자에 앉아 있자니 추웠다. 너무 추웠다. 뼛속까지 추운 것 같았다. 그는 기다리면서 한숨을 쉬었다. 주방에서 식기가 부딪는 희미한 소리가 들렸다. 고개를 돌리자, 존이 주방 문에서 나오고 있었다.

"자기야!" 그녀가 말했다.

"안녕." 그가 말했다. 그녀의 낭랑한 목소리가 그의 귀에 울렸다. 그는 미소를 지었지만 몹시 고통스러웠다.

"오래 기다렸어?" 그녀가 말했다.

"아니. 생각했던 것만큼은 아니야."

그는 그녀가 다가와 난로 앞에 섰을 때 그녀의 얼굴이 금세 걱정스러운 표정으로 바뀌는 것을 보았다. 그녀의 둥근 엉덩이에 자원봉사자의 앞치마가 둘려 있는 모습이 멋져 보였다.

"곧 떠나는 거야?" 그녀가 말했다.

"날짜를 알 수는 없지." 그가 말했다. "명령이 떨어져야 알지."

"이번 한 번만 나하고 있으면 안 될까?" 그녀는 자기 몸에서 나는 상큼한 향을 그가 맡을 수 있도록, 그가 앉아 있는 의자의 팔걸이를 잡고 몸을 숙이며 말했다. "배가 당신 없이 떠나게 두면 안 될까? 아니면 적어도 지금, 오늘, 결혼이라도 해."

그녀의 가슴의 부드러운 형태 위로 푸른 구슬 목걸이가 푸른 눈을 더 짙게 만들고 있었다. 이제 그녀는 미소를 짓고 있었다. 그가 그녀에게 어떻게 얘기할 수 있을까?

"나도 그러고 싶어." 그가 말했다. "그런데 그럴 수가 없어. 자기도 알잖아."

"그럼 그렇게 해." 그녀가 말했다. 그녀의 목소리가 눈물 때문에 갈라지고 있었다.

그는 대답할 수 없었다. 그는 자신의 얼굴을 바라보는 그녀를 지긋이 보면서, 그녀가 결코 이해할 수 없으리라는 것을 알았다. 그는 그녀의 손목시계가 침묵 속에서 재깍거리는 것을 의식했다. 그는 혼란스러운 꿈에서처럼 잭 존슨이 누워서 장갑을 낀 손으로 뜨거운 햇빛을 가리고 있는 모습을 상상했다.

"이놈의 전쟁, 나는 이 전쟁이 싫어." 그녀가 말했다.

"하지만 그것 때문에 내가 여기 있는 거야."

"아니야." 그녀가 격렬하게 말했다. "당신은 어떻게든 나한테 왔을 거야. 나는 전쟁이 싫어. 진짜 싫어. 아, 자기야. 그런데…… 지금은 당신이 왔다는 게 싫어!"

그는 그녀를 말없이 바라보았다. 벌써 그것이 해를 끼치고 그녀를 불행하게 만들고 있었다. 그녀는 이러지도 저러지도 못하는 상황이었다. 그녀는 오 년에 걸친 전쟁에도 불구하고 그들의 삶에 대처할 준비가 되어 있지 않았다…….

"그러나 내가," 그가 손으로 자신의 갈색 얼굴을 감싸며 말했다. "내가 전쟁을 일으킨 건 아니잖아."

"그러나 내가 이런 기분인 것은 당신 때문이야." 그녀가 말했다. "왜 나한테 말을 걸었던 거야?"

"아이처럼 그러지 마, 존." 그는 피곤해져 말했다. "가서 얼굴

거대한 폭설

좀 손질해. 아직 시간이 있을 때 우리가 같이 할 수 있는 것을 하자고. 울지 말고, 그렇게 해."

그녀는 눈물이 글썽한 눈으로 그를 말없이 바라보았다. 정말로 아이 같은 모습이었다. 그는 그녀가 흐느낄 때 어깨에 와 닿는 그녀의 머리와 몸이 부드럽게 움직이는 것을 느꼈다.

"괜찮아, 자기야." 그가 말했다. "이것이 우리의 삶이잖아."

"늘 만나고 헤어지고." 그녀가 절망적으로 말했다. "우리는 언제나 같이 살게 될까? 나는 아주 잠깐만이라도 좋은 집을 갖고 싶어. 아주 큰 집은 아니고 좋은 집으로. 겨울이면 안개가 내려오는 언덕 위의 집이면 돼. 아이들이 놀면서 교훈을 얻을 수 있도록, 난로 앞에 난로망이 있는 집. 아이들에게 미국에 대해 얘기할 수 있는 곳이면 돼. 아니면," 그녀가 갑자기 숨을 헐떡이며 말했다. "아니면 미국에 있는 집이라도 괜찮아. 오하이오에 있는 작은 집이라도……."

그는 그녀가 그런 말을 하면서 꿈꾸는 듯한 표정을 지을 때, 그녀의 얼굴에 살며시 보조개가 나타나는 것을 보았다. 그는 그녀의 치아가 불빛에 부드럽게 빛나는 모습을 바라보았다. 그는 햇볕 아래에 있는 고운 트위드 옷을 닮은 시골의 갈색과 초록색 풍경과 더불어, 야생화로 가득한 웨일스의 넓은 언덕들을 상상해 보았다. 그녀와 함께라면 멋진 삶일 것이었다. 그는 자신이 옛날에 오하이오를 사랑하게 되었던 것처럼, 이 땅과 이 나라를 사랑한다는 것을 갑자기 깨달았다. 그때를 떠올린다는 게 이상하긴 일이긴 했다. 그때 그는 어머니를 잃고 먹고살기 위해 사냥을 했었다. 그곳은 멋진 시골이었다. 그러나 회복할 수 없는 상실감과 관련이 있는 곳이었다. 그가 다시 돌아오지 못하면 이 땅도 그렇게 될 것이었다.

그녀는 따뜻한 몸을 그에게 기대고 약간 움직이더니 불길을 바라보았다. 불빛에 반사되는 그녀의 금발이 아름다웠다. 그는 깊고 멍한 고통을 느끼며 그녀를 바라보았다. 그의 의지에 반해 그녀는 그의 내부에 있는 부드럽고 마음 아픈 것들, 묻혀 있는 것들과 빠르게 엮이고, 죽음의 가장 소중한 상징에 갇혀 있는, 그의 삶의 가장 비극적인 모습과 하나가 되고 있었다.

그녀는 그가 테루엘에서 살 때 겨울에 먹고살기 위해서 메추리와 꿩을 사냥했던 일과 엮이게 되었다. 그는 어머니가 돌아가시던 날 아침, 눈 덮인 언덕 위로 태양이 비치던 모습과 어머니가 떠나면서 그가 새롭게 깨달았던 것을 떠올렸다. 총소리가 나자 새들은 짝을 지어 날아올라 언덕을 따라가다가 빙글빙글 돌면서 다른 편에 있는 덤불 속으로 내려앉았다. 그는 마지막 희미한 석양빛으로 부드럽게 물든 눈 덮인 계곡으로 내려갔다. 눈 위에 꿩이 죽어 있었다. 깃털은 멀쩡했다. 떨어지는 피에서 증기가 유령처럼 서서히 올라오고 있었다. 그는 외로운 눈밭에서 울었다. 그러자 마음이 편해졌다. 홍관조들이 그 소리에 놀라 예광탄 불빛처럼 붉게 날아올랐다. 부츠의 가죽 손잡이 사이로 눈이 스며들어 으슬으슬 추웠다. 검은 나뭇가지에는 짙은 빨간색 사과들이 달려 있었다. 몇 달에 걸친 얼음과 눈 때문인지 하늘을 배경으로 선명한 색깔을 띠고 있었다. 그래도 사과는 말랑말랑하고 달콤했다……. 그것이 전쟁 초반에 있었던 첫 번째 사건이었다. 그 서글픈 해에 있었던 비극적인 순간이었다. 그러나 당시에는 그것을 믿는 사람이 많지 않았다. 한 나라를 사랑하는 것은 모든 나라를 사랑하는 것이라고 믿는 사람도 별로 없었다. 또한 이 땅을 사랑하는 것은 자신에게 고통을 준 땅을 사랑하는 것이라는 의미라는 걸 이해하는 사람들도 별로 없었다. 그러나 그것이 현실이었다……. 존은 우리가 사랑하는 평화로운 것들처럼, 희생될 상황에 있었다. 그런데 그것을 그녀에게 설명할 수는 없었다.

그는 그녀의 귀에 대고 부드럽게 말했다. "일하러 갈 시간이야."

"그래, 맞아." 그녀가 지친 듯 말했다. "일을 해야지."

"오래 안 걸릴 거야." 그가 말했다. "오늘 밤에 달이 뜰지도 모르잖아."

"달은 안 떠. 태풍 예보가 있어." 그녀가 말했다. "눈도 올지 몰라. 웨일스의 첫눈이 되겠네. 그렇지 않으면 폭격기가 뜨기에 알맞은 달이 떴을 테니까."

"오, 존." 그가 말했다. "나는 돌아올 거야……."

"하지만 언제?"

"항상…… 물을 헤치고, 불을 헤치고, 눈을 헤치고 항상, 항상 무엇이든 헤치고 또 헤치고……."

"그래, 무슨 일이 있든 당신은 돌아온다는 거겠지." 그녀는 그를 필사적으로 잡고 울었다. "내가 당신을 사랑하기 때문이야. 나의 양키, 오 나의 양키, 설탕을 듬뿍 넣은 차를 가져다줄게!"

그녀는 급하게 떠났다. 그는 기다리면서 꺼져 가는 불빛을 바라보며 서쪽으로 가는 항해를 생각했다. 내일이면 그는 고향을 향해 갈 것이다. 몇 주일에 걸쳐 춥고 거친 바다를 건너야 할 것이다. 추운 여정일 것이다. 집에 가면 눈이 와 있을 것이다. 그는 석탄이 조용히 타는 소리를 들으며 부르르 떨었다. 군대 신문에 따르면 거대한 폭설이 중서부 지역을 휩쓸 거라고 했다. 눈이 벌써 오하이오의 언덕들을 덮고 어머니 묘석 위에 뿌려져 있을 것이다. 개울과 얼어붙은 강 위로 눈발이 날릴 것이다. 빠르게 내려앉는 땅거미 속에서 메추라기들이 눈 위에 발자국을 남기고 있을 것이다. 눈이 언덕을 휩쓸고 가시나무로 흘러내리고, 가시에 붕대처럼 달려 있는 선홍색 나뭇잎들을 메마르게 흔들어 댈 것이다. 눈으로 덮인 고향에 끝없이 내리는 눈. 휘몰아치다가 떨어지다가 밑으로 날리는 눈. 언덕과 먼 곳에 내리는 눈. 엄청난 눈. 모든 것을 덮는 눈.

집으로 날아가다[1]

토드는 의식이 돌아왔을 때 자기 위에 두 사람의 얼굴이 있는 것을 보았다. 태양이 너무 뜨겁고 눈이 부셔서 그들이 흑인인지 백인인지 알 수 없었다. 몸을 움직이자 그의 눈을 노려보는 태양에 자신의 온몸이 노출된 것처럼 타는 듯한 고통이 느껴졌다. 잠시, 백인의 손이 몸에 닿는 것 같은 오래된 두려움이 그를 사로잡았다. 그때 날카로운 고통 때문인지 서서히 머리가 맑아지기 시작했다. 무슨 소리가 희미하게 들려왔다. 깨어났네. 그들은 누구일까? 그는 생각했다. 아니네. 나는 이 사람이 분명히 백인이라고 생각했는데. 이제는 그의 귀에 목소리가 분명하게 들렸다.

---

1) 『크로스 섹션(Cross Section)』, 1944.

"많이 다쳤나?"

그의 안에 있던 뭔가가 풀렸다. 흑인의 목소리였다.

"아직도 정신이 안 들었나 봐요." 이런 말이 들렸다.

"좀 기다려 보자……. 이보게, 많이 아픈가?"

내가 많이 아픈가? 끔찍한 고통이 느껴졌다. 그는 그들의 숨소리를 들으며 경직된 자세로 누워 있었다. 그는 그들이 누구이고 자신이 왜 고통스럽게 땅에 누워 있는지 생각해 보려고 했다. 그는 조심스럽게 그들을 바라보았다. 그의 마음이 고통스러운 과거로 돌아가고 있었다. 영화의 예고편에서처럼 들쭉날쭉한 장면들이 빠르게 그의 마음속으로 지나갔다. 나선식으로 하강하는 비행기를 조종하여 착륙하고 조종석에서 내려와 똑바로 서려고 했던 자신의 모습이 떠올랐다. 거대한 침묵 속에서처럼 뼈가 으스러지는 소리가 났다. 들판에 그와 같이 있는 흑인 노인과 소년의 걱정스러운 얼굴을 올려다보자, 그는 그 기억에 기분이 나빠졌다. 더 이상 기억하고 싶지 않았다.

"좀 어떤가?"

대답을 하는 것이 약점을 인정하는 것이기라도 하듯, 토드는 머뭇거리다가 말했다. "발목이 아픕니다."

"어느 쪽?"

"왼쪽이요."

그는 노인이 몸을 구부려 그의 구두를 벗기고 발을 편하게 해 주는 것을 거리감을 느끼며 바라보았다.

"좀 나아졌나?"

"많이요. 고맙습니다."

그는 자신이 다른 사람에 관해 얘기하는 것 같은 느낌을 받았다. 그의 관심사는 무슨 이유에서인지 알 수는 없지만 훨씬 더 중요한 일인 것 같았다.

"심하게 부러졌어." 노인이 말했다. "의사를 불러야겠어."

그는 손을 쓸 수 없는 상태 속으로 내던져진 것 같았다. 그는 손목시계를 바라보았다. 얼마나 여기에 있었던 걸까? 그는 세상에서 중요한 것이 딱 하나뿐이라는 것을 알았다. 상급자들의 비위를 거스르기 전에 비행기를 활주로에 가져다 놓는 것.

"저 좀 일으켜 주세요." 그가 말했다. "비행기 안으로."

"그런데 너무 심하게 부러졌어……."

"저 좀 잡아 주세요!"

"이보게……."

그는 노인의 팔을 잡고 왼쪽 다리를 쓰지 않고 몸을 일으켰다. 그는 자기 얼굴이 매끄러운 가죽 같은 노인의 얼굴에 가까워졌을 때 생각했다. 이 사람은 결코 이해하지 못할 거야.

"자, 봅시다."

그는 새 한 마리가 계속 지저귀는 소리를 들으며 노인을 뒤로 밀어 냈다. 어질어질하고 몸이 흔들렸다. 어둠이 영원처럼 그를 덮쳤다.

"앉는 게 좋겠네."

"아니, 저는 괜찮습니다."

"그러나 이보게, 그러면 더 나빠질 거야……."

발목이 너무 아팠음에도 불구하고 그의 안에 있는 모든 것이 현실을 부정하려 들었다. 그는 또 한 번 시도해야 했다.

"발목을 잘못 건들면 발을 잘라 내야 할 거야." 그의 귀에 이런 소리가 들렸다.

그는 숨을 참으며 다시 시도했다. 그런데 너무 심하게 아파서 소리를 지르지 않으려면 입술을 깨물어야 했다. 그는 절망감을 느끼며 그들이 그를 앉히게 놔뒀다.

"편하게 있는 것이 최선일세. 우리가 의사를 불러올게."

하필이면. 그는 생각했다. 젠장, 하필이면 이런 일이 일어나다니. 그를 놀리려고 하는 건지 하이옥탄 휘발유 냄새까지 더운 공기 속에 남아 있었다.

"이분을 네드에 태워 도시로 데려가는 게 좋을 것 같아요." 아이가 말했다.

네드? 그는 고개를 돌려 아이가 소들을 가리키는 것을 보았다. 소들은 쟁기 날이 흙에 박힌 고랑의 끝에서 풀을 뜯고 있었다. 그는 자신이 소를 타고 시내로 들어가 백인들로 가득한 거리를 지나, 공항의 콘크리트 활주로 아래로 가는 모습을 상상해 보았다. 치욕스러운 장면들이 그의 머릿속에 빠르게 지나갔다. 그는 여자 친구의 마지막 편지를 고통스럽게 떠올렸다. "토드," 그녀는 이렇게 썼다. "당신이 비행할 지적 능력이 있다는 것을 신문이 얘기할 줄 필요는 없어. 나는 당신이 다른 사람들처럼 용감하다는 것을 늘 알고 있었으니까. 신문을 보면 화가 나. 토드, 당신이 흑인이라는 이유만으로 자신이 용감하거나 능숙하다는 것을 거듭해 증명하려고 하지 마. 그들이 그것을 강조하는 것은 당신이나 다른 흑인들이 경쟁하지 못하게 하는 진짜 이유가 무엇인지 말해 주지 않기 위해서야. 토드, 나는 너무 실망스러워. 머리가 있는 사람은 누구나 비행기 조종술을 배울 수 있는 거야. 그런데 그다음은 뭐지? 그것을 어디다 사용하지? 누구를 위해 그것을 사용하지? 나는 당신이 이것에 관한 글을 썼으면 좋겠어. 나는 종종 그들이 우리를 속이고 있다는 생각이 들어. 너무 굴욕적이야……." 그는 얼굴에 흐르는 차가운 땀을 훔치며 생각했다. 자기가 굴욕에 대해 뭘 안다는 거지? 남부에 가 본 적도 없는 사람이 말이야. 이제는 굴욕을 당할 차례였다. 그들은 그를 재단할 터였다. 그의 잘못을 개인의 잘못이 아니라 인종 전체의 잘못으로 여길 터였다. 그것이 굴욕이었다. 그렇다. 개인이 결코 개인일 수 없고 개인이 항상 검고 무지한 늙은이의 일부라는 것이 굴욕이었다. 그래, 그는 괜찮은 사람이다. 좋고 친절하고 협조적이다. 그러나 그는 당신이 아니다. 그래도 나는 한 가지 굴욕만은 피할 수 있다.

"아닙니다." 그가 말했다. "저는 비행기를 떠나지 말라는 명령을 받았습니다……."

"아." 노인이 말했다. 그리고 아이를 향해 말했다. "테디, 그레이브스 씨한테 빨리 가서 여기로……."

"아니, 잠깐만요!" 그는 제대로 알지도 못하면서 항의했다. 그레이브스는 백인일지 몰랐다. "그냥 비행장에 알려 달라고만 하세요. 나머지는 그들이 알아서 할 거예요."

그는 아이가 달려가는 모습을 보았다.

"얼마나 멀리 가야 하나요?"

"2킬로미터쯤 될 걸세."

그는 몸을 뒤로 젖히고 뿌연 시계를 바라보았다. 그는 지금쯤 그들이 무슨 일이 있었는지 알았을 거라고 생각했다. 비행기 안에는 아주 좋은 라디오가 있었지만 쓸모가 없었다. 노인은 작동 방식을 알지 못했다. 그놈의 말뚱가리가 나를 백 년 전으로 돌려놓았네. 노인의 머리 주변을 돌고 있는 각다귀들처럼 아이러니가 그의 마음속에서 춤을 췄다. 모든 것을 배운 내가 이 '농부'의 시간과 공간 감각에 의존하고 있구나. 다리가 쑤셨다. 비행기 안에서는 시간이 고통의 리듬과 아이의 다리에 의해 가늠되지 않고, 기구들이 시간을 즉각 알려 줬을 것이다. 팔꿈치에 의지해 몸을 돌리자 비행기 기체가 먼지로 덮인 것이 보였다. 그러자 목구멍에 뭐가 걸린 것 같았다. 비행을 생각할 때면 늘 느끼던 감정이었다. 그는 그것이 매미의 버려진 껍질처럼 거기에 웅크리고 있다고 생각했다. 그것이 없으면 나는 벌거벗은 거다. 그것은 기계가 아니라 자신이 입는 옷이었다. 그는 갑작스러운 당혹감과 놀라움을 느끼며 속삭였다. "그것이 내가 가진 유일한 자존감인데……."

그는 노인이 자신을 쳐다보는 걸 보았다. 그의 찢어진 작업복이 뜨거운 열기 속에서 그의 몸에 흐느적거리며 달라붙어 있었다. 그는 노인에게 자신이 어떤 느낌인지를 말하고 싶은 강한 충동을 느꼈다. 그러나 그것은 의미 없는 짓일 터였다. 만약 내가 비행기를 타고 돌아가야 하는 이유를 얘기하면, 그는 내가 백인 장교들이 두려워서 그럴 뿐이라고 생각할 것이다. 그러나 그것은 두려움 이상의 것이다. 그의 얼굴을 감싸는 땀의 베일처럼 그에게 달라붙는 일종의 고뇌였다. 그는 노인을 바라보았다. 노인은 감탄스러운 듯 비행기를 바라보면서 무슨 노래를 흥얼거리고 있었다. 알 수 없는 분노가 치밀었다. 그러한 노인들은 종종 비행장에 와서 어린애 같은 눈으로 조종사들을 바라보았다. 처음에는 그것에 자부심을 느꼈다. 그들은 새로운 경험의 중요한 일부였다. 그러나 그는 곧 그들이 그의 성취를 이해하지 못한다는 것을 깨달았다. 그들은 바보에 대한 불쾌한 칭찬처럼, 그를 치욕스럽고 당황스럽게 하려고 온 것이었다. 그러자 비행기 조종에 결부된 의미의 일부가 사라졌다. 그는 다시는 그것을 회복할 수 없었다. 그는 생각했다. 내가 프로 권투 선수라면 더 인간적일 텐데. 재주를 부리는 원숭이가 아니라 인간일 텐데. 그들은 단순히 그가 비행기를 조종할 수 있는 흑인이라는 사실을 좋아할 뿐이었다. 그런데 그것만으로는 충분하지 않았다. 그는 자신이 그들로부터 단절되어 있다고 느꼈다. 나이가 그랬고, 이해력이 그랬고, 감성이 그랬고, 기술이 그랬고, 다른 사람들의 평가라는 거울에 맞춰 자신을 평가할 필요가 그랬다. 어찌 됐든 그는 배반감을 느꼈다. 어렸을 때 아버지가 죽었다는 것을 알게 되었을 때처럼 그랬다. 이제 진짜 평가는 백인 상사들에게 달려 있었다. 그는 그들에 대해서 확신이 없었다. 무지한 흑인들과 거만한 백인들 사이에 낀 그에게 비행의 과정은 그에게 필요한 모든 것과 자연스러운 이정표로부터 그를 빠르게 멀어지게 만드는 것 같았다. 기술적이고 복잡한 용어로 된 봉함

명령을 받고 그는 노인으로 상징되는 치욕과 백인들의 모호한 평가로부터 빠르게 멀어졌다. 그는 비행기를 이리저리 조종하면서 하나의 착륙 지점만 알았고 그곳에서 인정받게 될 것이었다. 그러고 나면 그를 적으로 여겼던 사람들은 그의 기술을 인정할 것이었다. 또한 그렇게 되면 슬프게도 그는 그를 내려다보는 사람들이나 이해하지도 못하면서 칭찬하는 사람들이 아니라, 그에 대한 적개심에도 불구하고 그의 용기와 기술을 인정해 줄 적들로부터 가장 깊은 의미를 끌어내게 될 것이었다.

그는 소들이 메마른 갈색 땅에 선사 시대 같은 이상한 그림자들을 드리우는 것을 보고 한숨을 쉬었다.

"그냥 편히 생각하게." 노인이 위로했다. "저 아이가 오래 걸리지는 않을 거야. 비행기라면 사족을 못 쓰니까."

"기다릴 수 있습니다." 그가 말했다.

"이것은 어떤 비행기인가?"

"고급 훈련기라고 합니다." 그는 노인이 미소를 짓는 걸 보며 말했다. 지면에 가까운 날개를 만지는 그의 손가락을 보니 마디진 검은 나무가 금속에 닿는 것 같았다.

"얼마나 빨리 날 수 있지?"

"한 시간에 320킬로미터요."

"와! 너무 빨라서 움직이는 것 같지 않겠군!"

그는 몸이 굳어진 채 비행복의 지퍼를 열었다. 그늘이 사라지고 없어서 그는 불구덩이 속에 누워 있는 것 같았다.

"내가 안을 좀 봐도 되겠나? 늘 궁금했거든……"

집으로 날아가다

"마음대로 하세요. 다만 아무것도 건들지 마세요."

그는 그가 끙끙거리며 위로 올라가는 소리를 들었다. 이제 질문이 쏟아질 것이었다. 대답하기 위해서는 생각하지 말아야 했다…….

그는 노인이 어린애처럼 눈을 빛내며 조종석 안을 들여다보는 것을 보았다.

"이런 것들을 다 조종하려면 엄청나게 많이 알아야겠네."

토드는 그가 내려와서 옆에 무릎을 꿇는 것을 보면서 아무 말도 하지 않았다.

"그런데 자네는 왜 하늘을 날고 싶었나?"

그것이 세상에서 가장 의미 있는 행동이기 때문이죠…… 그것이 당신과 나를 다르게 만들기 때문이죠. 그는 속으로 이렇게 생각했다.

그러나 이렇게 말했다. "좋아서 그랬던 것 같아요. 제가 알기론 그것이 싸우다가 죽는 좋은 방법이니까요."

"그래? 자네 말이 맞을 것 같네." 노인이 말했다. "그런데 얼마나 오랫동안 그들이 자네가 싸우도록 내버려 둘 것 같은가?"

그는 긴장했다. 그것은 모든 흑인이 하는 질문이었다. 그들은 똑같은 소심한 희망과 염원을 갖고 그런 질문을 했다. 그런데 그것은 그가 비행을 처음 했을 때 비행기 밑에서 느꼈던 것보다 더 큰 공허를 느끼게 했다. 그는 현기증을 느꼈다. 불현듯 그 대화에 뭔가 불길한 게 있으며, 그가 안전하지 못한 미지의 영역으로 자기도 모르게 날아들고 있는 듯한 느낌이 들었다. 그를 도와주려고 하는 이 노인에게 입 좀 닥치라고 하면서 무례하게 굴 수 있으면 좋겠다 싶었다.

"하나는 확실하군……."

"뭐가요?"

"내려올 때 굉장히 무서웠겠어."

그는 대답하지 않았다. 노인은 뒤를 따르는 개처럼 그에게서 두려움의 냄새를 맡고 있는 것 같았다. 속이 부글부글 끓었다.

"자네 때문에 엄청 놀랐네. 곤두박질을 치는 말처럼 자네가 저것을 타고 이리저리 구르고 뒤뚱거리며 내려오는 것을 보고, 자네는 끝났다고 생각했지. 나는 뇌경색이 올 뻔했네!"

그는 노인이 웃고 있는 걸 보았다. "가만있자, 오늘 아침에 이 주변에서 일어나고 있는 일들을 생각해 보니 다 그렇네."

"무슨 일인데요?" 그가 물었다.

"우선, 백인 두 명이 그레이브스 씨의 사촌 루돌프 씨를 찾으러 왔었네. 나는 바로 걱정이 됐지."

"왜요?"

"왜냐고? 그가 정신 병원에서 탈출한 사람이니까 그렇지. 누군가를 죽일 위험이 있거든." 그가 말했다. "그들이 그를 지금쯤 잡았어야 해. 그런데 자네가 온 거야. 처음에는 백인일 거라고 생각했지. 그런데 자네가 거기에서 튀어나오지 뭔가. 젠장, 나는 자네 같은 사람에 대해 들은 적은 있지만 직접 본 적은 없거든. 그런데 나처럼 생긴 사람이 비행기 안에 있는 것을 보고 내 기분이 어땠겠는가!"

노인의 말이 이어졌다. 그 소리가 날아가는 비행기 몸체 위로 흐르는 공기처럼 토드의 생각 주변으로 흐르고 있었다. 그는 비행기가 떨어지기 직전에 보았던, 도시 너머의 광고판에 비치던 강렬한 햇살과 어떤 아이가 날리던 청색 연을 떠올리며 자신이 바보 같다고 생각했다. 낯설고 이상한 모양의 꽃처럼 생긴 연이 바람에 부드럽게 날리고 있었다. 그도 언젠가 그런 연을 날린 적이 있었다. 그래서 보이지 않는 실의 끝에 있을 아이를 찾아 보려고 했다. 그러나 그러기에는 그가 너무 높이, 너무 빨리 날고 있었다. 그는 환희에 차 가파르게 올라갔다. 너무 가파르게 올라간 것 같았다. 맨 처음 배우는 규칙 중 하나는 추력(推力)의 각이 너무 가파르면 비행기가 강하한다는 것이다. 그런데 그때 그것에서 빠져나와 내려오기 전에 대머리수리 때문에 돌연한 공포에 빠졌다. 빌어먹을 대머리수리 같으니!

"그런데 유리에 무슨 피가 그렇게 묻은 건가?"

"대머리수리 때문이에요." 그는 비상 탈출구에 대머리수리의 피와 깃털이 범벅이 되었던 것을 떠올리며 말했다. 그것은 마치 그가 피와 어둠의 폭풍 속으로 날아든 것만 같았다.

"아이코, 그렇군! 그것들이 이 근방에는 많지. 죽은 것들을 먹으니까 말이야. 살아 있는 것은 안 먹거든."

"조금만 더 그랬다가는 저를 먹었겠네요." 토드가 잔인하게 말했다.

"그것들이 운이 좋았던 거지. 테디는 그것들을 짐크로[2]라고 부른다네."

---

2) 흑인을 비하하는 검둥이(nigger)와 흡사한 말이다.

"딱 맞는 이름이네요."

"빌어먹을 놈의 새들이야. 언젠가 병이 든 것처럼 뻗어 있는 말을 보고 내가 소리쳤지. '일어나!' 그냥 확인하기 위해서였다네! 그런데 말일세, 젠장, 짐크로 두 마리가 말 안쪽에서 나와 날아오르는 게 아니겠나! 정말일세! 그놈들은 햇빛을 받아 바비큐를 먹은 것처럼 번들번들하더군!"

토드는 토할 것 같았다. 메스꺼웠다.

"어르신이 지어낸 얘기겠죠." 그가 말했다.

"아닐세! 꼭 자네가 본 것처럼 보았다니까."

"그럼, 그걸 본 게 어르신이었다는 게 다행이네요."

"이보게, 자네는 이곳에서 우스운 것들을 많이 볼 걸세."

"아니요, 어르신이나 보시죠." 그가 말했다.

"그런데 이곳 백인들은 자네 같은 친구들이 하늘을 나는 것을 좋아하지 않을 걸세. 그들이 자네를 괴롭히던가?"

"아뇨."

"그들은 그러고 싶을 걸세."

"누군가는 늘 누군가를 괴롭히고 싶어 하죠." 토드가 말했다. "어르신이 그걸 어떻게 알죠?"

"그냥 아네."

"그런데요," 그가 방어적으로 말했다. "아무도 우리를 괴롭히지 않았어요."

그가 눈길을 돌려 허공을 쳐다볼 때 피가 귀로 몰렸다. 그는 하늘에 있는 검은 반점을 보고 긴장하며, 확실히 보이지 않는 그것이 무엇인지 확인하려고 애썼다.

"어르신, 저게 뭐 같아 보여요?" 그가 흥분해서 물었다.

"또 다른 불행일세."

그때 그는 날개가 움직이는 모습을 보며 실망했다. 그것은 날개를 펴고 꼬리 깃털로 공기를 차며, 부드럽고 빠르게 내려와 푸른 나무들 속으로 사라졌다. 그것은 그가 상상했던 새 같았다. 이제는 창백한 하늘을 배경으로 비스듬한 소나무 가지들만 보였다. 그는 누워서 거의 숨도 안 쉬고 그것이 사라진 곳을 응시했다. 혐오감과 선망이 마음속에서 교차했다. 어째서 그들을 그렇게 혐오스럽게 생기게 만들고 그렇게 잘 날도록 해 놓았을까? 내가 천국에 있는 것만 같았지. 그는 그 소리에 깜짝 놀랐다.

노인이 짧은 수염이 난 턱을 문지르며 껄껄 웃고 있었다.

"뭐라고 하셨어요?"

"내가 죽어서 천국에 간 것 같았네……. 그런데 내가 그 얘기를 끝낼 때쯤이면 그들이 자네를 찾아올지 모르지."

"그랬으면 좋겠네요." 그가 지친 듯 말했다.

"자네들은 둘러앉아 서로 거짓말을 주고받고 그러는가?"

"자주 그러지는 않습니다. 이것이 거짓말인가요?"

"잘 모르겠네. 내가 죽었을 때 일어난 일이니까."

노인이 말을 멈췄다. "그러나 대머리수리 얘기는 거짓말이 아니었네."

"알겠습니다." 그가 말했다.

"천국에 대해 듣고 싶은가?"

"네." 그는 머리를 팔에 기대며 대답했다.

"천국에 가니 나한테 날개가 돋기 시작했네. 2미터쯤 되는 날개가 말일세. 하얀 천사들의 몸에 난 것 같은 날개였네. 나는 믿을 수 없었네. 너무 좋아서 혼자 구름 위로 가서 날개를 시험해 보았네. 처음부터 나를 우습게 만들고 싶지 않아서 그랬네……."

옛날얘기로군. 토드는 생각했다. 오래전에 들었던 얘기. 잊고 있었던 얘기. 그러나 적어도 그 얘기를 듣는 동안에는 대머리수리 얘기를 듣지 않아도 될 터였다.

그는 눈을 감고 들었다.

"……내가 처음에 한 일은 낮은 구름 위로 올라가 뛰어내린 것이었네. 날개가 말을 듣지 않으면 큰일이지 싶었거든! 나는 처음에는 오른쪽 날개를 움직여 보고 다음에는 왼쪽 날개를 움직여 보았네. 그리고 다음에는 둘 다 움직여 보았네. 원, 세상에, 내가 사람들 사이에서 움직이기 시작했네. 그들에게 나의 그런 모습을 보여 준 거지……."

그는 노인이 팔로 나는 몸짓을 하는 것을 보았다. 그의 얼굴은 상상 속의 군중을 그리며 이것은 신문에 날 거야라고 생각하는 것처럼 자부심이 어린 표정이었다. 노인의 말이 이어졌다. "……그렇게 가 보니까 흑인 천사들이 있더라고. 나는 진짜 흑인 천사를 볼 때까지는 내가 천사라는 것을 믿지 않았거든. 정말일세! 그때부터 나는 확신을 갖게 되었지. 그런데 그들은 흑인들이 비행할 때는 특별한 종류의 기구를 착용해야 한다면서 나한테 내려와 보라고 하더군. 그래서 그들이 날지 않고 있었던 거야. 그래서 흑인으로서 그런 기구를 착용하고 날기 위해서는 훨씬 더 강해야 했던 거지……."

토드는 얘기가 다른 방향으로 가고 있다고 생각했다. 꿍꿍이가 뭐지?

"그래서 나는 속으로 기구에 대해서는 신경 쓰지 않겠다고 생각했네. 안 되고말고! 하느님이 날개를 돋아나게 했다면, 그게 누구든 우리의 비행을 방해하는 것을 착용하도록 강요하지 못하게 해야 할 게 아니겠나. 그렇게 나는 날 준비를 했네. 젠장." 그는 껄껄 웃으며 눈을 반짝였다. "그래서 나는 나 제퍼슨이 다른 사람들처럼 잘 날 수 있다는 것을 모두가 알 수 있도록 해야 했어. 나도 새처럼 부드럽게 날 수 있었어! 곡예비행까지 할 수 있었어. 나는 기다란 흰옷이 발목까지 내려와 있도록 하기만 하면 되었어……."

토드는 마음이 불편했다. 그는 그 농담에 웃고 싶었지만, 그의 몸이 독자적인 의지를 가진 것처럼 그러기를 거부했다. 어렸을 때 어머니가 준 설탕을 입힌 알약을 씹었던 것 같은 느낌이었다. 어머니는 그가 끔찍한 맛을 없애려고 애쓰는 모습을 보고 웃었었다.

"……그런데 말일세," 노인의 말이 이어졌다. "속도를 내기 전까지는 잘했지. 그런데 강한 바람을 타면 아주 빨리 날 수 있다는 것을 내가 알게 된 거야. 온갖 종류의 곡예비행을 할 수 있었지. 나는 별들을 향해 날아가다가 다시 곤두박질쳐 내려오고 달 주변으로 날아가기도 했지. 젠장, 하얀 천사들을 기겁하게 만드는 게 너무 좋더라고. 난리법석을 떨었지 뭐야. 물론 무슨 해를 끼치려는 건 아니었어. 그냥 기분이 좋더라고.

246

내가 마침내 자유로워졌다는 것을 아니까 너무 좋았어. 그런데 우연히 어떤 별들의 끝을 건드리게 되었어. 그랬더니 그들 말로는 그것이 이곳 메이컨 카운티에 폭풍을 일으키고 두어 건의 린치 사건을 일으켰다는 거야. 나는 그 친구들이 만들어낸 거짓말을 믿었다니까……."

그는 나를 조롱하고 있다. 토드는 속이 부글부글 끓었다. 그는 이게 농담이라고 생각한다. 나를 향해 이죽거리면서 말이야……. 그는 목이 탔다. 그는 시계를 바라보았다. 대체 왜 그들은 오지 않는 거지? 왔어야 하는데 왜 안 오지? 어느 날 나는 하늘의 거리에서 하강하고 있었지. 토드는 생각했다. 너 스스로 그렇게 한 거야. 고래 배 속에 갇힌 요나처럼 말이지.

"모두의 얼굴에 깃털을 흩날리면서 말일세. 베드로 성인이 나를 불러 말씀하시더군. '제퍼슨, 두 가지만 묻겠다. 왜 기구를 착용하지 않고 나는 거냐? 어떻게 그렇게 빨리 나는 거냐?' 그래서 나는 방해가 되니까 기구를 착용하지 않고 날아다닌다고 말씀드렸지. 그리고 하나의 날개만 사용해서 그렇게 빨리 날 수는 없었다고 말씀드렸지. 그러니까 베드로 성인이 이렇게 물으시더군. '날개 하나만 갖고 날아다녔다는 건가?' 나는 무서워서 '네.'라고 대답했네. 그러자 이렇게 말씀하시더군. '너한테는 훌륭한 양 날개가 있으니 당분간 기구 없이 날아다니도록 해라. 그러나 지금부터는 속도가 너무 나니까 날개 하나만으로 날면 안 된다.'"

젠장, 썩은 이빨이 가득한 입으로 말은 되게 많네. 토드는 생각했다. 그 아이가 어떻게 됐는지 가 보라고 할까? 땅이 너무 딱딱해 몸이 아팠다. 그는 몸을 틀려고 하다가 발목을 삐었다. 그는 입에서 신음이 터져 나오는 게 너무 싫었다.

"더 나빠지고 있는 건가?"

"발목을 삐었습니다." 그가 신음했다.

"그것에 대해 생각하지 않으려고 노력하게. 나라면 그렇게 하겠네."

그는 다시 이어지는 단조로운 목소리에 불편함이 더해졌다. 그는 입술을 깨물며 고통을 참았다. 제퍼슨은 상상에 사로잡혀 있는 것 같았다.

"……그런 일을 겪고 나서 나는 천천히 천국을 돌고 있었네. 그러나 나는 흑인들이 그러하듯 깜박 잊고 한쪽 날개만으로 날고 있었네. 이번에는 부러진 팔을 쉬게 하고 있었네. 그래서 악마를 창피하게 만들 정도로 빠르게 날고 있었네. 너무 빨리 날고 있었던 거네. 그래서 다시 베드로 성인한테 불려 갔지. 베드로 성인이 말했네. '제프, 내가 속도에 대해 경고하지 않았더냐?' 나는 이렇게 대답했네. '맞습니다, 하지만 이번에는 우연이었습니다.' 그는 슬픈 표정으로 나를 바라보더니 고개를 저었네. 나는 내가 끝났다는 것을 알았지. 그가 말했네. '제프, 너와 그 속도가 천국 공동체에는 위험하다. 내가 너를 계속 날도록 놓아둔다면 천국에는 소란밖에 없을 거야. 제프, 너는 이제 떠나야 해!' 이보게, 나는 그 백인 노인을 잡고 얘기도 하고 애원도 했네. 아무 소용이 없더군. 그들은 곧장 나를 아름다운 천국문으로 데려가더니 낙하산과 앨라배마주 지도를 주더군……"

토드는 그가 말을 할 수 없을 정도로 껄껄 웃는 소리를 들었다. 그들 사이에 장막이 드리워지고 그의 치욕감이 불처럼 활활 타올랐다.

"잠시 얘기를 멈추는 게 좋겠어요." 그가 비현실적으로 느껴지는 목소리로 말했다.

"아니, 별로 안 남았네." 제퍼슨이 웃었다. "그들이 낙하산을 줄 때, 베드로 성인이 나한테 가기 전에 할 말이 있느냐고 묻더군. 너무 기분이 나빠서 나는 그를 거의 쳐다볼 수가 없었네. 특히 백인 천사들이 주변에 있는 상황에서 말이야. 그런데 누군가가 웃지 뭔가. 열받더군. 그래서 이렇게 얘기했지. '당신은 내 날개를 가져갔습니다. 그리고 여기에서 나를 내쫓습니다. 이런 것들은 당신 소관이니까 나는 그것에 관해 아무것도 할 수 없습니다. 그러나 당신은 내가 여기에 있는 동안 천국이 지금까지 본 사람 중 가장 뛰어난 비행사였다는 것만은 인정해야 합니다.'"

다시 웃음이 터지자 토드는 거대한 폭력의 분출만이 그것을 씻어 낼 것 같은 치욕감을 느꼈다. 안에 있는 뭔가를 강제로 쏟아 내는 것처럼 노인을 흔들어 놓은 웃음은 비행기의 복잡한 기계 장치마저도 바꿔 놓을 수 없는 죄의식의 물결을 그의 내부에 일으켰다. 그는 소리를 질렀다. "왜 이런 식으로 나를 비웃는 겁니까?"

그 순간, 그렇게 말하는 자신이 싫었지만 그는 이성을 잃었다. 그는 제퍼슨의 입이 벌어지는 것을 보았다. "그게 무슨……?"

"대답하세요!"

그의 관자놀이가 터져 버릴 것처럼 피가 뛰었다. 그는 노인을 붙잡으려고 하다가 넘어지며 소리를 질렀다. "그들이 우리를 날지 못하게 하는데 내가 어쩔 수 있습니까? 우리는 죽은 말 고기를 먹는 대머리수리들인지 모르지만, 독수리가 되는 희망을 가질 수는 있지 않습니까? 안 그렇습니까?"

그는 기진맥진해 뒤로 넘어졌다. 발목이 너무 아팠다. 침이 짚으로 변하기로 한 듯 입이 바짝 탔다. 힘이 있었다면 노인의 목을 졸라 죽였을 것이다. 웃고 있는 백발의 광대를 보자 그는 활주로에서 백인 상급자들이 지켜볼 때 느꼈던 것과 흡사한 감정을 느꼈다. 그러나 이 노인에게는 힘도 없고 위세도 없고 지위도 없고 기술도 없었다. 그에게서 이처럼 끔찍한 감정을 없애 줄 수 있는 것은 아무것도 없었다. 그는 혼란스러운 감정을 표현하려고 애쓰는 그의 얼굴을 지켜보았다.

"이보게, 그게 무슨 말인가? 지금 무슨 얘기를 하는 건가……?"

"저리 가세요. 백인들한테나 그런 얘기 해 주세요."

"나는 그런 뜻이 아니었네…… 나는…… 나는 자네 감정을 상하게 하려고 한 것이 아니었네……"

"부탁입니다. 저리 가세요!"

"이보게, 진짜야. 그럴 의도가 아니었네."

토드는 오싹한 느낌에 몸을 떨며, 자기가 보았던 조롱의 흔적을 제퍼슨의 얼굴에서 찾아 보려고 했다. 그러나 노인의 얼굴은 침울하고 조용하고 늙어 보였다. 그는 혼란스러웠다. 웃음소리가 있었는지조차 확신할 수 없었다. 제퍼슨이 평생 웃은 적이 있는지조차 확신할 수 없었다. 그는 제퍼슨이 손을 뻗어 그의 몸에 손을 대려고 하자 몸을 움츠렸다. 지금 그의 시야를 흔들리게 만드는 고통을 제외하면 아무것도 현실 같지 않았다. 어쩌면 모든 것이 상상인지도 몰랐다.

"이보게, 이런 걸로 우울해하지 말게." 생각에 잠긴 목소리였다.

그는 제퍼슨이 지친 듯 한숨을 쉬는 소리를 들었다. 말할 수 있는 것 이상으로 뭘 느끼는 것 같았다. 고통만을 남기고 그의 분노가 잦아들었다.

"죄송합니다." 그가 중얼거렸다.

"자네는 너무 아파서 지친 것뿐이네……."

그는 희미한 미소를 띠고 그를 바라보았다. 잠시 그는 당황스러운 이해의 침묵이 날개를 치는 것을 느꼈다.

"이보게, 이쪽으로 비행하며 뭘 하고 있었는가? 그들이 자네를 까마귀로 오인하고 총을 쏘지나 않을지 두렵지 않았나?"

토드는 긴장했다. 다시 그를 조롱하는 걸까? 그러나 어느 쪽인지 결정하기도 전에 고통이 엄습했다. 그는 그들 사이에 내려온 고통의 장막 뒤에 차분히 누워, 처음으로 비행기를 보았던 때를 떠올렸다. 그것은 마치 기억의 항공 기지 안에 있는 끝없이 이어진 격납고들이 열리고, 벌집에서 나오는 꿀벌 새끼처럼 거기에서 비행기에 대한 기억이 나오는 것 같았다.

나는 비행기를 처음 보았을 때 아주 어렸다. 비행기는 새로운 것이었다. 나는 네 살 반이었다. 내가 그때까지 본 유일한 비행기는 주 박람회의 자동차 전시회장 천장에 매달려 있던 것이었다. 그러나 나는 당시 그것이 모형이라는 것을 알지 못했다. 나는 진짜 비행기가 얼마나 큰지, 얼마나 비싼지 알지 못했다. 나에게 그것은 그 자체로 매혹적인 장난감이었다. 나의 어머니는 그것이 부자 백인 아이들이나 가질 수 있는 장난감이라고 했다. 나는 그 자리에 서서 넋을 잃고, 번쩍이는 자동차들 위에서 호를 그리는 작은 회색 비행기를 고개를 뒤로 젖히고 바라보았다. 그리고 나는 가난하든 부자든, 저런 장난감을 갖고 말겠다고 다짐했다. 어머니가 나를 전시장에서 끌고 나와야 했다. 회전목마도, 대관람차도, 경주용 말들도 나의 관심을 끌 수 없었다. 나는 비행기가 내는 희미한 소리를 입으로 흉내 내고, 비행기가 날 때 빠르게 회전하는 움직임을 손으로 흉내 내느라 정신이 없었다.

그 후로 나는 뒤뜰에 있던 나무들을 갖고 마차나 자동차를 만드는 일을 더 이상 하지 않게 되었다……. 이제 그것은 비행기를 만드는 데 사용되었다. 나는 복엽 비행기를 만들었다. 판자를 이용하여 날개를, 작은 상자로는 기체를, 나뭇조각으로는 방향타를 만들었다. 박람회에 갔다 온 것이 나의 작은 세계에 전적으로 새로운 것을 가져다주었다. 나는 어머니에게 박람회가 언제 다시 열리냐고 계속 물었다. 나는 잔디에 누워 하늘을 바라보며, 날아가는 새가 날아오르는 비행기라고 생각했다. 일 년이 걸리더라도 비행기를 다시 보면 너무 좋을 것 같았다. 나는 비행기에 대한 질문으로 모두를 귀찮게 했다. 그러나 비행기는 노인들에게도 새로운 것이었다. 그들이 나에게 얘기해 줄 수 있는 것은 거의 없었다. 삼촌만이 몇 개의 답을 알고 있었다. 더 좋은 것은 그가 나무를 깎아 프로펠러를 만들 수 있었다는 것이다. 그것은 기름을 친 못에 고정되어 바람 속에서 덜거덕거리며 빠르게 돌아갔다.

나는 무엇보다도 비행기를 원했다. 그것은 고무 타이어가 달린 붉은색 마차보다도, 열차들을 끌고 도로를 달리는 기차보다도 내가 더 원하는 것이었다. 나는 거듭 어머니에게 물었다.

"엄마?"

"왜 그러니?"

"엄마, 이런 질문 하면 화내실 거예요?"

"뭔데 그래? 바보 같은 질문에 대답해 줄 시간이 없다. 뭐니?"

"엄마가 저한테 하나만 구해 주면……."

"뭘 구해 달라고?"

"엄마도 알잖아요. 제가 계속 구해 달라고……."

"얘야, 엉덩이 맞기 싫으면 뭔지 빨리 얘기해 봐. 그래야 나도 내 할 일을 할 수 있을 거 아니냐."

"아, 엄마도 알잖아요……."

"내가 방금 뭐라고 했냐?"

"제 말은 비행기 하나만 사 달라는 거예요."

"비행기라고! 너, 미쳤냐? 어리석은 소리 하지 말라고 몇 번이나 얘기했냐. 너무 비싸다고 했잖아. 자꾸 조르다가는 맞는다!"

그렇다고 그것이 나를 멈추게 하지는 못했다. 며칠 후 나는 또 졸랐다.

그러던 어느 날 이상한 일이 일어났다. 봄이었다. 무슨 이유에선지 나는 아침 내내 초조하고 불안했다. 아름다운 봄이었다. 뒤뜰에서 맨발로 놀면서 봄을 느낄 수 있었다. 가시가 많은 거무스름한 회화나무에는 향기로운 흰 포도송이처럼 꽃들이 달려 있었다. 나비들이 이슬을 머금은 새로 돋은 잔디 위에서 햇살을 받으며 날고 있었다. 내가 버터를 바른 빵을 가지러 집 안에 들어갔다 나올 때였다. 익숙하지 않은 낮은 소리가 들렸다.

전에 들어 본 적이 없는 소리였다. 나는 소리가 나는 곳을 찾아 보려고 했다. 소용이 없었다. 그것은 내가 아버지의 시계를 찾다가 보이지 않지만 방 안 어딘가에서 째깍거리는 소리를 들었던 것과 같은 느낌이었다. 그것은 내가 어머니가 시킨 일을 잊어버린 것 같은 느낌이었다……. 그때 나는 그 소리가 머리 위에서 난다는 것을 알았다. 100미터쯤 떨어진 곳에서 아주 낮게 날고 있는 비행기였다! 그것은 너무 천천히 다가와서 거의 움직이지 않는 것 같았다. 나의 입이 크게 벌어졌다. 버터를 바른 빵이 내 손에서 땅으로 떨어졌다. 나는 펄쩍펄쩍 뛰며 환호하고 싶었다. 어떤 백인 아이의 비행기가 날아오고 있었다. 손을 뻗기만 하면 그것은 내 것이 될 터였다. 문득 이런 생각이 들자 흥분감으로 몸이 떨렸다. 그것은 박람회에서 본 것과 같은 작은 비행기였다. 그것은 우리 집 지붕의 처마 높이로 날고 있었다. 나는 그것이 천천히 다가오는 것을 보며 기대감으로 세상이 따뜻해지는 것을 느꼈다. 나는 방충망 문을 열고 그 위로 올라가 매달려 기다렸다. 나는 비행기가 오다가 빠르게 내려올 때 누가 보기 전에 그것을 잡아 집 안으로 후다닥 갖고 들어갈 셈이었다. 그러면 아무도 그것을 자기 것이라고 우기지 못할 터였다. 비행기가 점점 더 가까이 오는 소리가 들렸다. 그것이 바로 내 위의 허공에 은색 십자가처럼 떠 있을 때, 나는 손을 뻗어 잡으려고 했다. 그것은 비눗방울처럼 나의 손가락을 스치는 것 같았다. 그런데 비행기는 내가 그것을 향해 입김을 불기라도 한 것처럼 계속 날아갔다. 나는 미친 듯이 손을 뻗어 꼬리를 잡으려고 했다. 손가락에는 공기가 잡힐 따름이었다. 실망감에 나의 목구멍이 굳고 팽팽해졌다. 나는 마지막으로 그것을 한번 잡아 보려고 앞으로 몸을 기울였다. 방충망 문을 잡은 나의 손이 미끄러졌다. 나는 땅바닥으로 심하게 굴러떨어졌다. 나는 발꿈치로 땅을 찼다. 숨이 돌아왔을 때, 나는 누워서 고함을 치고 있었다.

나의 어머니가 문을 열고 급히 나왔다.

"무슨 일이냐, 얘야! 대체 무슨 일이야?"

"가 버렸어요! 가 버렸어요!"

"뭐가?"

"비행기요······."

"비행기라고?"

"네, 박람회에서 봤던 것과 똑같은 거였어요····· 제가····· 제가 잡으려고 하는데 계속 갔어요······."

"언제?"

"방금요." 나는 울면서 소리쳤다.

"어느 쪽으로 갔는데?"

"저쪽으로요······."

내가 손가락으로 사라지는 비행기를 가리키자, 그녀는 두 손을 허리춤에 대고 하늘을 훑어보았다. 그녀가 두른 체크무늬 앞치마가 바람에 펄럭였다. 마침내 그녀가 나를 내려다보며 천천히 고개를 저었다.

"가 버렸어요! 가 버렸어요!" 나는 울었다.

"너는 바보니?" 그녀가 말했다. "장난감 비행기 말고 진짜 비행기가 있다는 것을 모르니?"

"진짜요······?" 나는 울음을 멈췄다. "진짜라고요?"

"그래, 진짜. 네가 잡으려고 했던 것이 자동차보다 크다는 것을 모르니? 여기에서 그것을 잡으려고 하다니. 비행기는 우리 지붕에서 300킬로미터쯤 떨어진 높이에서 나는 거야." 그녀는 나를 한심하다고 생각했다. "네가 얼마나 바보인지 다른 사람이 보기 전에 집 안으로 들어오거라. 너는 네 팔이 어마어마하게 길다고 생각하는 모양이구나······."

나는 집 안으로 끌려 들어가서 옷을 벗고 침대에 누웠다. 의사를 부르는 모양이었다. 나는 아파서도 울었지만 비행기가 잡을 수 없는 거리에 있다는 실망감에 비통해서 울었다.

의사가 왔을 때 나는 어머니가 비행기 얘기를 하면서 내 정신에 무슨 문제가 있는 것은 아닌지 묻는 소리가 들렸다. 의사는 나한테 몇 시간 동안 열이 있었던 것 같다고 설명했다. 나는 일주일 동안 침대에 누워 있었지만 꿈속에서 계속 비행기를 보았다. 비행기는 나의 손가락 바로 위로 날아갔다. 너무 천천히 날아가서 거의 움직이지 않는 것 같았다. 그런데 그것을 잡으려고 할 때마다 놓쳤다. 꿈을 꿀 때마다 할머니가 경고하는 소리를 들었다.

얘야, 얘야
하느님과 씨름하기에는
네 팔이 너무 짧은 거야…….

"이보게!"

처음에 그는 자신이 어디 있는지 알지 못하고 흐릿해진 눈으로 노인이 가리키는 방향을 바라보았다.

"자네들 비행기 중 하나가 자네를 찾는 게 아닌가?"

흐릿했던 시야가 걷히자 작고 검은 물체가 먼 들판 위에서 무더위 속으로 솟아오르는 모습이 보였다. 그러나 그는 확신할 수 없었다. 그는 고통 속에서 프로펠러의 회전 날개에 의해 존재가 둘로 갈라지는 끔찍한 환상이 현실이 된 것은 아닐지 두려웠다.

"조종사가 우리를 볼 것 같나?"

"본다고요? 그랬으면 좋겠네요."

"박쥐처럼 다가오네!"

그는 용을 쓰며 모터의 희미한 소리를 듣고 곧 그것이 멈추기를 바랐다.

"기분이 어떤가?"

"악몽 같아요." 그가 말했다.

"저기 보게, 다른 쪽으로 방향을 틀었어!"

"우리를 봤을지 모르죠." 그가 말했다. "구급차와 지상 근무원을 보내려고 갔는지도 모르죠." 그는 낙담하며 생각했다. 우리를 보지도 않았을지 몰라.

"그런데 아이를 어디로 보낸 거예요?"

"그레이브스 씨한테 보냈지." 제퍼슨이 말했다. "이 땅 주인 말일세."

"그 사람이 전화를 했을까요?"

제퍼슨이 빠르게 그를 바라보았다.

"당연하지. 대브니 그레이브스 씨는 살인 사건 때문에 평판이 나쁘지만 그래도 전화는 해 줄 거야……."

"어떤 살인 사건요?"

"다섯 명에 관한…… 얘기 못 들었는가?" 그가 놀라며 물었다.

"네."

"대브니 그레이브스에 대해 모르는 사람은 없네. 특히 흑인들은 그렇다네. 우리를 충분히 죽였으니 말일세."

집으로 날아가다

토드는 자신이 어두워진 후에 백인 지역에 갇힌 것 같은 느낌을 받았다.

"그 사람들이 뭘 어쨌는데요?" 그가 물었다.

"그들은 자신들이 남자라고 생각하고 맞섰다네." 제퍼슨이 말했다. "나한테 그렇듯이 그는 그들 중 일부한테 빚이 있었네……."

"그렇다면 어르신은 왜 여기에 있나요?"

"자네도 흑인이잖아."

"그렇지만……."

"자네도 백인들 옆에서 살아야 하잖아."

그는 위안과 비난을 동시에 느끼며 제퍼슨의 눈으로부터 고개를 돌렸다. 그는 절망감을 느끼며 생각했다. 나도 곧 그들 옆에서 살아야 하겠지. 그는 눈을 감고 제퍼슨의 목소리를 들었다. 태양이 그의 눈꺼풀을 핏빛으로 물들였다.

"나는 갈 곳이 없네." 제퍼슨이 말했다. "내가 달아나면 그들이 쫓아올 걸세. 그러나 대브니 그레이브스는 웃기는 사람일세. 그는 늘 농담을 하지. 그는 아주 비열하게 굴 수 있지. 그런데 금방 돌아서면 백인들에게는 흑인들을 두둔하지. 나는 그가 그렇게 하는 것을 보았네. 그러나 나는 다른 것보다 바로 그것 때문에 그자가 싫네. 그자는 사람을 도와주는 데 싫증이 나면 그 사람에게 무슨 일이 일어나든 상관하지 않네. 그렇게 되면 돌같이 차가워지지. 그렇게 되면 다른 백인들이 그가 도와줬던 사람들을 두 배로 냉혹하게 대하지. 그에게는 그것이 농담일 뿐일세. 그는 자기 외에는 아무에게도 신경을 쓰지 않네……."

토드는 노인의 목소리에 무언가를 초월한 듯한 느낌이 있다는 것을 의식했다. 마치 그가 말들이 갖고 있는 파괴적인 의미를 피하려고 거리를 두고 그것들을 잡고 있는 것만 같았다.

"그는 사람에게 호의를 베풀자마자 돌아서서 목매달려 죽게 만든다네. 그래서 나는 그를 피하지. 여기에서는 그렇게 해야 한다네."

그는 생각했다. 발목이 당분간이라도 좀 편해졌으면 좋겠다. 땅에 더 가깝게 회전할수록 나는 더 검어진다. 이런 생각이 그의 마음속을 스치고 지나갔다. 땀이 눈으로 들어갔다. 머리가 이렇게 계속 어지러우면 비행기가 보이지 않을 것 같았다. 그는 제퍼슨을 쳐다보려고 했다. 제퍼슨이 손에 들고 있는 것이 무엇인지 보려고 했다. 그것은 작은 흑인, 또 다른 제퍼슨이었다! 다른 제퍼슨이 무심하게 쳐다보는 동안, 작은 흑인 제퍼슨은 몸을 흔들며 호탕하게 웃었다. 그런 다음 제퍼슨은 손에 들고 있는 것으로부터 고개를 들더니 무슨 말을 하려고 돌아섰다. 그러나 토드의 마음은 다른 곳에 가 있었다. 그는 오랫동안 잊고 있었던 어느 날, 어느 해의 기억으로 돌아가 있었다. 그때 그는 뜨겁고 메마른 땅에서 하늘을 바라보며 비행기를 찾고 있었다. 그는 이상하게도 어머니와 함께, 검은 얼굴들이 블라인드 뒤에서 바라보고 있는 텅 빈 거리를 걸어가고 있었다. 누군가 창문을 두드리고 있었다. 뒤돌아보니 겁에 질린 얼굴이 깨진 문에서 미친 듯이 손짓하는 모습이 보였다. 그의 어머니는 텅 빈 거리를 내려다보고 고개를 저으며 그를 재촉해 걸음을 서둘렀다. 그가 처음에 본 것은 번득이는 불빛이었다. 그런데 단조로운 엔진 소리가 들려왔다. 그는 눈부신 햇빛 사이로 번쩍이는 은빛 같은 것이 선회하는 모습을 보았다. 흰 연기 같은 것이 나오고 있었다. 그의 어머니가 소리를 질렀다. "얘야, 빨리 와. 저런 빌어먹을 비행기에 허비할 시간이 없다. 시간이 없어." 그는 그것을 두 번째로 보았다. 비행기가 높이 날고 있었다. 폭죽이 터져 옆으로 퍼지는 것처럼 흰 연기 같은 것이 갑자기 나타나더니 서서히 내려왔다. 그는 그 모습을 보며 걸음을 서둘렀다. 허공은 바람개비처럼 돌아가는 흰 카드들로 가득했다. 그것들은 바람을 타고 돌다가 지붕 위로 흩어지기도 하고 하수구로 떨어지기도 했다. 어떤 여자가 달려가서 카드 하나를 잡아서 읽더니 비명을 질렀다. 그는 겨울에 눈송이를 잡으려고 했던 것처럼 뛰어가서 하나를 잡았다. 그리고 어머니의 목소리를 듣고 다시 달려갔다. "빨리 와, 얘야! 빨리 오란 말이야!" 그는 어머니가 카드를 가져 떨리는 목소리로 읽을 때 그녀의 얼굴이 당혹스러운 표정으로 변하고 긴장하는 모습을 지켜보았다. "검둥이들은 투표장에 오지 마라." 어머니의 목소리는 공포에 질린 신음 소리로 바뀌었다. 그가 카드에서 본 것은 흰 후드를 뒤집어쓰고 눈구멍만 내놓은 채 그를 노려보고 있는 사람이었다. 하늘에서는 비행기가 불이 붙은 칼처럼 햇빛에 반짝이며 우아하게 나선형으로 올라가고 있었다. 그는 그것이 올라가는 것을 보면서 끔찍한 두려움과 무서운 매혹 사이에 갇혀 있었다.

이제는 해가 조금 내려갔다. 제퍼슨이 소리를 치고 있었다.

차츰 그는 세 사람이 구불구불한 들판을 가로질러 움직이는 모습을 보았다.

"모두 흰색을 입은 것을 보니 의사들 같군." 제퍼슨이 말했다.

토드는 마침내 그들이 오고 있다고 생각했다. 그러자 긴장이 갑자기 풀리면서 기절할 것 같았다. 그러나 그가 눈을 감자마자 누군가가 그의 몸을 붙들었다. 그는 자신의 팔을 외투 같은 것 속으로 억지로 집어넣으려 하는 세 명의 백인 남자와 실랑이를 벌였다. 팔을 움직이지 못하게 옆구리에 고정하다니, 그것은 너무 심했다. 그의 눈이 고통으로 활활 탔다. 그는 그것이 구속복이라는 것을 깨달았다. 대체 이게 무슨 일이지?

"이렇게 하면 고정될 겁니다, 그레이브스 씨." 누군가가 말하는 소리가 들렸다.

그들의 얼굴을 살필 때 그의 모든 에너지가 눈으로 모인 것처럼 보였다. 저 사람이 그레이브스구나. 다른 두 사람은 병원 가운을 입고 있었다. 그는 두려움과 증오감을 동시에 느꼈다. 그레이브스라 불리는 사람이 말하는 소리가 들렸다.

"그것을 입히니 이놈이 예뻐 보이네. 자네들이 와서 좋군."

"이 친구는 미친 게 아닙니다, 그레이브스 씨." 그들 중 하나가 말했다. "그에게는 우리가 아니라 의사가 필요해요. 어떻게 우리를 이곳에 오게 했는지 모르겠네요. 이게 당신에게는 농담일지 모르지만, 당신의 사촌 루돌프가 누군가를 죽일 수도 있어요. 백인이든 검둥이든 구별하지 않고 말이죠……."

토드는 그 남자가 분노로 얼굴이 빨개지는 것을 보았다. 그레이브스는 그를 내려다보며 껄껄 웃었다.

"이 검둥이한테도 구속복이 필요해. 나는 제프의 아들이 검 둥이 조종사에 대해 얘기할 때 바로 알아봤지. 검둥이가 높이 올라가면 미쳐 버린다는 것을 자네들도 알잖아. 검둥이의 뇌 는 높은 고도를 감당하지 못하게 돼 있어……."

토드는 점잔을 빼며 얘기하는 붉은 얼굴을 바라보며, 그가 지금까지 상상했던 말할 수 없는 모든 두려움과 지긋지긋한 것들이 앞에 나타난 것 같은 느낌을 받았다.

"데리고 갑시다." 근무자 중 하나가 말했다.

토드는 다른 사람이 그를 향해 손을 뻗는 것을 보고 자신 이 들것에 누워 있다는 것을 처음으로 깨달으며 소리쳤다.

"나한테 손대지 마요!"

그들은 놀라서 뒤로 물러났다.

"검둥이 새끼야, 너 뭐라고 했어?" 그레이브스가 물었다.

그는 대답하지 않았다. 그는 그레이브스의 발이 그의 머리 를 향한다고 생각했다. 그러나 그것은 그의 가슴으로 올라왔 다. 그는 거의 숨을 쉴 수 없었다. 그는 무력하게 캑캑거리기만 했다. 그레이브스의 입술이 누런 이빨 위로 팽팽해지고 있었 다. 그는 머리를 움직이려고 해 보았다. 반쯤 죽은 파리가 그 의 얼굴 위로 서서히 기어가는 것만 같았다. 폭탄이 그의 안 쪽에서 터지는 것 같았다. 뜨겁고 신경질적인 웃음이 걷잡을 수 없이 터지면서 눈이 튀어나올 것 같았다. 목에 있는 혈관 이 터질 것 같았다. 그런데 그의 일부는 그 모든 것 뒤에 서서 그레이브스의 붉은 얼굴에 나타난 놀라움과 자신의 히스테리를 지켜보고 있었다. 그는 결코 멈추지 못할 것 같았다. 그렇게 웃다가 죽을 것만 같았다. 그것이 그의 귀에는 제퍼슨의 웃음처럼 들렸다. 그는 그의 얼굴을 필사적으로 바라보았다. 마치 그가 말도 안 되는 모욕과 굴욕의 세계에서 자신의 유일한 구원이라도 된 것 같았다. 그러자 안도감이 느껴졌다. 그는 아직도 몸이 고통으로 뒤틀리고 있지만, 그의 귀에 소리가 더 이상 울리지 않는다는 사실을 갑자기 깨달았다. 그는 제퍼슨의 목소리를 감사한 마음으로 들었다.

"그레이브스 씨, 저 사람은 군대에서 비행기를 떠나지 말라는 지시를 받았답니다."

"이 검둥이 새끼야, 군대든 뭐든 내 땅에서 꺼지란 말이야! 저 비행기는 납세자들의 돈으로 산 거니까 여기에 있어도 돼. 그러나 너는 꺼져. 네가 죽든 살든, 나한테는 아무 차이가 없어."

토드는 이제 너무 고통스러워 무슨 일이 일어나는지 모르고 있었다.

"제프," 그레이브스가 말했다. "자네와 테디가 이걸 들어. 이 검둥이 새끼를 검둥이 비행장에 갖다 놔."

제퍼슨과 아이가 그에게 조용히 다가갔다. 그는 눈을 돌리며 그들만이 그를 압도적인 고립감으로부터 풀어 줄 수 있다는 것을 깨닫고 동시에 그것을 의심했다.

그들은 들것을 들려고 몸을 숙였다. 근무자 중 하나가 테디를 향해 움직였다.

"애야, 네가 들 수 있겠니?"

"들 수 있을 것 같아요." 테디가 말했다.

"그렇다면 네가 뒤에 가거라. 아버지가 앞에 가면서 저 사람의 다리를 올리게 말이다."

　그는 제퍼슨과 아이가 그를 침묵 속에서 들고 갈 때, 백인들이 앞에서 걷는 모습을 바라보았다. 그때 그들이 잠시 멈췄다. 그는 누군가의 손이 그의 얼굴을 닦아 주는 것을 느꼈다. 그의 몸이 다시 움직이고 있었다. 마치 그가 그의 고립감에서 들어 올려져 인간 세계로 다시 돌아온 것 같았다. 새로운 교감의 물결이 그 남자와 아이와 그 자신 사이에 흘렀다. 그들은 그를 부드럽게 들고 갔다. 멀리서 앵무새가 부드럽게 우는 소리가 들렸다. 그는 눈을 들어 대머리수리가 공중에 떠서 움직이지 않고 있는 모습을 보았다. 잠시 오후 전체가 정지된 것 같았다. 그는 공포가 다시 그를 사로잡기를 기다렸다. 그때 그는 자신의 머릿속에 있는 노래처럼, 아이가 부드럽게 콧노래를 흥얼거리는 소리를 듣고, 태양 속으로 검은 새가 미끄러져 들어가 불타는 황금색으로 빛나는 모습을 보았다.

작품 해설

나의 관심은 예술에 있다

랠프 월도 엘리슨(Ralph Waldo Elison)은 1913년 미국 남부 오클라호마주의 오클라호마시에서 태어났다. 문학을 좋아했던 아버지는 백인 작가 랠프 월도 에머슨의 이름을 따서 아들의 이름을 지었다. 인종 차별이 심한 남부에서 살던 흑인이 백인 작가의 이름을 따서 아들의 이름을 지었다는 게 다소 아이러니하지만, 아들이 에머슨처럼 훌륭한 작가가 되기를 바라는 순수한 의미에서였다. 안타깝게도 그는 아들이 불과 세 살이었을 때 사고로 세상을 떠났다. 평탄했던 가정은 소용돌이에 휘말렸다. 어머니 혼자서 두 아들을 키워야 했고, 엘리슨도 '버스 보이'라 불리는 서비스 보조원, 구두닦이, 호텔 웨이터, 치과 의사 보조 등을 하며 살림을 거들었다. 가난했지만 나름대로 평범한 삶이었고, 그는 반듯이 성장했다. 그는 아버지의 바람처럼 미국 문학사에 이름을 남긴 작가가 되었고, 조각가이자 음악가이자 문학 교수로서도 만족스러운 삶을 살았다. 그는 마음만 먹으면 어느 대학에서든 가르칠 수 있었고, 하버드 대학교에서 명예박사 학위를 받았으며, 린든 존슨 대통령과 로널드 레이건 대통령으로부터 미국 대통령 자유 훈장을 두 번이나 받았다.

엘리슨은 무엇보다도 음악을 좋아하는 사람이었다. 십 대 때부터 그랬다. 그는 이웃 친구의 아버지에게 트럼펫과 트롬본을 배웠고, 부커 T. 워싱턴이 세운 흑인 대학인 터스키기 대학교에 들어가서 음악을 전공했다. 음악은 그의 열정이고 꿈이었다. 그는 터스키기 대학교에서 음악을 전공하면서 문학 강의를 들었고, 시간 나는 대로 도서관에 가서 문학 작품을 읽었다. T. S. 엘리엇의 『황무지』를 읽으며 문학의 아름다움에 눈을 떴고 제임스 조이스, 거트루드 스타인, 토머스 하디, 표도르 도스토옙스키의 작품들을 읽어 나갔다. 특히 하디와 도스토옙스키의 소설에 나오는 반영웅, 즉 전통적인 의미의 영웅이 아니라 영웅과는 반대되는 인물에 끌렸다. 하디의 『이름 없는 주드』에 나오는 주드, 도스토옙스키의 『죄와 벌』에 나오는 라스콜니코프가 그러한 반영웅이었다. 이것은 오랜 후에 발표한 『보이지 않는 인간』에 나오는 반영웅으로 이어졌다.

그는 터스키기 대학교에서 학위 과정을 마치지 않고 1936년에 뉴욕으로 갔다. 마지막 학기 학비를 벌기 위해서였다는 말도 있고, 조각 공부를 위해서였다는 말도 있다. 여하튼 그는 거기에서 흑인 작가들의 비공식 대변인이라고 할 정도로 영향력이 컸던 시인 랭스턴 휴스를 만났고, 다른 유명 작가들과도 친분을 쌓았다. 그들 중에 소설가 리처드 라이트가 있었다. 그에게 소설을 쓰게 만든 사람이 라이트였다. 라이트는 그에게 자신이 편집자로 있던 잡지 《뉴 챌린지》에 소설을 써보라는 제안까지 했다. 그렇게 쓴 것이 「하이미의 경찰」이라는 단편 소설이었다. 비록 다른 원고들이 넘쳐서 게재되지는 못했지만 그 작품이 그의 첫 소설이었다. 교향곡 작곡가, 트럼펫 연주자, 조각가를 꿈꿨던 그는 그렇게 해서 문학 쪽으로 조금씩 이동해 갔다. 운명의 바람이 그의 등을 조금씩 문학 쪽으로 떠밀었다.

그의 명성은 1952년, 서른아홉 살 때 발표한 장편 소설 『보이지 않는 인간』한 권에 의존한다. 한 작품만으로 문학사에 자신의 이름을 남기는 것이 흔한 일이 아닌데, 그는 한 권의 소설로 그것을 해냈다. 어쩌면 그의 성취는 『호밀밭의 파수꾼』으로 미국 문학사에 자취를 남긴 J. D. 샐린저와 흡사하지만, 그래도 샐린저는 몇 권의 단편집을 생전에 출간했으니 엘리슨보다는 더 생산적인 편이었다. 엘리슨이 이후에 소설을 발표하지 않은 것은 미국 문학에 큰 손실이었다. 『보이지 않는 인간』이 1953년 전미 도서상을 수상하고 비평가들과 독자들로부터 열광적인 환영을 받았기에 더욱 그랬다. 1965년에 행해진 설문 조사에서 200여 명의 작가들과 비평가들과 편집자들은 『보이지 않는 인간』을 '2차 세계 대전 이후 최고의 소설'로 꼽았다. 샐린저, 솔 벨로, 노먼 메일러, 조지프 헬러, 플래너리 오코너, 블라디미르 나보코프, 존 치버, 유도라 웰티, 버나드 맬러머드 등과 같은 쟁쟁한 작가들의 작품들을 제쳐 두고, 발표한 소설이 고작 하나뿐인 작가의 작품을 최고의 소설로 뽑은 것이다. 자연히 그의 다음 소설에 대한 기대가 엄청났음은 물론이다.

그러나 그는 첫 소설을 발표하고 사십여 년을 더 살았지만, 끝내 두 번째 소설을 발표하지 않았다. 물론 『준틴스(Juneteenth)』라는 소설이 있긴 하지만, 그것은 그와 가까웠던 편집자 존 F. 캘러핸(John F. Callahan)의 손을 거쳐 사후에 출간된 것이어서 온전한 소설로 보기는 어렵다. 그가 후속작을 발표하지 않은 이유를 명확하게 알 길은 없지만, 첫 소설이 가져다 준 엄청난 성공과 비평적 찬사가 신예 작가인 그에게 큰 부담으로 작용했을 거라는 데 학자들은 의견을 같이한다. 첫 소설을 발표하며 받은 열광적인 평이 오히려 그를 마비시켰다는 것이다. 예술적인 측면에서 완벽주의자에 가까웠던 그가 첫 소설보다 예술적 완성도가 낮은 소설을 발표하는 것은 쉬운 일이 아니었다. 그러나 윌리엄 포크너나 어니스트 헤밍웨이 같은 작가들이 전성기에 못 미치지만 충분히 의미 있는 소설들을 후기에 계속 발표했다는 사실을 고려하면, 그가 하나의 소설만 발표하고 세상을 떠났다는 것은 안타까운 일이 아닐 수 없다. 여하튼 그는 『보이지 않는 인간』 하나로 고전 작가의 반열에 올랐다. 다행히 그는 문학과 인종 등을 비롯한 다양한 주제들에 관한 생각들을 많은 인터뷰나 에세이를 통해 밝혔다. 그것들이 지식인 작가로서의 그의 위상을 공고히 했음은 물론이다. 그의 문학 세계를 이해하려면 『보이지 않는 인간』뿐 아니라 그의 에세이나 인터뷰를 참조해야 하는 것은 이러한 이유에서다.

보통의 작가들은 같은 민족이나 인종이 불의를 당하면 거기에 맞서 싸우려 하고, 공동체도 그들에게 함께 싸워 주기를 기대한다. 제삼 세계 작가들의 작품은 고발과 저항의 서사로 흐르는 경향이 있다. 그들은 어떤 의미에서 억압받는 민중의 대변인 역할을 요구받고, 또 그 역할을 자신의 책무로 생각한다. 그러다 보니 저항 정신이 예술성에 우선하는 경향이 있다. 미국 흑인 작가들의 작품에 고발이나 저항 정신이 중심에 있는 것은 이러한 이유에서다. 엄밀히 말해 미국 흑인 작가들을 제삼 세계 작가로 분류하는 것은 미국이 제일 세계에 속하는 나라이기에 다소 모순된 생각이지만, 흑인들이 미국에서 경험하는 억압과 폭력의 본질이 제삼 세계 민중이 경험하는 억압과 폭력과 별로 다르지 않다는 점에서 흑인 문학과 제삼 세계 문학은 본질적으로 크게 다르지 않다. 그들이 아프리카에서 짐승처럼 포획되어 대서양을 건너 아메리카 대륙으로 이송된 노예들의 후손이라는 사실을 고려하면 더욱 그렇다. 이제는 흑인들이 더 이상 노예 신분이 아니지만, 노예 해방 이후에도 그들에 대한 차별은 계속되었고 21세기가 된 지금도 현재 진행형이다. 엘리슨이 『보이지 않는 인간』을 발표한 1950년대에는 더욱 그랬다. 마틴 루터 킹이라는 젊은 목사가 1950년대와 1960년대의 인권 운동을 주도하다가 암살당한 것은 당대의 인종적 현실이 그만큼 어둡고 심각했다는 증거다. 완전한 인권의 회복은 늘 해결되지 않고 미래로 미뤄지고 지연되었다. 그런 인종적, 역사적 현실 속에서 공동체는 흑인 작가들에게 인종적 불의를 고발하는 작품을 쓰고 인권 운동에 동참하기를 요구했다. 작가들은 흑인 공동체의 대변인 역할을 했다. 리처드 라이트를 비롯한 흑인 작가들의 상당수가 그러했다. 그들은 기꺼이 그 역할을 맡아서 했다. 그들에게는 인종차별적인 현실의 고발이 먼저였다.

그러나 엘리슨은 달랐다. 그는 투사가 되는 것을 원치 않았다. 흑인의 대변인이 되는 것도 원치 않았다. 그에게는 정의에 봉사하는 것보다 예술에 헌신하는 것이 먼저였다. 『보이지 않는 인간』을 출간한 후 그는 "나의 관심은 불의가 아니라 예술에 있었고 지금도 그건 마찬가지다."라고 했는데, 이는 그의 미학적 입장이 어떠한 것이었는지를 말해 준다. 그는 자신의 소설이 저항이나 고발의 차원에만 머무르지 않고 기교적, 기술적, 예술적 차원에서 백인 작가의 작품과 대등한 것이기를 바랐다.

그렇다고 그가 인종적 불의를 소홀히 하거나 외면한 것은 결코 아니었다. 『보이지 않는 인간』은 인종에 관한 담론이라고 해도 과언이 아닐 만큼, 인종의 문제를 심오하게 파고든다. 다만 그는 자신의 문학이 인종의 테두리와 고발 문학이라는 틀에 갇혀 더 넓은 예술의 세계를 향해 나아가지 못하게 될 것을 경계했다. 그를 문학의 길로 이끌었던 리처드 라이트와의 불화 내지 불편함은 그런 맥락에서였다. 그는 자신의 문학이 저항적이어야 한다면, 예술적 완성도를 겸비한 저항일 때 제대로 된 저항일 수 있다고 믿었다. 그래서 저항과 예술을 이분화하는 것에 반대했다. 그는 저항 일변도로 흐르는 흑인 문학은 백인들의 기대에 영합하는 것이라며, 그런 식으로 저항을 예술성보다 우선시하는 것은 스스로를 격하시키고 품위를 떨어뜨리는 일이라고 생각했다. 그래서 그는 백인 독자들을 향해 호소할 것이 아니라 흑인 독자들을 위해 써야 한다고 생각했다. 흑인들이 처한 편견과 차별에 대한 항의만으로는 격조 높은 예술성의 구현이 어렵다고 판단한 것이다. 그는 저항 문학이 결국 선전 문학에 지나지 않는다고 생각했다. 그가 민속적인 것들을 그의 작품에서 많이 활용한 이유는 거기에 흑인들의 정체성이 있다고 판단했기 때문이었다. 그는 인종적 불의를 소홀히 하지 않으면서도 그것에 매몰되지 않고 다른 백인 작가들의 예술적 성취에 비견될 만한 세련된 작품을 쓰고자 했던 것이다. 기본적으로 그는 지식인이었다. 그는 투사를 요구하는 시대에 보편적인 예술을 추구한 지식인이었다. 그리고 그것을 『보이지 않는 인간』이라는 소설에서 구현했다. 그는 리얼리즘이 요구되던 시대에 초현실적이고 상징적인 소설을 씀으로써 저항 문학이라는 틀을 벗어날 수 있었다. 그의 소설을 통해 흑인 문학은 고발이나 저항의 문학이라는 협소한 틀을 비로소 벗어날 수 있었다. 그가 다른 소설을 발표하지 않은 것이 더욱 안타까운 이유다.

그의 사후에 캘러핸의 편집을 거쳐 1996년에 출판된 단편소설집 『집으로 날아가다』는 수십 년 동안 그의 작품을 기다려 왔던 독자들에게는 반가운 소식이었다. 「광장의 파티」에서부터 표제작인 「집으로 날아가다」에 이르는 단편들은 엘리슨을 더 잘 이해할 수 있게 해 준다. 그중에서도 가장 고통스럽고 완전한 작품은 「광장의 파티」가 아닐까 싶다. 백인들에게 린치를 당하는 흑인을 묘사한 소설은 특이하게도 백인 소년의 시점으로 전개된다. 보통의 흑인 작가라면 흑인 화자를 등장시켜 흑인으로서 느끼는 분노를 표현할 테지만, 엘리슨은 피해자가 아닌 가해자 집단에 속하는 백인 소년의 눈으로 사건을 전하는 방식을 택한다. 그 소년은 그 지역 주민이 아니라 삼촌 집에 왔다가 우연히 삼촌을 따라 광장에 가서 린치를 목격하는 소년이다. 그는 린치가 벌어지는 이유도 모르고, 린치에 가담할 이유도 없다. 소년은 폭력적인 현장에서 아무런 도덕적 입장도 취하지 않고 눈앞의 현실을 보고 듣고 느끼는 대로 보고한다. 도덕적 의식이 없는 듯한 중립적 보고 형식의 서술은 오히려 인종적 불의를 더 효과적으로 보여 주는 역할을 한다. 인종적 선을 넘은 묘한 형태의 수작이 아닐 수 없다. 엘리슨은 흑인 작가이면서도 인종적 선을 넘어 백인의 의식 속으로 들어가 흑인이 겪는 고통과 비극을 보여 주는 방식을 택한다.

여기에 수록된 다른 소설에서도 엘리슨은 흑인과 백인 사이의 이분법적인 선을 이따금 훌쩍 넘어 버린다. 그래서 캘러핸의 말처럼, "폭력과 위험과 인종적 증오에도 불구하고 형제애의 가능성을 열어 놓는다." 예를 들어, 「나는 그들의 이름을 알지 못했다」를 보면 흑인 화자가 열차 밑으로 떨어지지 않게 구해 주는 백인이 나오고, 지나치다 싶을 정도로 흑인에게 친절한 백인 노부부가 나온다. 또한 「검은 공」에는 백인 여자를 강간했다는 누명을 쓴 흑인 친구를 돕기 위해 알리바이를 말해 줬다는 이유로 백인들에게 복수를 당해 손에 심각한 화상을 입은 백인이 나오는데, 흑인 화자는 그를 보며 백인에 대한 의심의 눈초리를 거둔다. 백인 중에서 진심으로 흑인을 위하는 사람이 있다는 사실을 인정하는 것이다. 이렇듯 엘리슨은 인종적 화합의 가능성을 열어 놓는다. 캘러핸의 말처럼 "초기 단편에 나오는 엘리슨의 흑인 인물들은 백인에 대한 적개심을 극복하려 하고 불신을 거두고 형제애를 향한 노력에 동참하게 된다."

이 단편집에서 주목할 점 중 하나는 엘리슨이 흑인들의 민속 문화를 적극적으로 활용하는 방식이다. 이것은 저항 문학의 범주에서 벗어나기 위한 엘리슨 나름의 방식이었다. 문화적 유산을 활용함으로써 흑인들의 정체성을 탐구하고 흑인 문화의 보편성을 제시하고자 한 것이다. 그것은 흑인들의 민속 문화를 열등한 것으로 보는 주류 시선에 맞서기 위한 그 나름의 미학적 대응이었다. 그는 흑인 작가들이 바로 이러한 것들을 형상화해야 한다고 생각했다. 그의 소설에서 블루스, 흑인 영가, 농담, 설교 등과 같은 요소가 서사와 유기적으로 결합되는 이유다. 「미스터 투잔」을 보면 두 소년이 흑인 영웅에 관해 이야기하는 대목이 나오는데, 이것은 역사적 사실이 아니라 민담을 중심으로 하는 서사로써 흑인들의 주체성을 강조하기 위한 것이다. 또한 「집으로 날아가다」에는 흑인 농부가 너무 높이 올라갔다가 땅으로 떨어진 흑인 조종사에게 민간 설화를 이야기해 주는 대목이 나오는데, 이것은 흑인으로서의 정체성을 강조하기 위한 것이다. 흑인 영가가 자주 나오는 것도 같은 이유에서다. 이처럼 그의 단편들은 『보이지 않는 인간』에 집약되어 나타나는 여러 가지 특성들이 어디에 뿌리를 두고 있으며 작가가 어떠한 과정을 통해서 세련된 예술적 기교와 보편적인 주제를 갖추게 되었는지를 세밀하게 보여 준다.

전체적으로 이 단편집에 대한 자세한 설명은 캘러핸의 서문을 참조하면 될 듯하다. 그는 엘리슨의 단편 소설들을 발견한 과정에서부터 주제와 스타일, 서술 기법 등과 같은 것에 이르기까지 아주 상세한 설명을 덧붙여 놓았다. 단편 소설들은 그 자체로도 큰 의미가 있을 뿐 아니라 『보이지 않는 인간』과의 상호성 속에서 세밀하게 살펴볼 필요가 있는데, 캘러핸의 서문은 양자의 상호적인 특성들을 세밀하게 논하고 있어 좋은 길잡이가 되어 줄 것이다.

엘리슨이 작가로서 성장해 가는 모습들을 보여 주는 흥미로운 단편들은 그의 예술세계를 더 잘 이해할 수 있는 일종의 가교의 역할을 한다. 물론 밀도와 질을 비롯한 예술적 형상화의 측면에서 보자면, 그의 단편들은 그의 걸작인 『보이지 않는 인간』에 비할 바가 못 되고 일부는 습작 수준에 머물고 있다. 그가 생전에 단편집을 출간하지 않은 것은 어쩌면 그래서일지 모른다. 여하튼 그의 단편집은 그의 사후인 1996년에 발간되었다. 그리고 우리말 번역본은 삼십 년 가까이 지나서야 나오게 되었다. 흑인 고유의 방언으로 이뤄진 대화나 의식의 흐름 기법이 사용된 부분을 번역하는 것은 쉬운 일이 아니었다. 늦긴 했지만 이제라도 내놓을 수 있게 되어 기쁘다.

2024년 6월
왕은철

작가 연보

1913년   3월 1일 미국 오클라호마주 오클라호마시티에서 태어
         났다.

1916년   아버지 루이스 엘리슨이 사고로 세상을 떠났다. 어머
         니 아이더 엘리슨이 가정부로 일하면서 어렵게 생계를
         꾸려 갔다.

1920년   오클라호마 프레더릭 더글러스 초등학교에 입학했다.

1931년   더글러스 고등학교에서 트럼펫 연주자 및 학생 지휘자
         로 활동했고 최우수 성적으로 졸업했다.

1933년   오클라호마를 떠나 앨라배마의 터스키기 대학교에 장
         학생으로 입학해 음악을 전공했다.

1935년   T. S. 엘리엇의 「황무지(The Waste Land)」에 매혹되어,
         그 속에 내재된 재즈 리듬을 발견하고 문학과 재즈의

관계에 관심을 가졌다. 현대 소설과 시를 본격적으로
공부하기 시작했다.

1936년   대학 졸업 일 년 전 경제 대공황 절정기에 학비 마련과
조각 공부를 위해 뉴욕으로 이주했다. 학비 충당을 위
해 물건 판매, 서류 정리, 공장 노동 등의 잡일을 하며
뉴욕에서 체류했다.

1937년   어머니가 사망했다. 뉴욕에서 랭스턴 휴스를 통해 리
처드 라이트를 소개받았다. 엘리슨을 "예술과 흑인으
로서의 경험의 의미에 대해 매우 깊은 관심을 가진 작
가"로 평가한 라이트의 도움으로 뉴딜의 연방 작가 프
로젝트에 참여했다.

1938년   1942년까지 뉴딜의 연방 작가 프로젝트에 참여했다. 사
년간의 연방 작가 프로젝트를 통해 재정적 지원을 받
고 사회적, 역사적, 문학적 역할에 대한 깊은 통찰력을
키웠다. 흑인 민속 연구에 대한 자료를 집중적으로 조
사했다. 《뉴 매시스(New Masses)》를 비롯한 여러 진보
적인 잡지에 에세이와 리뷰를 게재하고 단편 소설들을
발표했다.

1940년   랭스턴 휴스의 『거대한 바다(The Big Sea)』에 대한 비
평 「폭풍 부는 날(Stormy Weather)」을 《뉴 매시스》에
게재했다.

1941년   리처드 라이트의 『원주민(Native Son)』에 대해 "흑인 작
가가 쓴 최초의 철학적인 소설"이라고 호평했다.

1942년   《니그로 쿼털리(Negro Quarterly)》에서 편집자로 일했다.

1943년   1945년까지 2차 세계 대전에 참전해 해군 선단에서 복
무했다.

1944년   소설 창작을 위한 로젠월드 기금을 받았다. 단편 「빙고
게임의 왕(King of the Bingo Game)」을 발표했다. 이 단
편에 대해 그는 "현실을 넘어 초현실로 가는 사실주의
를 담고 있다."라며 비로소 자신의 목소리를 찾았다고
주장했다.

1945년   해군 선단에서 병가를 얻은 후 『보이지 않는 인간
(Invisible Man)』 집필에 착수했다. "새로운 내러티브와
의 씨름 중 프롤로그의 첫 문장인 '나는 보이지 않는
인간이다.'가 떠올랐다."라고 밝혔다.

1946년   패니 매코널과 결혼했다. 엘리슨이 『보이지 않는 인간』
을 집필하는 칠 년 동안 그녀가 생활을 이끌어 갔다.

1952년   『보이지 않는 인간』을 출판했다.

1953년   전미 도서상과 전미 신문 제작자 협회의 러스웜 어워
드, "미국 민주주의에 대한 최고의 상징"으로서 시카고
디펜더(Chicago Defender) 상을 수상했다.

1955년   1957년까지 미국 인문 학술원의 초빙 교수로 로마에서
체류했다.

1957년   에세이집 『신(新) 남부의 수확(A New Southern
Harvest)』을 출간했다.

1958년   1961년까지 바드 대학교에서 러시아 문학과 미국 문학
을 강의했다. 두 번째 소설을 집필하기 시작했다.

1960년   미완성인 두 번째 소설 중 일부인 「그리고 힉맨이 도

착한다(And Hickman Arrives)」를 런던의 문학 잡지
《노블 세비지(Noble Savage)》에 게재했다. 1960년부터
1977년까지 집필 중인 두 번째 소설의 발췌문 여덟 편
이 문학 잡지에 게재되었다.

1961년   시카고 대학교의 객원 교수로 강의를 맡았다.

1962년   1964년까지 러트거스 대학교에서 창작 강의를 맡았다.

1964년   문학, 민속, 흑인 음악(특히 재즈와 블루스), 흑인 문화
와 북미 문화의 관계 등을 다룬 이십이 년간의 서평,
인터뷰, 에세이 등을 담은 『그림자와 행동(Shadow and
Act)』이 출간되었다. 예일 대학교, 의회 도서관, 캘리포
니아 대학교 등에서 강의를 맡았다.

1967년   매사추세츠주 플레인필드의 여름 별장에서 큰 화재가
발생해 집필 중이던 두 번째 소설의 상당 부분이 소실
되었다.

1969년   미국 시민에게 주어지는 최고의 영예인 미국 대통령
자유 훈장(Presidential Medal of Freedom)을 수상했다.

1970년   프랑스에서 수여하는 레지옹 도뇌르 슈발리에 훈장을
받았다. 1980년까지 뉴욕 대학교 교수로 재직했다.

1975년   오클라호마시티에 랠프 엘리슨 공공 도서관이 설립되
었다.

1978년   미국 문학에 대한 《윌슨 쿼털리(Wilson Quarterly)》의
여론 조사에서 『보이지 않는 인간』이 2차 세계 대전 후
미국에서 출판된 가장 중요한 소설로 선정되었다.

1981년   「랠프 엘리슨의 영원한 목소리(Ralph Ellison's Long

Tongue)」가 뉴욕에서 상영되었다.

1984년   뉴욕 시립 대학교에서 랭스턴 휴스 메달을 수상했다.

1986년   두 번째 에세이집 『변방을 향하여(Going to the Territory)』를 출간했다.

1994년   4월 16일 여든한 살의 나이에 할렘에서 췌장암으로 사망했다.

1996년   유고 단편집 『집으로 날아가다(Flying Home: And Other Stories)』가 출간되었다.

1999년   존 F. 캘러핸이 랠프 엘리슨의 두 번째 장편 소설 『준틴스(Juneteenth)』를 편집하여 출간했다.

세계문학전집 **446**

집으로 날아가다

1판 1쇄 찍음 2024년 9월 27일
1판 1쇄 펴냄 2024년 10월 4일

지은이 랠프 엘리슨
옮긴이 왕은철
발행인 박근섭, 박상준
펴낸곳 (주)민음사

출판등록 1966. 5. 19. (제 16-490호)
서울특별시 강남구 도산대로1길 62(신사동) 강남출판문화센터 5층 (우편번호 06027)
대표전화 02-515-2000 팩시밀리 02-515-2007
www.minumsa.com

ISBN 978-89-374-6446-1 04800
ISBN 978-89-374-6000-5 (세트)

* 잘못 만들어진 책은 구입처에서 교환해 드립니다.

세계문학전집 목록

세계문학전집은 계속 간행됩니다.